像雪一样白

冰雪梅 / 著

中国文史出版社
CHINA CULTURAL AND HISTORICAL PRESS

图书在版编目（ＣＩＰ）数据

像雪一样白 / 冰雪梅著. -- 北京：中国文史出版
社，2022.10
（青味文丛 / 梁永周主编）
ISBN 978-7-5205-3643-1

Ⅰ．①像… Ⅱ．①冰… Ⅲ．①散文集－中国－当代
Ⅳ．① I267

中国版本图书馆 CIP 数据核字（2022）第 157429 号

责任编辑：方云虎

出版发行：中国文史出版社
社　　址：北京市海淀区西八里庄路 69 号院　邮编：100142
电　　话：010-81136606　81136602　81136603（发行部）
传　　真：010-81136655
印　　装：临沂市昱昇印刷有限公司
经　　销：全国新华书店
开　　本：32 开
印　　张：10.5
字　　数：150 千字
版　　次：2022 年 10 月北京第 1 版
印　　次：2022 年 10 月第 1 次印刷
定　　价：396.00 元（全 8 册）

冰雪梅花艳（自序）

这个故事，在不同的时间，不同的场合，我向不同的人讲起过。很多次，有意无意的，是叙述，是解释，也是回忆。

今天，与几个朋友小聚，其间，又聊到了这里：在我出生刚满三个月大时，我唯一的舅妈，她莫名其妙地喝盐卤自杀了。舅妈一共育有五子一女，而当时我最小的表哥尚不满周岁。如果不是鬼催，我想不明白到底发生了什么？会让一个女人，一位母亲，置幼子于不顾，如此决绝地弃人世而去？

正值寒冬，母亲抱起尚不足百日的我，匆匆赶回娘家奔丧，硬生生把我冻出了小儿肺炎，很严重的那种。在我们当地的卫生院已不能救治，因是女孩，好多的人劝父母放弃。但母亲说，她看着我的眼睛，小小的人儿，纯净的眼眸，她做不到啊！于是，他们决定带我去邻近稍大的郯城二院试试，没有车，什么交通工具都没有，就用一个长条的柳筐抬着我，步行，奔跑。听他们说，当晚，下了好大的雪，都快没到膝盖了，漆黑的夜，冰天雪地，他们一直走，一直走，直到天亮。到达那个医院的时候，母亲是打着赤脚的，她的鞋子已经跑没了。

我被救活。

由此，我被取乳名"冰雪"。以纪念那个漫天飞雪的重生之夜。

此后的岁月里，父母不止一次地复述、提及，回忆起那个"劫后余生"的夜晚，庆幸我的"大难不死"。

我于适龄入村小，学名也是顺着姐姐们叫下来，在我们那个家族中有着严重的重男轻女倾向，只有男孩子按了辈分，女孩子则以长姐的"梅"字排列，分别有"梅红""梅勤""梅凤""梅环"等等十几个之多，我原本也是不叫这个的，但在参加一场重要考试时，是父亲帮我报的名，而他的一时疏忽，竟然写错了字，后来涂改又改错了地方，无奈只好将错就错，就成了现在两个"梅"字重叠这个样子，且当时叠字名字正在流行，一不小心，还赶了一把时髦。从此，"梅"字就成了我行走尘世的标志符，我无数次地重复写下这个字，每次两遍。所有重要的，非重要的场合里，我执笔描划，横竖撇捺折勾点，它就是我，我亦是它。

常常地，我会想起那个有关"名字决定人生"的传言，想起自己的命运，也许本该的荣华富贵在父亲写错的那一刹那，烟消云散了；也许本该的卓尔不群，也在父亲的那一疏忽间，归于平淡了。

命之如此，又奈若何。

电子时代来临，当我需要一个网名时，很自然地，我将大名小名加在了一起，"冰雪梅"从此成为另一个我。

我是一个对网名比较执着的人，自从跨世纪的那个千年，触网注册开始，从此"行不更名，坐不改姓"，再没叫过第二个。

所有的网络信息均以此命名之，微博、QQ、论坛、贴吧、微信、美篇等，无一例外。如已有人抢先注册，则加前缀或后缀即可。像"冰雪梅花艳"，也只是因为公众号名字需要多于三字的规定，不得已连续敲击空格键带出而成，索性也就这样了。

有很多人夸我起的名字好听，让我讲讲它的意思和来历，其实，啥也没有，就是大名小名而已。

不会再有比这更适合我的网名了，像是前世与今生的融合，现实与虚拟的穿越，我认定了。

而且还可以想象成一幅画，一处美景，寓意美丽与坚强，是我喜欢的。

目 录

第二辑　山水偶寄

第四辑　时令日记

第五辑　岁月如歌

第一辑

亲 情 约 定

我和你

当你的生命刚刚开始萌芽的时候，我正在途经我的第二个本命年。你没有和我们商量，也没法和我们商量，自顾自地来了。

在二十五岁那年的春天里，我迎接你来到了身边。你旁若无人地哭，丝毫不在意身边慌乱无措的我。

你吃、你睡、你哭、你闹、你笑，你的一切牵动着我的神经、我的心。我休长假照顾你，什么都不想了。我的世界里，全是你。

你可爱、健康地成长着，纯纯地依赖着我。被人依赖的感觉真好，有你的日子里，我满园春色。

你一月抬头，三月翻身，六月坐起，周岁走路，直到背起书包……一切都是崭新的，你新的开始，我新的一程。辛苦没有了，我幸福地享受着年轻妈妈的幸福。忽略所有的冷漠和痛楚，世界如此美好。

假如人生可以重来，那是人间奢望，但是，我的生命在你身上得以延续，我很满足。

我很庆幸生活中有你的相伴，你是上帝送给我的礼物，是珍宝。你的聪明可爱吸引着我，你的宽容乐观影响着我，让我们在面对不幸时，还可以相视一笑，共同担负。

你好像是瞬间就长大了。恍惚中，你的个头就超过了我。我们可以一起谈心，一起交流，一起商量事情，一起外出旅行。

你开始照顾、关心、指导和影响我。都说现在的时候，是我们的黄金期，在你已经长大，而我还未曾老去。你开始住校求学，暂时的分离，让你变得更加懂事，我很欣慰。我们都在努力，做个不落伍老妈一直是我的准则。

你是我的力量源泉。你的坚强和隐忍让我意外，也许这是你大慢的性格所致，我喜欢。

人的一生会遇到很多的意外与挫折，患得患失只会让你失去更多。不舍不得，轻松上路是我在历经很多之后，才明白的道理。接受我失败的教训，少走弯路，你会更幸福。

百年修得同船渡。要修几世，我们才可以是母女？我和你。我们会一直快乐的相守相伴下去，为了你的长大，和我们更加幸福。

从来不曾后悔有了你，哪怕是当你与利益相冲突，与爱情相违时。没有了你，即使天堂不再幸福。也许错误，选择却义无反顾。你也一样，我知道，我也曾给你带来过伤害，尽管无意。

相伴，是责任，是义务，更是幸福。

我被套牢，我愿意。

我会一直丢一些包袱给你，笑的、爱的，好吃的、好玩的，你也会不断有礼物回馈给我，成绩单啦，进步奖了。

有一天，你是会离开的，我知道，我不说，我明了。你会皱着眉头争辩："到哪都会带上你。"

就像小时候，无论到哪里，我都要带上你一样。

写在女儿十四周岁

接单位通知，要停发独生子女费了。我问为什么？答：孩子年满十四岁了。

这是我以前不曾知道的。

女儿，今天是你整十四岁的日子。

也就是说，法律上，自今日始，你要对你的所作所为负部分责任了。

不知不觉你已长大的话说过好多遍了，但每一年到了这个日子，岁月如梭的感觉还是会从心底冒出。是的，你长大了，真的是长大了。十四岁的你，俨然已是成人模样，即使我脚穿高跟鞋都无法达到你身高的高度。你正处在人生无比美好的豆蔻年华，在这个特殊的日子里，有些话，我想对你说——感谢世间有你，你是上帝送给妈妈的最好的礼物。相依相伴十四年，有辛苦，有付出，但更多的是你带给我的欣喜。

对你，我一直是有所愧疚的，让你处在一个单亲的家庭中，这绝对是我无法饶恕的错误。不管原因是什么，身为母亲，是我没有做好。原谅妈妈，我也曾努力过，既已如此，坚强面对才是你我最要做的。我也知道你的努力，你一直都是一个乖巧懂事的孩子，希望你快乐。其实你知道，生活本没有什么对与错，客观相对地看："单亲"也不是生活中最差的选择。希望你能从妈妈的身上吸取教训，少走弯路，更好地把握自己的生活。

正确看待生活中的挫折与磨难。人生不会总是一帆风顺，每个人都一样。保持乐观平和的心态，都会过去的，努力做好自己份内的事，把结果交给上帝。保持向上的心态，改掉懒散的习惯，勤勉学习，成绩的提高会让你获得更大的乐趣。

这些，我不想多说了，书上也有，再说就成了唠叨了，我不想成为唠叨的老妈。但请记住，有时，多看多记，是真得有好处的。

记得修正生活中的一些不良习惯，习惯形成性格，性格决定命运。多锻炼，不挑食，少玩电脑，多交朋友，让心情好起来。

记得，感谢所有爱你的人。心存感恩，你才能活得幸福。

正确看待你的父亲，这个与你血脉相连，血浓于水的人。多看他的善良，体谅他的无奈，不能与你生活在一起，各有原因，但请相信，他是爱你的。原来是，现在是，将来都是。

为父为母的爱都是一样的，方式不同。我不怀疑，请你，也试着相信吧！

今天，是个阳光明媚的日子，十四年前的今天，伴随着疼痛、泪水和慌乱，我迎接你来到我的身边。

我爱你，无怨，无悔。

希望你快乐，是我不折不扣的人生宗旨。

你是唯一，是全部，是我的人间四月天。

祝贺你，今天的你年满十四岁。

说得够多了，我该去为你准备生日宴了。

所有的所有，汇成一句，就是希望你健康，希望你快乐。人生的旅程中，希望你一顺百顺。

祝你生日快乐！宝贝，有生的日子，天天快乐！

二十一岁，你该干些什么？

青儿：

我有很长的时间没有给你手写信了，这样那样的事情掺杂，加上手机微信的影响，我们好像忽略了笔聊。又是一年人间四月天，在这个美好的春日里，迎来了你的二十一岁生日。

妈妈祝你生日快乐！有生的日子天天快乐！

转眼二十一载，我简直有些怕敢去想呢，你就已经是个二十一岁的大姑娘了。

大三了，女儿。

二十一岁的你，和四十六岁的我。

这些天来，你一直在纠结矛盾，甚至影响到心情与休息，不听劝阻。不知你这是随了谁？关于考研，关于考哪个学校的研，关于考什么专业的研，这些问题围绕着你。还有考不考得上？也是压力。我知道你又要再一次面临人生的大考了，人生最难的不是奋斗而是选择。你常常埋怨妈妈不支持你，打击你，怎么可能呢！在我这里，我会支持你的所有决定，且会以你为主，哪怕对自己的生活做出相应的调整也愿意，不管是时间还是物质。妈妈之所以犹豫，只是不想你太累。作为母亲，我只想要你轻松生活，就算我也明知，人生哪里会有轻松的路？

但请记住，只要选择了，认定了，就要义无反顾去努力，别想太多。说多了，你又认为是"王老师课堂""心灵鸡汤"，但真的，有时在思路贫瘠又心情无力之时，鸡汤还是有大补的功效的。有些话，比如"人生是一场接力，你不要把它当成百米赛"，又比如"在路的尽头，依然是路，只要你向前"……

仅此，Over。

写给你的信，总是被中断，再拾起来已经又隔了一日。我原本打算整理旧照片，也没有抽出时间来，但我还是会去理的，每一年，每到这个时候，我都会重新翻看一遍，重温你从小到大成长的片段，看时光飞逝，岁月流转。你也曾在我的生日之时，专门做过一本小册子给我，是我们娘俩的合影，旁边有你写下的文字，我喜欢的。

扯远了，再回来。

今天，你满二十一岁了，我主要想和你聊一聊：二十一岁，到底该干些什么？

回想自己二十一岁，那一年，我已经工作两年了。一个人，在一个陌生的小县城里。那时，我好像什么都没有做，一直在彷徨，纠结和空虚中。单位小，朋友少，我偶尔会去相亲，就这个样子。现在想起来，我也是没有明确的目标，没有读书，也没有学习。那个时候，大家的氛围就是那样的，我也稀里糊涂。

但我也并不是很后悔，不管怎么样，那都是我人生必经的一个过程，过去了就过去了，没法重来，没法回避，迷惘也一样。

昨晚，我们的沟通并不是很顺畅，以至于，我后来的态度都不好了，对此，我心存愧疚，一夜都没有睡好，你的状态让我担心，我有了压力。一早，我试图联系你的导员，寻求帮助。没有成功，满脑子都是你的事，我想帮你。

现在，我静下心来考虑，认真思量你的困惑。我静下心来反思，反思是否对你疏于了关心与照顾。

记得，网上曾经有人发起过一个话题：二十一岁时，你在干什么？回帖者众，有正当年的大学生，也有过来人。有正在进行者，也有像我这样的回忆者，对照着各自的二十一岁，大家总结起来，也是一句话：你认真了，努力过，不虚度就好。

俞洪敏曾说：二十二岁是一条分界线，把自己跟原来的一切依赖关系全部割断，自己走进社会经受风雨。

而二十一岁就是在为二十二岁打基础。

青春没有回程，还是回到考研上，这是近期我们母女之间每聊必提的话题。考研是对一个人意志的磨炼，这可能不同于高考，因为这要与自己做斗争。大学一定要上，而研却并不是非读不可。万不是打击你，只是怕你看得太重了，担心你会伤到自己。人生处处皆风景，不要把自己逼进死胡同里。

大三的你，我的建议，你权作一听：

努力学习，空想是不可能成功的，与其纠结，不如脚踏实地。舒服地躺着，玩着手机，那是考不上研的。决定了，不妨去拼一下，成不成功，看缘分与天意。不抓狂，不后悔，患得患失是人生大忌。

还有，青岛实在是一个不错的城市，风景和口碑都挺好，宜居指数也是靠前的。这也是当初我们选择它的原因，就算你四年下来还是不能爱上它，你也不妨试着放慢脚步，静下心来，好好看看你的大学，和你正在进行中的大学生活。也不是每个人一生中，都能够如此有幸居住在那里，青春正好，红瓦绿树，海风吹拂。哪怕不是很认同，但这也并不妨碍你此时可以丰富自己，这是你人生的一段经历，你重要的青春历程。找到自己的定位，换一个视角，调整一下心态，也许，你就会有所改变呢。多年以后，再折转回头，望望来时路，你会发现，它是你生命里重要的一部分，镶嵌进你的记忆里，不管你愿不愿意，无法分离。

关于以后的路，再优秀的人，也是不可能一眼望得到尽头的，人生需要边走边看边修正，人的思想和认识也是一个不断发展的过程。事情没有你想得那么好，但也远不会那么糟。对于想不好的事情，放一放，拉开时间和距离，过一过再来看，可能你就会有了答案。真的，一颗红心，两手准备，把握好机会，每天进步一点点。

妈妈希望你每天自信阳光，多一些微笑给自己。

胡乱说了这么多，感觉也并没说清楚什么，其实，对于你，总体来说，我还是满意和放心的，关键时刻你还是能稳得住的，何况你已经长大了。老妈我接近更年期，也会面临种种的问题和不适，还有就是对你专业和大学的不够了解与熟悉，也不能够给予你更多的指导与建议，但我还是愿意去学习的，为你。今天，我关注了考研贴吧，加了考研家长群，希望能靠近你，或许可以帮助你，哪怕一点点。而不管你选择什么样的决定和道路，我都会做你坚强的后盾，在背后支持你。从今日起，我会与你一起来关注，一起努力。选择一个你喜欢的学校，尽心尽力。放松，别想太多，你才二十一岁，进与退都可以。望珍惜。

报班和礼物，尽管说，老妈嘱。

——写于 2018 年春

我的姑娘

车从西边开过来了，蓝白相间的，青岛交运，车号2779。途经路边翘首等待的我们，停下。快速搬行李，有售票员麻利地接，你麻利地背起书包跑上车，车门关闭。

车辆启动，2779绝尘而去。

因为是途中上车，通常这个过程前后不会超过半分钟，来不及告别和叮咛，我看着车辆一点点变小，远了，混在车流中，再辩不出踪影。

我返回到自己的车内，我会在方向盘上趴一会，静一静。此时，我感觉疲惫，经过刚才这一系列的紧张、等候和忙碌，我暂时得以放松下来，而你像是一只放飞的小鸟，要去更远的地方了。

我的姑娘。

我慢慢地开车往回走，时间尚早，路上的行人并不是很多。一路上，我不断地重复回放我们从昨晚准备行李到离家，直到刚才你匆忙上车的过程，仔细梳理，查找疏漏，想一想你有没有落下的东西和忽略的细节。此时，你一般会发个短信过来，叮嘱我路上注意安全。你的情绪也是从紧张到稳定吧，车子应该行驶了一段路程，你应该是看着车窗外，与我想你一样的，想起了妈妈。

假期很快过去了，又一个新学年开始。

我的姑娘，不管你愿不愿意承认，你都是一个二十岁的青年了。整个假期，你充分发挥了"奢侈"和"浪费"的精神，将"过期叛逆"演绎到了极致。当然，以我过来人的视角，意指挥霍时间和浪费青春。你睡懒觉看手机聊天打游戏，你足不出户，夜不安眠，我没有看到我想要的"努力充电，社会实践"等所谓的正能量，也没有看到"休闲健身，梳妆约会"的小活动，甚至连教练催促了几次的驾考科目二，也没有去应付。

我放任着你的懒散和颓废，一半源于对你的疼爱，一半也因为你已成人，我想你应该是心里有数的，抑或许，这种状态就是你们这代人，是目前当代大学生的常态吧。我无力改变，你也一样。

但总归还是要有所准备的。机会总是垂青于那些有准备的人。所有的信手拈来，都源于平时的厚积而薄发。你要谨记，这个我不再多说了。

今天，我送你离开。今天，只想说，我爱你，我的姑娘。

殊不知，每一次，你的离开，我都要历经三个过程来适应：

首先，是放松。你终于走了，我想跳支舞。你不会生气吧？我有些忐忑呢，还好是亲生。

家中恢复安静，我回归到单身。可以不吃不做不操持，不用计算你上网多长时间，烦躁你又乱吃垃圾食品。眼不见心不烦，一下子什么都不用管了。我开始收拾房间，打扫卫生，我会洗好多的衣服床单，挂满阳台。这种状态一般会持续几天到一周左右，看着洁净的家，闲下来时，我会读几页书，写点小文章，恣意而轻松，一切略显美好。

然而，很快，这种感觉会被一种叫愧疚和自责的东西所替代。我会后悔没有照顾好你，做的好吃的不够多，给予你的太少，而对你的唠叨有点多。一直没有好好地炖锅鱼汤给你喝，这也是对我的一种折磨。虽然你说已经很好了，可是，我对自己不满意了。

好景不长，在你慢慢适应了学校生活，与同学们打得火热，只为在缺钱时才记起我时，我却已经开始想你了，很想很想的那种。想你的美、你的乖，你在我眼中的天生丽质、美丽大方。归类整理你的书籍衣物，再次开始计算你归家的日子。

我的姑娘。

离开我的日子里，你一定要坚强。没有我的嫌弃与监督，你要照顾好自己。自我约束，放飞梦想。开心努力就好，少想家里少想妈。

你的快乐就是我的幸福。我的姑娘。

娘是我的又一个女儿

是我娘，却仿佛就是我的又一个女儿。

有这样的感觉已经很久了，也许不正确，可能不合适，可是这样的感觉却依然真实而强烈。

娘于十多年前遭遇脑部意外伤，经过七个不眠的昼夜，才被医生从死神手中拉了回来，智力就有些下降。偶尔她有些稀里糊涂，但大多数的时间里还是能够正常。我很心疼娘，娘也曾年轻漂亮，还是她那个时代少有的高中生。我也很依赖娘，即便她什么都不能做，什么都做不了了。

疾病的恢复是一个缓慢的过程，从最开始用吸管、奶瓶喂水，到后来一勺一勺喂流质，我手把手教娘拿东西、吃饭，搀扶着娘学走路，从费力抬脚到一步一步；从院子里晾满尿布到逐渐的生活自理，娘的每一个进步都让我惊喜和振奋。

后来，父亲却先于娘离开了人世，娘于我婚后就随我生活，住在我们家的小南屋里。我很惭愧，不能给娘一间正屋住。家属院只有两间，"东屋南房，不孝儿郎"，说得好像就是我，每每想来，我会心痛。也是因为南屋的冷，我害怕过冬天。常常的我会调侃似的对她说："娘，你一定要好好活着，等我买三室的楼房。"娘听了，就是满脸的喜笑颜开。

因为娘，我的生活较之同龄人多了一份杂乱和辛苦，我要为娘洗衣做饭，一日三餐，收拾整理，夏防热冬御寒。随着疾病，随着衰老，娘的脾气也越来越怪，越来越差，经常会无端地指责、抱怨、发脾气，与邻居和路人常起争执，麻烦不断。每每气愤，直至流泪，发誓再也不管她了，却也只是一时气话。有时，娘也会在我的批评与"训导"声中，仿佛做错了事的孩子，显得惊慌失措，不知所以起来。她会满口答应，但从来不会改变。

那一年，娘又生病了，要住院。女儿还小，只好我抱着女儿，丈夫背着老娘，一家四口去医院。交押金，化验，找床位，看着娘弱小而又无助的样子，分明就是一个孩子呢。

有时在街上遇到熟人朋友拉住闲聊，我急着回家去，说："家里还有两个等着吃饭的呢。"别人常会惊讶着羡慕："你有两个孩子啊？"我笑笑，"有一个是娘。"

心结——写在母亲节

　　爱，是一种能力。

　　同样地，忘记不幸，忘记伤害，也是一种能力。

　　又快到母亲节了，身为女人，作为女儿的母亲，母亲的女儿，某人的妻子，婆婆的儿媳妇，我不能不去关注这个节日。

　　去年的母亲节我写了母亲，今年我想写写丈夫的母亲，也就是婆婆，在这个世界上除了亲娘以外，唯一我称做"妈"的人。

　　说起来，与婆婆的相识要早于丈夫，因为与孩子姑姑是同学，所以，在我还没有决定嫁做他人妇的时候，就先认识了婆婆和他们一家人。那时，我们的关系处得极好，婆婆一家人都很看好我，在他们面前，在他们家，我也从来没有感觉到拘束，直到后来成为一家人。刚结婚时，我们就住在婆婆家里，我天真地以为我与丈夫，以及与丈夫的兄姐们都是一样的，那就是家，是属于"我"的家。

　　直到有一天，中午下班回到家里，也许是早饭吃得少了，也许是一上午的工作太累了，反正当时的我很饿，饥不择食地抓起了早上的剩油条……

　　没承想一转过头，看到的却是婆母大人一脸不屑的表情和下撇的嘴角……

　　刹那间我就呆住了，瞬间世界仿佛凝固。尴尬的画面定格在了我的脑海中。

如被一箭击中，我被拎出来甩出人群，倒地而亡。

我的心跌入冰点。不应该是关心与怜爱吗？看在我早起上班的份上？不应该是欣慰与满意吗？我没有把自己当外人。一切都是我想象，这个家不是我的，我是这个家中的媳妇而不是女儿。

此情此景，多年不忘。每当一个人独处时，它总是会泛上脑海。我被折磨地哭，想着想着就会泪流满面。我不知道自己为什么会如此在乎？在以后的生活中，在与丈夫的争吵磨合中，它不断地被提及、被扩大、被反复。丈夫曾试着相劝："不要再说了，不要再想了。你忘了它吧，你试着忘记。"我说："不能，忘不了啊。"被折磨久了，他也曾抱着我哭，说："你想些好的，你细想一下，总会有些好的吧。"

做媳妇已有十载了，我不是一个好的媳妇，有时我想。这件事情，它严重阻隔了我与婆婆的相处。也曾试着对婆婆提起，谈到当时的情景和我的感受，她给予全盘否定，也许婆婆真的已经不记得了，也许那只是她的不经意而为。是该忘记的时候了。忘记伤痛，是一种能力。

昨天，我又见到婆婆了，她比以前更老了，不再那么强大和雷厉风行的样子。想想亲娘也不能万事周全吧。

放下负累，不也是对自己的一种成全吗？

在今年的这个母亲节，我不想给婆婆买什么礼物了，我只想忘记这件事情。

今日母亲节

今天是母亲节。

大街上有鲜花在卖，是温馨的康乃馨。

我不会去买，因为我不确定母亲还懂否这些？母亲的世界里仿佛孩童般的只有了吃和玩。

我是母亲的小女儿，在我到来之前，母亲已经有儿有女了。我在母亲的忙碌与疏忽中，追逐着哥哥姐姐们的童年。

我爱母亲，母亲如果不糊涂，她也会爱我的。

十二年前，母亲脑外伤，那是我经历的第一次人生意外。那一年，我二十一岁，母亲约在一周后才从昏迷中醒过来。那一周，我忘记了哭，也没有睡，有的全是担心、恐惧和慌乱。后来的日子里，我睡楼板，在那个大雪飘飞的腊月里。母亲出院后，我的浑身疼痛不已，多年而不痊愈。

伤残后的母亲生活不能自理了，那时的我还没有成家，我不放心母亲在离我60里外的老家，于是，我嫁给了能够为母亲提供住处的丈夫，丈夫对母亲好，这是我倍感欣慰的。三年后，母亲脑血栓了，那时的女儿一岁，我放下女儿，守候母亲。一个疗程一个疗程的输液，我是护士，家里就是病房，针扎在母亲手上，疼在女儿心里。母亲有些糊涂了，她不懂得要安静和配合，于是针就老是会滑出，我需要不间断地守在身边，然后是针灸和理疗康复。那时候，还有父亲，后来，父亲也病了，并且先于病残的母亲离开了我们。我不明白，为什么要有这么多的痛苦和磨难压在我的身上？"也许晚年会幸福。"我这样劝慰自己。

母亲终于可以自己走路了，可以自己吃饭和穿衣服了，但是还是糊涂，出门不远，就会找不到回家的路，于是，看护和寻找就成为我生活的主题。记不清找寻过多少次了，电视台、民政局、派出所的警察也都认识了我，见面就问老太太最近没走失吧？

"我为什么还不疯掉？"疲惫时会忿恨。

转眼母亲跟了我有整十个年头了，如果是孩子，多少也该省心了。可是母亲不行，母亲的状态只会一天不如一天，心又开始了疼。"母亲，我是您讨厌的女儿，总是要逼您吃饭、洗澡和洗头发。尽管您不愿意。我不得不如此啊，因为小时候您也是这样对我的。"

母亲，今天是母亲节，是您的节日，我不买花，我想买个烧鸡给您吃，我想您可能会喜欢的。

不管您明白与否，在今天，我还是想大声对您喊：节日快乐！天天快乐！

母亲的萝卜卷

端午节假期，接到了正在列车上，还未到家的女儿电话，点名想吃萝卜卷子。没有准备，还有感觉工作也有点累，再说，我们已经准备好了要去饭店接风的。吃啥萝卜卷啊！跟她商量，"去饭店吧，去饭店咱专门就点萝卜卷子。"可是女儿说："饭店里的不如妈妈做的好吃呀！"

不再犹豫，马上行动。外出采购，萝卜啊，豆腐啊。然后，和好面醒着备用。其实，做萝卜卷的工序并不复杂，只是久不操练，家伙劳什的都需要重新搬弄清洗，面板啦擀面杖啦，蒸锅蒸屉啦什么的，最要命的是上次用的那个笼布，也不知是被我扔到哪里去了？只好重新再去街上买。去了两家日用品店都没有，又去大型购物商场，还好，没有笼布，但我买到了一次性蒸笼纸，据说，现在都用这个了，还不便宜，一张纸赶上俩萝卜卷了，你说这不是自找麻烦吗！谁叫咱是为人父母呢。

在女儿到家之前，我必须赶制出一锅像样的萝卜卷来。

女儿的一句话，好像指令，就是动力，哪怕劳累，哪怕麻烦，心里却是高兴和愿意的。

记得那还是多年前吧，我比现在的女儿还要稍大些，好像已经结了婚，还没有孩子的那段时期。我接母亲来一起生活，闲聊中，说起好久没有吃萝卜卷了。其实当时，我也不过是随口那么一说，但午睡醒来，却不见了母亲，好久，她才回来，原来是去买豆腐了。那时候，我们那地方卖豆腐的一般只是上午才有，母亲一直跑了很远的路，才寻到一家，然后，她捧着豆腐匆匆往回赶，不巧，又碰上了一个卖西瓜的，听说是沙瓤香甜的，当然不能错过，又提上一个西瓜，因为路远，母亲不断倒替换手，后来西瓜又炸裂开来，西瓜水一路滴滴答答，就这样抱着回了家。这大夏天的，我很是心疼，责怪她："你都不嫌麻烦哪！"母亲却是一脸满足的样子，说："看你睡着了，一会醒来，吃个西瓜正好。快吃！我买到豆腐了，下午，咱就吃萝卜卷子！"

母亲！我已经长大，我接您来，是想照顾您的，却总是不及您这样想着我。

能够想象得出，母亲一定是雄赳赳，浑身带着劲儿去买豆腐的，一如现在的我，正满商场寻找蒸笼布呢。

有一种爱，与生俱来。有一种情，甘心情愿。母爱如海，一生一世，让平淡的生活变得丰富和充盈。

母亲的事情，总是永远地，诉也无法诉清楚。

馍饹馇

一直非常羡慕那些能与姥姥家走得很近的人。这样就可以更多地了解自己的母亲小时候的生活，以及更多的亲情关系，也会获得更多的关爱。很遗憾，这样那样的原因，我与姥姥家的关系一直很生疏。要说相距也不是很远啊，小时候的记忆很模糊，长大后，又懒于客套寒暄和走亲戚，慢慢也就更疏远了。

偶尔会听母亲聊起她的童年，印象最深的是关于她偷吃馍饹馇的故事。

在那个久远的年代里，生活着实艰苦，据说姥姥曾生养了多个子女，都陆续夭折了，最后的一个儿子，也是到了奄奄一息，被扔在了麦垛旯旮里，一场雨水浇过，竟然又奇迹般地苏醒了。家人听到婴儿啼哭，又捡了回来，也就是我唯一的舅舅。在舅舅九岁的时候，母亲出生了，为了生计，姥爷做起了卖蒸馍的营生，用来养家糊口。

蒸出的馍是万万不舍得吃的。尽管母亲很馋，好多次，她看着自己的父亲，挎着盛放蒸馍的篮子出门，都会偷偷地跟在身后，眼巴巴走出老远。后来撑不住，母亲偷偷溜进灶间去，想闻一闻馍香。摸到的笼布上，竟然还有残存的馍馇，抠下来，塞进嘴里，母亲感到那是她当年所吃到的，最好的人间美味。所谓的馍饹馇，不知道我是否能够表述清楚。它是指在铁锅蒸制的过程中，木柴烧火，在每个蒸馍的底部会形成一层金黄色，略硬实的面块，有时会与垫在蒸屉的笼布相粘连，在迅速起锅的过程中，就残留在了笼布上。

馍饹馇虽小，但总归也是粮食，是压饿的饭啊。

自此，母亲瞅准了姥爷逢集蒸馍的日子，一有机会就会溜进灶间去，遇到运气好时，就会捡到一两块馍饹馇，打一下肚子里的馋虫。

"常在河边走，哪有不湿鞋"啊，有一天，母亲又潜进灶间，悄悄地扯开了笼布，仔细抠食上面的馍饹馇。就在她塞进嘴里，急慌慌回头准备跑出去的那一刹那，却看见姥爷正靠在门框上，静静地看着这一切。而在他的脸上，分分明明的，两行热泪，正无声滑落。

时间静止，母亲一时惊住了，正不知道怎么办好，姥爷一把搂过她，转身从篮子里翻出一个馍，他掰下一半来，塞到了母亲的手里。

这件事情，被母亲一次次回忆、放大，她一遍一遍讲给我们听，不厌其烦。

在每一次她自己蒸馍时，都不会忘了提及此事。在每一次她漂洗笼布时，每有馍饹馇，母亲都会笑盈盈地抠下来，她边嚼在嘴里，边认真声明这是她最爱吃的东西。

当年的这份场景，在她心里，肯定电光火石般的演示了无数遍了吧。那场感动，那份温情，一定是她心底最为美好的财富。

这个片段，在我的脑海里也变得也越来越清晰。在那个沧桑的年代里，我分明亲眼看见了，一个小女孩与她的父亲无声的对白，看见了一位父亲，对女儿发自内心的爱怜与宠溺。

看过的无数电视剧和大片，都已模糊不清，唯有这一幕，就像是自己亲眼看见，亲身经历，越来越栩栩如生，清晰刻骨。

我为母亲感到欣慰，这是用多少钱都买不来的人生底气。

现在，母亲和姥爷都已去了另外的一个世界里。与母亲一样的，每当看到粘在笼布上的馍馇馇，甚至是底部烤焦发黄的馒头，我都会想起他们，脑海中回放出那段场景，眼前浮现的是母亲笑脸盈盈，口咬馍馇的幸福样子。

娘的豆芽人生

小区南门新开了家超市，品种挺齐全的，下班时路过，割了点肉，又买了棵大白菜，人家就附送了一包豆芽。我本不喜欢吃豆芽，送了也就送了。

晚上，在水池边淘豆芽。水漫过，豆芽皮浮上来，我用漏勺轻掠浮皮，再搅拌豆芽，重复掠一遍。

自我感觉越来越像母亲了，越老越像。

脑海中浮现出母亲年轻时的样子，她也是这样在舀水淘豆芽。

她每年的冬天都要自己生豆芽。先泡豆子，然后用个布袋装着，放进一个缸里，包好。晚上时会将它们靠在炉台边，那是屋子里唯一热乎的发源地。在临睡前，伴着油灯，娘淘豆芽，一遍，两遍。豆芽吸了水，就会长一点点。布包内，像是一群婴孩在酣睡。每一次打开，都有一种"惊梦"之感。豆芽慢慢长长了，就可以吃了。

"豆芽炖豆腐，一窝一筷子。"

我不喜欢吃，也能吃不少。

说起来，我的母亲应该算是一位知识女性。我一直这么认为。

她上过高中，我都没有上过呢。虽然仅仅是职高，且只读了一年。但我还是觉得一个人只要是完成了初中教育，就应该有自己的想法与观点了，毕竟这也算是经历过"十年寒窗"吧。

我想不明白的是，在那样的年代，她读过了那么多年的书，为什么还要固守在那个封闭的山村里，安于"大门不出，二门不迈"的所谓在家相夫教子呢？从一颗年轻的心开始，她就从来没有考虑过？纠结过关于人生的意义吗？关于一个人的价值？一个女人的自我实现吗？

她是读过书的人啊！

而在一定的环境与背景下，如果读过的书不能转变为长处和优势，有时反而会成为一个人的累赘和短处。这很诡异。

小时候，我不知道问。大了时，她又病了。

好像在她老年后，我照顾她的日子里，也是问过的，我可能没有忍住。"谁知道呢，事情赶着的，稀里糊涂也就过了一辈子。"她答。

嗯，一生太短了；又，时间太快了。

应该是生儿育女。

回看母亲的一生，她用将近十年的青春时光来生育下一代，然后又用十多年的操劳来抚育下一代。真是赶着的，当最小的我去上中专时，她也老了。

孩子是那么的可爱，每一个。

每一个都拴着母亲的心，成为她的生活的全部。

什么价值不价值的，在母亲的心里眼里，孩子全是无价宝。想来是能够理解的。

可更多的时候我也会为她感到不甘，和不值。我可惜那些她起早贪黑付出的辛苦，心疼那些她挎着食篮走向学校的脚步……

如果，如果……对换过来，哪怕没有我，可以不要我；即便生而不养，或少些疼爱，我都愿意。甚至我可以帮她，希望我的母亲，她不只是位母亲，作为一个独立完整的人，一个读了十年书的女人，还是尽可能多地，努力去实现她个人的价值为好。

毕竟，来人世走一遭，是谁，都不容易。

如今，又轮到我了。

同样，时光一晃就没。而机会、能力，如日落潮退，一样也是眨眼就完的事。

从一月到四月

中午，吃过饭后，我小眯了一会，很舒服。终于不用再赶时间了，这在以往，是不敢想的。老娘在家时，紧着能忙完就不错了呢。我通常要早起，做我的饭，吃饭。做老娘的饭，喂她吃。再做中午的，预备好下了中午下班吃，否则，你是不可能完成的。

中午休息的2个小时内，我需要自己吃饭，伺候老娘起床，洗漱、洗尿布、打扫床铺、给老娘喂饭。然后，再铺床，伺候老娘躺下，再赶去上班。这还是正常的常规程序，如果有意外，比如老娘身体出状况，拉在了床上或是身上，那样就会更麻烦了，所以，我不能不提前做好准备。

没有人可以帮我。我低着头，只管干。生活的历练已经让我可以平静而从容地面对这一切了。不管是拉了、吐了、污渍满床，我会收拾好的，只要去做就好了。只是病痛，只是衰老，却无能为力。

每一年，从一月到四月的这一段时间，是不属于我个人的。它需要我停止社交、娱乐、学习、考试，像一只冬眠的青蛙，将生命需求降到最低，只要活着，维持状态，应付工作，能将日子得以继续就好。

不怕劳累，但心会疼，那种血肉撕扯的，无法割舍，无法抹掉的疼痛。

今天，五月了，我的四个月过去，娘转给了她的另一个女儿，也就是姐姐家。娘的生活依旧，我得以歇息。

娘初来时，我需要适应，这两天，送走老娘，我还是需要重新适应。

我在屋里时，总感觉娘正在阳台晒太阳；我来到阳台，又感觉娘此时正躺在床上。出门逛逛，我还是急着回家，心急火燎地，一刻也不能等待。听说一件事情，坚持重复 21 天，会成为习惯，那么，四个月呢？

娘不在家的日子，没有人再与我分一杯奶，一份面条，一碗鸭血粉丝。习惯将五谷打碎，将蔬菜切丁，只为娘的牙已不行。那天，当我将一个馅饼拿给老娘，老娘却只是看着不吃，后来，我催促，再去看时，娘却扔到了墙角处，我以为可以的，谁知，娘却连馅饼也嚼不动了。直想哭，没办法，咱还是切碎了吃吧。

一直使用尿不湿，批发加零售。感谢制造尿不湿的人，为我们省去了大量的劳动和麻烦。冬天还好，进入四月，娘就有些用不住了。表现为老是撕扯，有时，你前脚刚粘贴好，后脚再看，已被撕坏拽下。我不说，再粘，不用不行啊。但我心疼娘，像女人的生理期，长期使用，娘也不舒服吧。

从一月到四月，整整 120 天，我倒计时着，盼望值班结束。天天连轴这样，我感觉疲惫。

我没法加班，到点就得走，拖班会让我紧张。我害怕开会，离开家 4 个小时，是我所能承受的最大极限了。我没法聚会、外出、夜间不能睡沉，风吹草动，我需要随招随到。另外，我还不能生病，不能感冒，凡事小心，不敢有闪失。唯一参加的一次活动是作协采风，我喜欢和看重的，我是如此期盼和珍惜，这对我来说是不可多得的学习机会呢。我心急如焚地参观，如坐针毡地就餐，心乱如麻地交谈，没有人知道我的内心，当一切结束，我跑着赶到老娘床前，还好一切如常。我是如此感恩，感谢老娘您给了我这次机会。娘，您要是不舒服，再大的事来了，我也走不了啊。

终于，不用再急着下班了，如果我愿意，甚至可以步行回家。周末，可以去爬山，可以去临沂，自己吃饱了就行了。生活有了大片的空闲。一时，我竟不知道该干些什么好了。我还是常去娘的房间坐着，收拾整理和发呆。"娘，不管您在哪里，都要好好吃饭，好好待着啊。"

落舞樱雪，时光慢走。

我洗好被褥，等着您明年再来。

没有理由，没有借口，从一月到四月，我是属于娘的。

101 道楼梯

从一楼到打开家门，一共有一百零一道楼梯，我数过的，无数次。

家在顶层，六楼，无电梯状态下的最高层。如果加上最底层的储藏室，应该算是七楼的数了。

搬来之前住平房，那时，非常羡慕那些住在楼房里的人家，做梦都想着搬家。能住上楼房，有大大的阳台卫生间，不用再出门上厕所，下雨不用再进出院子到客厅，几乎是我的梦想了。

当初买楼的时候，几乎是毫不犹豫就定下了顶层的。原本以为是可以承受的，不就是高吗？价钱便宜，还有阁楼送，白白多出一层，这样的好事到哪儿去找啊。

任何事情，不经历是不知道它的内情的。刚搬来时，我和女儿都喜欢爬楼，一溜小跑着上去，回到家，即满室的阳光，高层的采光确实好，心情也美美地。可时间一长，慢慢地，住下来，才知道，当初的选择是多么的不靠谱。楼层太高了，生活太琐碎了，爬楼太累了，生活太不方便了。

刚搬来时，女儿十岁，现在她上高中了。女儿还好，娘却已经上不来了。娘曾患有脑血管疾病，虽然痊愈，但走路却很费力，更别说是上六楼了。娘曾攀着楼梯扶手，也只是艰难地上来过一次。后来，娘越来越老了，我们只好背她上楼，而一旦上了楼，仨月五月，轻易都不会再让她下去。她有时也急，攀着窗台往下看，已然无力。

每一天，我上楼下楼，最少要往返四次，更多的时候是会多于四次的。而且，几乎每次我都不空手，上楼是青菜、萝卜、零食、水果，粮食、衣物、用具、纯净水啥的，下楼呢，统一是垃圾废品。就这样，拿上来拿下去，拿上来拿下去，我的生活，我的全部。

从楼下到家是 101 道阶梯，从家到楼下是 101 道阶梯。

我有些隐隐地恨，这 101 道阶梯。

101 道阶梯，想着也不是很多啊，可爬上爬下还真是累啊！我低头上楼，愁！好高！常常上到四楼时，我就会力不从心。此时，需要喘一口气，简直有些抬不动腿了，抬头望一眼五楼，心中暗自叹息，要是住在四楼就好了。一般，也就是想那么一下子，低头，继续。为了减少上下楼的次数，我通常都是左手提右手抱的。没办法，我就开始默默地数楼梯：97、98、99、100，数到第 101 道阶梯，好！开门。

也并不是每次都数，也并不是每次都累的。

有时也想事情，想着想着，没觉着，也就到了家门。有时，接到一个电话，聊着聊着，也到了 101。有时也有例外，有惊喜，一路跑上去，气喘吁吁。但更多的时候，我还是读数到 101。

1，2，3，4，5……从 1 到 101.

打开家门，就是我的一亩三分地，这里是我的地盘我做主。这家里的每一件物品，都是我精心挑选，反复权衡搬回家的；这里的每一株花草，一草一木，都是我用心栽种，认真打理。我默默关注着这里的每一寸空间，平面的、立体的，都有着我的踪迹。这里的一切都是我的，我与这里的一切都扯不清关系，

脱不掉干系。累时在，闲时在，渴了饿了回这里。这里是我的
生活，我的全部。大到安放心灵，小到遮风挡雨。我在这里奉
养老人，抚育孩子。亲友相聚，读书写字。望明月，识秋风，
我在这里。虽然谈不上豪华，甚至可以说是寒酸，但是，我爱
我的家，我的加油站，我的船泊港湾处。

101 道楼梯，我依然每天开门关门，闪进闪出，重复再重
复，就像日出日落，春来冬去。我有时唱着歌，有时数着数，
有时搀着老娘，有时追着女儿，一任岁月无声流逝去。

数到 100，再加一级。101 道楼梯，开门到家。

谁的世界谁的国

这个题目在我的脑海中萦绕很久了，却一直不知道该如
何下笔才能述说清楚。

幸福是指一个人的需求得到满足而产生的喜悦快乐和稳
定的心理状态。

每次照顾老娘，我都会有一种悲凉的情绪不能自已。可
能是因为耗时太长，抑或性格的原因，我不只是劳累疲惫，还
痛苦焦虑。娘的世界只拘于一隅，轮椅和床，我抱她上来与下
去，坐起或躺下，再无其他。偌大的世界，再多的繁华，与她，
已了无意义。

我也弄不清娘的意识是否还清晰，感觉她偶尔认识我，
偶尔也不认识。娘超有耐心，躺下就躺下，坐着就坐着，几乎

一言不发，喂她就吃，我不近她身边，她也没反应，我上班或是有事外出，她也悄无声息。

我的心里疼疼的，繁华的世界，丰富的食物，娘不能行走，她没有了牙齿，就算有钱，也不能买她来行走，来品味。快乐无从分享，爱，您还知道否？

常会想起小时候，娘勤勤恳恳的，经营着一个家。常常她会很忙碌，有时到很晚，我们都睡下了，她还在拾拾掇掇，收干晒湿，鸡零狗碎。也曾想过要帮她，却总是插不上手。娘种着她的庄稼，养育着她的孩子。每周都要烙煎饼，供我们去读书。她交际着四邻，算计着收入。布置着她的家居，打理着她的服饰。那时的娘感觉幸福吗？

现在想来，那就是娘的世界。娘的壮年，一如现在的我。那就是娘的领土，娘的国，娘的生活，娘的所有。

谁的就是谁的，可以相助，但无从代替。即便是亲人，哪怕是母子。

娘有六个亲侄子，坐下来有一排，过年组团来看姑母。看吧，看一眼，了心愿，人之常情。但又有什么用呢？娘已经认不清来人了。大表哥临走时说："侄儿再多，也不及你闺女一人。"没办法，这是我的老娘，也是我的生活。就像是小时候，我随母亲回姥姥家，那时，舅妈突然病逝，留下高高矮矮六个孩子，没娘的孩子啊！娘也曾想过帮他们的吧，奈何自己也有一摊子生活。

一个人的日子里，起初，并不习惯。避之不及地孤单，逃脱不掉的节日，惮于面对，于是，跑去姐姐家，大姐家孩子多，兴许能冲淡些，姐姐姐夫也欢迎。但真正能融入吗？真正能忘我地开心吗？面对着主人的客套和孩子们的打闹，他人家的欢愉和你，我还是想回到自己的家呢。

也会去想，娘活着到底还有什么意义？衰老是不可逆的，娘不可能好转或是恢复，一天不如一天的现实揉搓着我的心，娘的世界啊，娘的朝代！

好在有我。我是娘的传承，是延续。现在由我主导着娘的生活。吃什么，喝什么，何时起，何时睡，都有我。没有我她已无法继续。我一勺一勺将饭喂入她的口中，是她的幸福还是拉长了她的痛苦？这是个哲学范畴的问题，不能深想。只是，谁是谁的世界？谁又是谁的国？

唉！就算是一个人愿意承担，而另一个是否就心甘情愿地交付呢？

有段时间，可能压力大，夜间噩梦不断。诉说给朋友，朋友真诚地问："我可以帮你吗？"是啊，你可以帮我忙，但你可以解我痛吗？我可以听你劝慰，但我真的可以放下吗？

每个人有每个人的生活，像树、像山、像东迦河，自有它的坐标和行列，有它应经历的风雨和肆虐。

不去想吧，彻好城堡，只管尽力规划你的世界、你的国。

御敌御寒御寂寞，静待清风明月。且行且歌。

岁寒三九

这天，真是够冷的，冷到无处藏身。偌大的房间，一台电暖器一点也不顶用。我裹着棉袄戴着棉帽，穿着臃肿，活脱脱像是在坐月子。

三九天，正当寒啊！

娘已不能翻身。这是我一直以来最担心和害怕的事，这一天终于还是来了。当一个人连翻动自己的身体都已受限时，我宁肯她的脑子糊涂。娘瘦成了一把骨头，这让我抱起和放下时，都像是托着一个孩子。是的，依稀记起，许多年前，我照顾幼小的女儿时，就是这个样子的。于是，我想象着当年的她喂养我时，应该也是这样的情景吧。只是，不同的是，一个是在成长，是进步，是一点一滴的喜悦与强大。一个却是在衰退，是枯萎，是一种回天无力的燃烬。

许多的人经历过吧，应该是。还有许多的人，正在经历，不只我。无助时，需要心灵的强大，才能不至于倒下。

人生是一场单程旅行。谁的都一样。

娘，也曾风华正茂，长发及腰。

我将饭菜碾碎打糊，一勺一勺喂向她的口中。其间，我需要不断反复提醒："咽，咽，咽下去"，娘才能吃完一餐饭，否则，吃着吃着，她会忘记。有时，娘也会猛然清醒一般，大口大口地吃，加速配合我，以减少我的麻烦。她费力地咀嚼和吞咽，吃下我递给她的所有食物，是本能还是糊涂？我也不知道了。

天，还是冷。娘的被窝是否还能暖热乎？她是否还有活力让自己暖起来？躺着蜷缩着的娘，不像是一个活人。而坐起来的娘，被我围成了一坨棉被。

这冬，太冷了。活过冬天，就是一年。

明日"三九"了，快了。

家中的花草都已停止了生长，有些不耐寒的，早已香消玉殒。吊兰、君子兰、长寿花和发财树还活着，倔强地与我一起经历这严冬。不敢给它们多浇水，怕冷到半夜，结了冰。

今晨有雾，路边的树上挂满了漂亮的雾凇。桥的东面，竟然还飘起了零零星星的雪，让这个世界又冰清玉洁了起来。为了拍几张好看的照片，我竟然又迟到了十分钟。

冷，应该也是有好处的吧，否则，要去哪里找这些雾蒙蒙的美图。

啥时能有暖气就好了。我耐着性子过寒冬。

有句话叫：冬天来了，春天还会远吗？

晚下班时，我惊喜地发现：天，已经变长了呢！

清明祭母

"清明，万物生长此时，皆清洁而明净"。

春潮正汹涌，一树一树繁花团簇，流光溢彩，馨香满怀。行走在四月，问柳寻花到野外，我佯装快乐。

有雨落下来，旋转、飘舞，霏霏细雨，世界被打湿，万物。我窝在家中看窗外的天，想去年此时，我在忙些什么？想在这之前的数个，数十个春天里，我又都经历了什么？翻看以前的日记和照片，那些和您在一起的日子，又纷至沓来。恍惚就在昨日，也或者就在今天吧，您在另一间卧室里躺着，睁着空洞的眼，对着窗外迷人的大好春光，无能为力。

我也正无能为力，除了照顾您的一日三餐，我不知道还能为您做些什么？娘，我不能给您聊一聊我的心事与压力，说一说我的快乐与忧伤，也不能代替您去感受这个春天。您躺着很累了，长时间躺着，我给您翻个身，喂你喝一点水。娘，我不知道您还认识我否？

我走过门前横着的，竖着的街道，去搜寻那些适合您下咽的食物。娘，没有了牙齿，那是怎样的一种感觉？饺子、包子、面包、粽子、馄饨、面条、泡饼……你到底中意哪一款？我绞尽脑汁费尽心思。

娘，这十年来，我一直把您当孩子养的，与孩子不同的是您却越来越不省心，和不省力了。

我发过火，大声地吼过您；我摔过碗，扔掉了尿不湿，您半夜的哀号应该是难受而不是故意，我知道。现在，这些一幕幕又回复来，折磨着我，想起你的可怜与无助，我束手无策又愧疚不已。

娘，春天我们是应该在一起的，我已习惯，就像这四月的风，会如期而至。

那一天迟早也是要来的，我明了，甚至有时，我也曾隐隐地盼望它的到来，一念闪过，想让你少受些罪呢。人生不过如此，我也算想开了。

只是，春雨淋漓，又是一年清明到，我不用再着急着上班下班，不用半夜惊醒更换尿不湿，客卧空着了，心里空落落地，倍觉伤感。

从去年开始，每过一岁，我都会从心底里，对照您像我这个年纪时的样子，觉着自己还没有长大呢，想您如我时，已是做了外祖母的人了，那时，您在我的心目中，已经是上了年纪，娘，其实你还年轻的吧。不几年，你却生了病，现在想起来，我又开始了心疼不已。

我把您葬在了老家新的祖林里，较之十七年前送别父亲，这次，我少了些慌张，多了些定力。也许是年龄的缘故，娘，我静下心来，坦然面对，认认真真地安置了您的身后事。

又是一年清明到，我来您的跟前看看您，看看这片小山和它怀中的亲人们。树叶初绽，草木新绿，油菜花摇曳生姿，小武河的水，正在静静地流淌。娘，春天了，我很想您。

想您对我的宠爱，对家的付出；想您勤勉地耕种，想您那年为父亲亲手缝制的棉手套；想您蒸的素菜馅大包子，想您的唠唠叨叨，和生气着急时的样子……想我慌张时寻您，你不在时盼您，想您给我买的那些衣衣衫衫，院子里种下的花花草草。想您的善良与隐忍，想你与父亲那年你送我去省城上学，离开时掩面而泣……想您瘦瘦小小的身影，蓬松齐耳的短发，想您慌慌张张的一生，挣扎煎熬地离去……

娘啊！人生不易。

然这一切也很快过去，恍如一梦，全都过去了。好与坏，成与败，也都随风而逝。老家给我的牵挂，只剩这片祖林，拉拉扯扯着，让我走了又回，走了又回。

有生之年，终将如是。

娘，您在远方看着我，我会努力，我想努力活成您希望的样子。好吧，我不哭，我笑着，就像您种下的太阳花儿。

娘，今年是您离开的第一个清明节，记之。

祝彼此安好。

有关父亲的印记

父亲离开我们整整已十五年矣。

有关父亲的印记正渐渐淡去，除非是与亲姐妹在一起，一般是很少提及了。只是，一年一度的还有个节日，直接以父亲来点题命名的日子，让人仓皇着无处躲避。仅有的一些小印记也如退潮后，散落于沙滩上的珍贝，一遍遍地被打磨和清洗，而越发地清晰起来，赶也赶不掉了。

印象中的父亲骑一辆老式自行车，大金鹿牌的，这在那个年代是很洋气，很扎实的名牌车子，车大梁前方有一只跳跃的梅花鹿，镶嵌着。当时还算是个稀罕物，全村也没有几辆，因为父亲是个吃公家饭的人，才有幸拥有它。父亲有时会用它带着我，放我在车的前梁上，开心我想肯定是的，但之所以让我记住不忘的却是恐惧。父亲经常会和别人谈事情或是做其他事，那时，他就会把车子支起来去忙了，却并不会把我抱下来，而是让我与车子一起停在了那里。就这样，我一直挂在车的前大梁上，时间有时会长，有时会短，我就紧张，担心车子倒了，自己会摔下来，我一动也不敢动地缩在车把上，惶恐、绝望，眼巴巴地望向父亲要来的那个方向。那时的车子粗重质量好，车子倒下的事情并没有发生过，我想父亲也是确定了安全他才会那样做的，但幼小的我怎么可明白，我还是怕极了。这个情景一直印在我的脑海中，经年不忘。及至后来自己做了母亲，车载女儿时，不管多麻烦，停车时，我都会将女儿抱下车，牵她在手边，让她自己确认到安全。一直我想和父亲聊聊这件事的，可是，还没来得及，他却走了。

农村的孩子，多半是与父亲疏于交流的。记忆中，我从未真正坐下来与父亲深谈过，什么理想啊，前程啊。我们只是各自应付着自己的人生。去外地上学时，是父亲送我的，那时还没有高速，我们先是要去县城住一晚，然后坐了一天的汽车到学校，那时，他好像还不是很老，我们一起乘坐城市公交去学校。手提肩扛的是被褥衣服等我的日常行李，一眼就看得出是农民初进城。报到后，是体检，他在终点等我。再见到他时，他很慌张，拿行李给我看，那包已被小偷划开了一道口子。好在他藏好了钱，我们啥也没丢，但他还是一副惊魂未定的样子，那一刻我感觉他老了，那慌乱发颤的眼神，硬生生地印在了我的心上，与血肉筋骨长在了一样。

父女一场，我也从来没有听他表达过，他很爱我，他很疼我，他很在意我，或是他很看重我的话，从来没有。成年后的我，一直不自信，我想可能也与这有关。可老年后的父亲却很依赖我，成家后我接他来与我一起生活，他总是征询我对事情或是问题的看法，该怎么办？怎么解决？他把众多的麻烦推给了我，却从不舍得把自己的钱，哪怕是零花钱给我。他也不花我的钱，他倔强地认为，只要划清了经济，那就不是我在养他。

简直有些写不下去了。回忆有时会自己浮上来，等我真的想捕捉时，却是这样遍寻不得。

还有什么？有关父亲的印记，后来的，我是不敢想了，因为会痛。很多与父亲相关的片段是我耗费了大量的时光和岁月才淡掉的，我不想再去碰触，就像这个父亲节，如果我听不到，记不起就好了。

因为我敢肯定，父亲，您是想我快乐的，就像我想您了一样。

如果不能再见到一个人，
那么，你注定会牵挂一座坟

如果你不能再见到一个人，那么，你注定会牵挂一座坟。

一直想找一个时间，一个人静静地，什么都不做，什么也不去想，到父亲的坟边坐一坐。默默地，只一个人，坐一会，或是带上一份棋谱，撕碎烧毁给父亲。我不烧纸钱，那个没有用的，有很多的事情不是钱能办到的，比如父亲的事情，我知道。

很多人评论父亲，整个一生，他是失败的，那是他的盖棺论定。原因不在他，而是因为儿子，没办法，养不教，父之过。全是他的。哪怕他的前半生做了很多的事情，帮助过很多的人，但是，没办法，世人只要结果，只看结局。其实，命运如此，不是他能决定的。我理解。至今为止，也许只有我能理解他，有些是环境，时代所决定和局限的，不是他能定夺。

父亲去世时突然，我年轻匆忙也慌乱。没有了父亲的日子里，我想镇静下来，却更加的慌乱了。

父亲去世已是十三个年头了，我一直怕回老家，也曾驱车远远地绕过墓地，却没有勇气靠前。

今天，这个日子，我来了，不得不，我们需要迁址，因为规划，因为拆迁，我们需要将父亲的墓地迁去一个新的地方。

好在有人帮忙，好在家族里还有其他的子侄们。

新订了棺木、寿衣、孝衣，请了吹打，买了礼炮，又扯起灵棚，租来挖机，开挖。

先从我的祖父母开始。

等待的时间里，我得以静下来，坐在父亲的坟边。

真的，人生不过如此。一抔黄土葬亲人，还有什么？有人点响礼炮，吹奏声响起。心痛、心沉、心也颤，还头晕。

父亲，您知道今天吗？您知道我很想您吗？您知道我很累而不知该说给谁吗？

爷爷奶奶的坟很深，很大，很难挖，也许那时的家世尚好，属于厚葬了。因为是末子小儿，我与他们相处的时间短，感情也就不深，所以，没有感觉。我看见沧桑老去的伯父手执棺木，我想感觉应该是一样的。为人父母，为人子女。

仪式繁多而累人，只是，有时这些风俗，更能诠释人生，生儿育女抚养后代就是为这吗？人生轮回就是在这吧。

昨日你葬他，今日我来葬你，那么明日呢？

给爷爷奶奶立了碑文，碑文上只有男儿，不见女儿。我与大伯家妹妹手牵手立在墓前，纸灰在眼前飞舞。

我思绪凌乱。

一切在继续，生活也在继续吧。

我恨父亲

今天是六月的第二个周末。今天是父亲节。

应该是泊来的节日吧，我不喜欢，但也随波逐流。

我没有父亲了。在那个千年的春日里，父亲离开了我们，现在算起来已有七个年头了。

可我依然不能释然。我恨父亲，连带着那个春暖花开的春天也恨，且越来越恨。甚至有时我还会恨到我的奶奶，她老人家如果泉下有知，就不该这么早地招您去见她的。

我不能不恨。没有父亲的日子里，我彷徨而无助，凄楚而低迷，没有人告诉我该怎么做？怎么来面对？再没有人来真心体会我的感受，评判我的对错得失，分享我的快乐忧伤，就是有，也不再带着父亲的味。

您不可以就这样撒手离开的，父亲，在我还没有做好准备的时刻。

我恨，常常地，我会咬牙切齿，耿耿于怀而又泪流满面。您给了我快乐无忧的童年，乃至少年、青年，我在你无微不至的庇护下长大。你是山，是树，是依靠，是无所不能，是万事无忧。您知道我是不能没有你的，我清楚有一天您是要离开的，但我不愿相信不能接受就像现在这样子，了无踪迹。

我恨，您把一大摊子的事情扔给了我，我责无旁贷、义不容辞，可我累！您为什么不处理好了再离开？你本就不该走的，可是，你却走了，你是在逃避，是不负责任，不是吗？做人是不可以这样，您曾告诉过我的，父亲。

不敢再去美食街上的那家象棋俱乐部，甚至那条街我都尽可能地避而不走，不敢去看那些正在安详下棋的老人，无数次地想象您应该就在其中，我确信。

所有的象棋、棋谱全部销毁，我不想看，那小小方格中的楚河汉界会带给我怎么样的痛楚？

绝不再吃南瓜，让它在我的家中绝迹，在您走后。那曾是您的最爱和您的"烹饪一绝"，由南瓜而引发的话题种种，总让我回味而神伤。

父亲，我恨你。

如果，您在，生活会是另外一种样子的，是吧？

我一直固执而倔强地坚信：我受罪了，我受苦了，而这一切都源于您不在了。如果，您在，一切就都会迎刃而解；如果，您在，我也许还会有泪水，但至少我会心安而欣慰，不是吗？父亲，我想哭给您看，而你却不再给我这样的机会了，我不能不恨。

父亲节了，父亲，今天，是您的节日，您知道吗？在今天，您会白白赚到女儿送给您的礼物的，您不知道吗？

可是，为什么您还是不在了呢？

父亲啊，我恨。

童年趣事

小时候，在我们家的南面不远处，有一片菜园子，那时叫自留地，村里的每家每户都有。因为娘上过学，在村里也算是个有文化的人了，所以菜也种得好。我有两个姐姐一个哥哥，一共姊妹四人。我们常常往菜园子里跑，有时是去帮忙摘个辣椒，有时是去拔棵葱花香菜，有时就单纯是去那里找好吃的。菜园子里总会有红红的西红柿，和带着花的嫩黄瓜。

记忆中最深刻的是有一年，娘给了我们向日葵种子，让我们兄妹四人在园子里，各自种下了自己的向日葵。那时我大约也就六七岁的样子，最大的大姐有十二三岁吧，我们挨着肩儿的在村里的小学校读书。放学后，小的跟着大的都会跑去菜园里，学着照看自己的向日葵，或浇水，或拔草，爱护有加。

我们欣喜地看着，小小向日葵从出芽、展叶到长大，慢慢地个头就超过了我们。它的主干笔直叶子碧绿硕大。想象着有朝一日自己种的向日葵开花结果获得丰收，心里更是说不出的激动高兴。去掉的老叶子，有时被我们拿来遮阳或是当扇子摇，好玩着呢。可是夏天的坏天气很快来了，时而狂风大作，时而疾风骤雨，把向日葵吹得东倒西歪的，每次总是大姐率先跑去，认认真真地把她的那棵先扶好，不让它有一点点的歪斜，然后是二姐、哥，最后才是歪歪扭扭、路都有些走不稳的我。迎着风或是淋着雨，经常是等不及我跑到，他们就已经忙活完，折返往回跑了。而我也急急忙忙地跟在他们屁股后面，假模假式地又跑了回来。在强大的哥哥姐姐面前，我只有傻傻地笑，还一副劳动后的欣慰模样。

时间过得飞快，向日葵在我们的关注下慢慢长大了，可不知为什么，奇怪的现象却出现了：菜园子里，四棵向日葵依次排开，而长得最高的那一棵是我的，其次是哥、二姐，而最矮最小的那棵却是跑得最快，看起来付出辛劳最多的大姐的。大姐有些不甘心，后来的日子，跑得更快，去得更勤了，她甚至还给她的向日葵培了很多的土，趁我看不见的时候，还生气捶打了我那棵向日葵几下子。

但这一切丝毫也没有影响到我那棵争气的向日葵，它高高的个子，昂着头，迎着太阳，举着金黄明艳的大花盘，热烈大方，籽粒饱满。

收获的季节来临，我们抱各自的向日葵回家，结果是可想而知的了，大姐伤心得只落泪，而喜笑颜开的我，也全然不知这到底又是因为什么？

大姐异常颓丧，去找母亲。

母亲告诉我们，就是因为大姐跑得太快太勤了，无数次地歪倒扶正，由此而动了向日葵的根系，而根扎不牢，当然它也就长得慢和长得小了。

这件事，我一直忘不掉，我们常常开玩笑地调侃大姐奔跑和委屈的样子。而我更记住了它带给我的意外，惊喜和快乐，稍稍大时，我理解了它带给我们的启示：凡事都要遵循它的规律，蛮干不一定会出好的结果。

探视

天气冷了，去给哥送棉衣服。

时间过得着实很快，稍不留意，中间隔上一个周末不来，半个月的时间转眼又过去了。

他们医院的探视制度又有了新变化，不再允许家属们进入病房，而改在了在门厅里会见。

可能是因为病房内的人太多，有的人又不听话，太杂乱无章了。以前每次来，带点好吃的给哥，也被他们一窝蜂地抢掉。这些在病房里关久了的人，他们会围着你、看着你、缠着你，问你要电话给家人打啊，向你要钱、要烟抽……这啊，那的。上次有个男孩，应该是刚进来不久，年纪又轻，可能是看见我想起了家人，蹲在地上就哭起来，好久都哄劝不好，看着很是让人心酸。哥的这个病区里，大多都是青年小伙子，身强力壮，还长相俊美。每一个人的身后都有着一个悲惨的故事，一个不幸的家庭和看不见出路的未来，想想都让人抓狂。每次回去，我都需要一个时段的调整才能回归到平静。

改在门厅里，就好多了，清静、安心。我一样一样地把买来的东西放在桌子上，任由他吃和拿。单凭吃，一次又能吃多少呢。无非是些饺子、包子、炒肉、水果什么的，吃不了的，他们有个储物间放进去，下次吃不吃得到，就难说了。哥对吃并不上心，每次都淡淡的，这不吃，那不吃的，为人腼腆得很，还是保持了青春期学生时代的样子。这让他看起来怯懦又无助，不管在哪里。

每次的探视时间，我总会遇见一些同样来探视的人们。

上次来是三位姐姐，她们匆匆忙忙地从枣庄赶过来看弟弟，也是带了好吃的。有个姐姐见了面就要哭，另两个姐姐忙着拿东西和安抚弟弟。可能是因为路远，她们很久才会过来一次。

更多的是父母过来，老态龙钟了。上次是先有一个老父亲上楼来，儿子问"妈呢？""在楼下呢，上不来了。"原来这一对老夫妻，自己开三轮车过来，下车时，还没有停稳，老太太忙下车，摔倒了，腿受了伤，留在了楼下。老头唉声叹气凄苦着脸。我下楼来时，看到了衣衫褴褛的老婆子，神情漠然地缩在楼门前。若不是心中想着儿子，她怎么会如此年纪还要辛苦奔波到这里。

可是，遇见了，你总要承受啊！人生路上，谁也指不定谁会遇见一些什么？

今天，与我们同时探视的还是三个人，一对老夫妻和一个年轻的女人。年轻女子可能是姐姐，老朱说会不会是妻子？我笑，多半不会。这种病患，这种状况，家庭怕是早散了。无关薄不薄情，是人总要生存。这家人带来了一盒炒肉，迫不及待地打开给儿子吃。其实，儿子刚刚才吃过了午饭，并不是很饿的样子。老母亲一口一口地看着儿子吃，其间，还疼惜的用头轻触儿子的头，就像是对待小孩子一样。此情此景，我有些想哭了呢。"不管你什么样子，你成才立业，你生病无助，你在就好。"每个孩子，都是娘的心头肉。年轻女子还不断地从包里往外掏东西，强塞到那个正在吃肉的男人手里，牛奶、香蕉、零食，手里拿不开了，就堆在了他的身上。仔细看去，女人也不是太精明的样子。不管是姐姐，还是妻子，都挺好的。

又想起上次借我电话打的那个小伙子，他的电话被家人粗暴地挂断了，一时神伤到要落泪的模样印在我心里。

还有，他们的电话也不外乎是父母或姐姐妹妹，打给哥哥或是兄弟的，我没有遇见过，探视的也没有。

哥的状态还不错，还好的是，他好像已经习惯了这里。

我想带他出去走走，被他拒绝，忘了带剃须刀，我说明日送来，他说不用，"你下个周末再来时带来就好。"不想让我多跑一趟的感觉。

我还是被感动，每一次来这里，我都会落泪而归。为我哥，也为这里的病友，和来这里探视的亲人们。

这是一群特殊的人们。在上帝造人的过程中，不小心被忽略，或搭错了程序。这是一群外形健全，心智缺失的不幸的人们。据说上帝造人也是有比率的，是他们承担了残缺，我们才得以健全，该感恩的。这是一群单纯、善良、弱势，不堪生活压力的人们，这是一群需要关爱的，可怜又可惜可叹的人们。

我同情于每一个家有病患者的家庭，尊重每一位不离不弃，善待亲人的家人。今世有缘相遇相逢，珍惜，保重。

让我们一起慢慢熬过去。好好活着，为那些你爱的，和爱你的人们。

因为，你的坚持，终将美好。

兄妹

多年前，有一种洗面奶的牌子叫"兄妹"，第一次听到时，感觉好玩。"兄妹"，那该是一种多么干净、澄澈的感情啊！听着，就让人感觉美好和温暖。

在大街上，每当我遇着牵一双幼小可爱儿女的年轻妈妈，总会忍不住多看上几眼，特别是年龄相近，高矮依次，玩闹在一起的，花朵一样的小人儿，真是开心又幸福。相对于现在的独生子女，他们的童年不孤单。看着看着，我常常就会想到自己，曾经，我也是他们中的一个啊，是那个亦步亦趋，备受照顾，倍加怜爱的任性的小妹啊。

时光，真是蒙太奇，一晃而过啊，转眼，人生就已近知天命的年纪。

哥只年长我一岁，我们是标准的挨肩儿。我们一起吃饭、一起睡觉、一起上学、一起玩耍。开始，他比我高一级，后来，上着上着，我就追上了他，成为同级而不同班的同学。哥的成绩起初并没有我好，后来他好像醒悟了，考学时，就高出了我很多。哥长得也比我好看，个子高，很帅气。他会画画，考取了山建的园林设计。

如果，他不生病，该是另外一种样子。

儿时我们常一左一右的跟随母亲，走好远的路，步行去姥姥家。都夸我们听话呢，我们一起在家做游戏，放学后放羊遛狗，一起去捡拾棉花。

稍大些后，我与小姐妹们一起，学习编织缝补，而他在家院里，垂下了一个沙袋子，发誓要苦练武当少林功夫。

兄妹一场，彼此陪伴，彼此见证。

周末，我又去医院看望哥哥，这次，我想接他出来，去老家公园里玩上一圈。我在医院给出的知情保证书上，签上了我的名字，并按上红红的指印，与患者关系一栏是"兄妹"，嗯，今世有缘啊！你我兄妹手足。

哥这次住院又快一年了，从最初的反抗，到现在的渐趋平静，最近，他没有再提出要出院的事，上次，他居然表示"住在这里也行"。我心稍安，没有父母了，除了我，你又能去哪里？

我带他去了武河，我们儿时常去的地方，我们还去爬了山，那里有着我们共同的青春，他竟然忆起了山洞和我们的体育老师，他应该还想起了一些旧时光，因为那所老校门，分明还是它旧时的样子。

我给哥拍了很多的照片，他很依赖我，也很配合地任由我去照，我们还拍了合影。尽管药物的作用，他看起来木讷迟钝，但回家来，我还是一遍一遍反复翻看，唏嘘不已。记得小时候有一次，是春天，在黄山脚下的苹果园里，父母曾给我们拍过一张黑白照的，我的羊角辫上扎着花儿，哥手里捧着的是赶会时，我们买下的小泥壶。照片早已找不到了，它印在了我的心里。我们是兄妹，举手投足间，有着掩饰不了的相似之处。我不想失去，从出生到近知天命之年，尽管不完美，有幸，我们还一直都在这里。

读作家梁晓声的《兄长》："谁面对自己的哥哥，心底油然冒出兄长二字的话，那么大抵，谁已老了"，"这个谁，倘是女性，那时刻，她眼里，几乎会漫出泪来"，"它一旦从人的心底冒了出来，会使人觉得，所谓手足之情类似一种宗教情愫，于是，几乎想要告解一番，仿佛只有那样才能驱散忧伤……"。

而与我一样的，梁作家唯一的哥哥，也是一位早期优秀，后来患病，需要长期住在精神病院里的病人。

有一位这样的哥哥，有一位这样的哥哥。

读《兄长》，心会疼。梁晓声属于有能力的人，文中他还说到了电影前辈秦怡，她也有一个患精神病的儿子。而梁说，在"中国境内，不是所有的患者家中，都有一个有稿费收入的小说家，或是一位著名的电影演员啊！"

因为哥，我背负着沉重的医疗费用，和重若磐石的心理压力。哥一度沿街乞讨和流浪，行为举止都是一个疯子的形象，所有的人都唯恐避之不及，唯我不能，我的兄长。我试着接近他、帮助他，试图挽救他，尽己所能。心情恐惧，一次次濒临绝望。有人给我出过五花八门的主意，"不管他""开车拉他到更远处丢掉""找他的单位""找民政局"，是看我压力太大了吧，我能理解的，却无从采用。

像梁晓声一样的，我憎恨过他，逃避过他，向所谓的上帝发过无数求助的祈祷，想让他消失。因为无力，因为痛楚，因为知晓，他无法好起来了，他也是痛苦。

哥最近的情况是好了些，可以交流，我们一起漫步在武河岸边，我透过镜头看向他，也看向自己的童年。一切都是命运的安排吧，儿时的我，跟着他跑，跑啊跑，跑到了现在这里。没有他会有我吗？现在的一切，我当珍惜，哪怕残缺，何况，扪心自问，他真的就只是负担而没有温暖与馈赠吗？不存在吧，兄妹，那也是一个人生命中，尤为重要的一部分，感恩。

人世无常，谁又能确定谁会怎么样呢。静下心来，接受他。上帝赐予的，定有道理。

我希望他能健康地活着，活到老。而他活着的前提，是有我。

我回答过无数人的问询，"是你什么人啊？"我也签署过多张关系为"兄妹"的保证书，皆如梁老师所言：

对于绝大多数的人，人生本来就是一堆责任。参透此谛，爱情是缘，友情是缘，亲情尤其是缘。不论怎样，皆当润砾成珠。

双份人生

有了这个想法后，我就要把它记下来，否则，我真会觉得对不住这一人两份的人生呢。

又逢周末，照例去看哥。

托十九大的福，哥被收治在了兰陵县精神卫生中心。

哥只比我大一岁多，我紧跟着他歪歪扭扭的脚步，来到了这个人世间。因我，他不得不及早断奶，为此，母亲常对他心存愧疚。好在，我们还是平安地长大了。

从小到大我从未叫过你的名字，只呼你"哥"，村里很多人都会记起我"脆"加"甜"的呼喊。我们几乎未曾分开过，儿时我们睡一间卧房，形影不离。我们很少吵架，混迹于山村的沟沟壑壑，所有童年玩过的游戏，溜水滑冰，跳房子打瓦，逮鱼摸虾，都抹不去彼此的身影。我会跟随着你跑，带着我们家的羊和狗，一起。你有你的小哥们朋友，我也有我的小姐妹玩伴。你早我一年入学，我们一起成长。

我们不止一次地跟随母亲去姥姥家，是步行，循着长长的沂河堰西行，堰上有幽深的大树，也有不同的大鸟，啄木鸟就是其中的一种，每次遇见，我们会蹑手蹑脚凑近，意欲逮个正着。但每次不等我们靠近，它已警觉逃开。一双儿女如花朵般绕在年轻的母亲膝下，想必她也是快乐的。下了河堰是农田，田边有水渠，我们喜欢在渠道上跑。你走一边，我走一边，伴着母亲担心的呵斥声，嬉闹不断。

百无聊赖的冬天，我们一起躲在破烂的窗棂下，看着雪地里支起的捕捉麻雀的箩筐，按捺着兴奋和盼望的心，焦急地等。

除了性别的不同，人生几乎是重叠的。你学《从百草园到三味书屋》，晚一年，我也要学。你读闰土，晚一年，我也要读。所有的生活事件，所有的甘苦悲喜，四时五令，从初一拜年，到十五打灯，我们都一同经历。

我以为时光是会一直这样的。我们一起去读中学，住校，往返，奔波。你的学习没有我好，因为父亲在镇里工作，也因为你是家里唯一的男孩，一度你要被归于"富家子弟不务正业"的行列中去。为此，你还留了一级，于是，被我追上了。后来，你却开窍了，一发而不可收。很幸运，我们于同一年考上了大学，并且考入了同一所城市里。

在外求学的日子里，你有时会来看我，我也去过你的学校，你长得高大帅气，同学们都很羡慕我。

谁能想到，后来的生活，却慢慢偏离轨道了。

　　我开始不断送你去住医院。记不清我送你去住过多少次
院了？包括一次你车祸重伤后，我不得不休假来照顾你。弄不
清你到底是受了什么刺激，你工作后，精神就开始有些异常，
除了父母送过第一次，后来因接受不了，又把你接出来后，其
他的就一直是我在送，直到后来父母都不在了。

　　开始，我是想挽救你，你是那么年轻而优秀，一母同胞啊！
我不惜财力、物力与精力，甚至家庭，只想把你拉回到正常的
生活轨迹。

　　每一次送你去住院，都需要我签一摞厚厚的知情同意书，
出现的一切不良后果，都由我负责，我知情，且同意。我一般
都不看内容，叫签哪里就签哪里，我无奈地写下自己的名字，
然后按上红红的手指印，无人可替。但凡有办法，我也不会带
你来这里。

　　我去了你的单位，无数次，几乎每一年都去，承办你所
有的事宜。你的领导、同事们都认识我，我四处求助，希望获
得更多对你可能的支持与帮助。巨额的医疗费缺口，压在了我
的身上，像背着一座山。所有与你相关的，他们都会联系我。
我先签上你的名字，然后，打一道斜杠，再写上我的名字。我
接收你微薄的低保，然后负责你的衣食住行，医疗与护理。

　　我掌管着你的身份证、户口本、社保卡、住院收据。你
的所有，都在我的手里。

　　有时，我感觉我是我，有时，我又感觉我也是你。我不
光要活我的这一份，还不得不要连带着你。

　　你终是没有成家，无人照料是你的常态。你受了很多的苦，
你越来越老了。其实，你老了，我也就不年轻了。多年来，疾
病的折磨，与药物的作用，还有生活的污浊，让你渐渐失去了

活力。血脉相连，我心疼兮。父母走了，让我欣慰的是，尽管你疾病缠身，在父母的葬礼上，你还是竭尽全力的应付，履行了你作为一个儿子应尽的义务。这就够了，感谢你！将他们都送到了入土为安。而这也恰恰正是我所不能代替的。

你不可能好了。这是多年来，我不得不选择面对和接受的现实。你的一生，也许就只能这样了。昨天，一见到你，看到你斜扣的衬衣，我心若死灰，内心悲苦。有好多的人劝我放弃你，不要管了，要顾及自己的生活。只是，有一件事情一直不能从脑海中抹去，那次你还在市里的医院里，可能是受不了某种药物的副作用，不得已，你割腕了。等我们匆忙赶过去，翻看了医生当时的抢救记录：患者意识不清，口中不断默念其妹的电话号码。只这一句，我不能自己。

今世遇见，有缘兄妹。仅此。

我也想好了，我也不想好了。我把电话号码写在了老家的墙上，记在了所有你需要的范围里。不管你变成了什么样子，你都是我生活的一部分，我是你在这个人世间的主要联系人，一直是。

一个人，活着双份的人生，铭记。

第二辑

山 水 偶 寄

武河湿地，我的家

我生于武河，长于武河，武河湿地是我的老家。

相对于大沂河，儿时的我们称它为"小武河"，那时是没有湿地一说的。那时，近河的区域我们统称为"洼湖"。叫起来还是那种厌烦的嫌弃的语气，恨恨地，因为路太难走了，一旦陷入，鞋子上全是泥巴，难以拔出脚来。于是，我们不常走泥路，就走水路。武河岸边长大的孩子，不管男女，都识水性，就像笨笨的我，也能一手举篮子，一手划水，轻松过河去。从没想过这也算是一项技能，还让以后上学期间的城市同学们羡慕不已。

记忆中，武河很长很长，长到我不知道它的来源，也不知道最后它终于何处？反正它就是那么每天静静地流淌着，河水清澈见底，水里有鱼有虾还有河蚌，也有菱角、水草等等，能吃的、好玩的，应有尽有。另外，就是大片大片的芦苇，不知道苇子的用途是什么？但是芦苇之多，足以让孩子恐怖，因为，深不可测的芦苇丛中，总是有着关于娃娃鱼的吓人传说，我是不敢靠近的。

河边有青草地，于是，就有放羊的老头、小孩在上面，我们家也有羊，有时，就会与其他的小伙伴们混在一起，羊儿吃草，我们躺在草地上，抬头看天，恍惚就有了一种草原儿女的情怀，惆怅地。

有一段的武河岸边是沙地，细细的沙，当河水较少时，全裸在外面，像极了退潮后的海滩。也是会有贝壳留下来，此时，我们脱掉鞋子，赤脚踩在沙滩上。武河，给了农家女孩大海的感觉，心情也清亮。

冬天的武河结冰了，最冷时甚至会封河，为了抄近道去镇里上学，我们有时会冒家长的大忌，踩着冰面过河，这是极危险的，脚下的冰有时会啪啪地炸裂。记忆中还曾有过卧倒将身子缩成一团快速滚过河面的经历，那种惊心动魄，那种九死一生长大的窃喜，就这样印在了脑海里，再也挥之不去。

冬，当武河覆上厚厚的一层冰雪的时候，我们多是已放寒假回家，百无聊赖地窝在家中，守着狗儿看院子里的麻雀，左顾右盼，一步一跳地觅食。也读书，闲极了，就去看静静的武河，畅想河开两岸绿。

武河，曾带给我太多的快乐。武河，它伴我成长。

那时不知，有朝一日，这片小武河会摇身一变，成为湿地公园，重金打造。今日之武河，已今非昔比。规模之大，景色之美，吸引了众多的游客慕名而来。"一个一个滞流塘，一片一片莲藕汪，五颜六色水植物，一望无际芦苇荡"的美丽景观，让人流连忘返。

我也来了。

坐在观光车上，我不知道我是来观些什么的？除了武河大桥，我几乎辨不出它原来的模样，周边的村庄依然。依据它们的方位，我努力还原过去的时光。芦苇摇晃着，儿时也是这样的吧，秋风起，毛茸茸的头或是手整齐划向同一方向，水鸭子排成纵队匆忙游向离你更远的前方。

我不观光，我只回家。

曾经梦想逃离，而今奢望安放。

我爱这片地方，这个有风有水有着青草地的地方。这里有亲人、有根、有过往。这里是家，不管我走到哪里，不管我曾走多远，这里都是我叫做"家"的地方。心底一直有一个不愿意说出的愿望，就像汪峰的歌里唱所的：如果有一天，我不得不离去……我希望能水葬于此，我愿随着静静的武河水，环绕，流淌。我知道它会带我去一个温暖不冷的地方。

爱你，小武河，今生，来世。

武河湿地，我的家。

静静的东泇河

熟悉东泇河就像是熟悉自己的家一个样。

我的家位于东泇河以西约有一千米,单位在东泇河以东约有两千米,是在同一条路线上。这样,每天,我至少要往返东泇河四次,骑自行车,奋力蹬车上桥,顺势下坡下桥,来来回回。日复一日,年复一年。

这是一条并不算很大的河流,绕城而走。我并不知道它的源头在哪里?也不知道它最终去了哪里?我只是无数次地望着泇河水,清凉着、薄冰着、雪封着。有时有野鸭,有时没有。看东风起,杨柳绿,泇河的两岸有了红男绿女,牵着孩子,拉着风筝,一片温馨祥和,这是春。岸边有成片的花,粉的、白的、黄的,想象中有多美,就有多美。河水静静地流淌着,温柔低回,心也萌动着。这时,必是要去河边走一走的,沐着迎面而来的春风,心情也随之畅亮。累了,可去横跨河上的厅廊间坐坐,有人拉琴,有人放歌,也有三五好友围坐一起,有人闲聊,有人打牌,最后,也都会起身沿着河堤走走,转转,又离去。

夏日里去泇河多是傍晚了,消夏吧,天热人多近水,当太阳收回它的最后一抹余晖,泇河岸边的人便多了起来,走着的、坐着的、打拳的、跳舞的,三五成群,伴着孱孱地流水声。有时很晚了,也还是会有人在,真的是不舍那一份清凉吧。

秋天给人的感觉很短,有时不觉得,好似只是一阵秋风,就到了冬。因此，对于秋日的泇河，印象就不是很深了，再加上秋风萧瑟，我怕伤秋。但滨河的公园里的桂花香却会飘荡很远很远，也是让人不能忘怀的。

冬天来了，北风吹，泇河岸边的人明显少了些，但如果封了河或是落了雪，人是必来看的，美丽的雪景自是不必说，孩子们打着、闹着，大人们谈论着今年的河水，揣着对来年生活的各样期许，听任泇河不言不语，悄无声息地经过每个人的身旁。夜幕降临时，有忽明忽暗的多彩霓虹灯，亮闪亮闪地，装扮了大桥的同时，也装扮了人的心情，给静谧的冬夜带来一份不一样的温暖。节日里，或许远处还会不定时地爆出大大的烟花，在夜空里炸响散开，映衬着平静的河水，那才真叫一个美不胜收呢。

常常地，早晨我会沿着它晨跑，从这段桥开始，到那段桥返回。夜晚，我会绕着它散步，一圈一圈，从河的西岸，转的河的东岸去。

有时，与朋友闲聊着走过泇河岸，有时，也一个人，双手插兜，踱来岸边。有时踩着晨露，有时伴着夕阳。

就这样站在岸边，望着静静的泇河水，感受它茫然素静的模样。

一天，又一天。一年，又一年。

我想我是爱上她了。

银湖

我又来到了这里，在这个三九严寒的冬天里。

湖面已冰封，到处静悄悄的，四周的树木瘦削挺立，安静整齐，映衬在冰面上。湖边的石板路，弯弯曲曲，望不见尽头。

我去了银湖东面的知青园，园内都是闲置地，还未开发好。干冷的天，土地已结冰，墙角有未融化的残雪堆积。电线杆上栖着好多鸟儿，远远看去，像是五线谱。我们的到来，生生惊散了一首美妙的旋律。

其实，我并不能确定它的确切名字就是叫银湖？近期又听说改成了"兰陵湿地"，但我还是一腔情愿地称它为银湖，我的银湖。

银湖不是个大的景点，在小县城都算不上，更别说是百度它了，所以，知道它的人很少。我是个曾在银湖边生活过的人，当年，我们单位的家属院建在了县城的边缘上，南边相邻即是银湖。

在那里，我一住十年。

那时的银湖，是叫渔场，是一片自然的湖泊，附近除了田地，还散落着一些以养鱼为生的渔民们。初来时并不曾知晓，女儿小时，常与小伙伴们一起跑到这里来玩耍，而我担心他们的安全，便会寻了来。想不到此处还有这么一片江南景致，好似世外桃源。偌大的银湖被分隔成若干小块，每个区域都设置了喂鱼的装备和便于人操作的设施，那是我平生第一次见到这么正规和专业的鱼塘，湖内的鱼儿成群结队密密匝匝，堤堰上杂草丛生，看着也是新奇。

后来，搬了家，离得远了。再后来，听说有人投资开发了银湖，建起了度假村，取名"银湖度假村"。再去银湖时，其中大的湖泊内已建起了亭台楼阁，改成了垂钓园，供人休闲娱乐。且分成了不同的区域，命名白鹭湖、雁鸭湖、荷花池等，只是，我没有再看见渔民，鱼塘也没有了。城市在慢慢外延，我不是很喜欢，也就去得少了。

再次走近银湖，源于与小伙伴的骑行。那个夏天，有人提议环湖骑，于是，每天我们都骑车环银湖行。几年不见，我已认不出它原有的样子。

它好像又扩大了许多，真的换名"兰陵湿地"了。

园内树木成荫，草坪翠绿。湖水清澈，倒映着蓝天白云，杨柳轻拂，配上路边的白墙青瓦。"兰陵古郡，沂蒙江南"初具韵致。空气清新湿润沁人心脾。我原以为只有远方才有的风景，没想到，这里也有了。还是少有人来，这更多了一份静谧，柔和的风和湖水，层层的花和叶，一切煞有诗意。

从小草萌芽，柳条柔嫩开始，湖面温和，湖边的绿色渐浓，就要生机勃发起来了。抑制不住内心的激动，四处寻觅那些早春的踪迹，估盼着不日再来。炎夏时我也会来，看树叶渐绿，满树成荫，百花争妍。有一路的五月蔷薇色彩斑斓盛满记忆。银湖的每一处都是美的，游人多起来，孩子们也蜂拥而至。为此，银湖的北面新建成了恐龙乐园，专供孩子们玩耍，还有配套的茶吧和咖啡屋，美轮美奂。秋天的落叶也是银湖里我的惦念，几乎每一年我都会来，我拍下了不同时节的同一棵树，同一条小路，感受春来时春雨润物，秋风起落叶堆积，叹时光飞逝年华老去。冬天的苇子，那些柔柔荡荡的摇曳，也是我心底拉扯不断的牵绊，触动我对故乡武河的想念。

前年的冬天里，我们这里下了罕见的一场大雪，铺天盖地。那天正巧有事途经了银湖，见证了这冰清玉洁粉妆玉砌的雪世界。

像是无意闯进了一个童话世界里，白色的房子，白色的小路，白色的小桥，白色的树木……四周纯白，纤尘不染，全是我的，我一个人的。天地澄澈，晃眼的白，我一时竟不知所措。

我的银湖，我的意外之喜。

不管承不承认的，习不习惯，已是兰陵湿地的银湖是越来越大，越来越美了。美到超出我的想象，大到几乎找不清它的边际。

我还是喜欢去银湖，高兴时去逛逛，郁闷时去走走，看朝阳初升，日落西岸树。在这里，我读草读树读秋雨，想过去、未来和一腔心事。

据说，兰陵最好的酒店就在这里。如果你来，不要错过。

我昨天才来的，今天，却又来了。

渔场、银湖、兰陵湿地。

我爱代村美如画

对代村的熟悉不亚于从小长大的老家。

很多年前单位的家属院，建在了县城的边缘，与代村仅一路之隔，在那个地方我一住十年。尽管单位早已东迁，但老房子还在那里。也曾遗憾，当初领导们为什么不把房子建在代村呢？惋惜自己不是代村人，对幸福的近邻代村人，也是说不出的艳羡了。

只是，谁又能有如此的慧眼，预知，现如今的代村能够如此之美好呢？

十几年前吧，还真看不出这里是一个什么好地方呢！那时，晨跑，为了避开环城路，我们常去代村，多是围着麦田跑，也有蒜地。记忆中，除了绿色的麦子和蒜苗，地边就是很多的化粪池，多是农民用来沤肥料用的，臭气熏天，随处可见。经过时需要掩住口鼻，快速逃离。当时的路，也是坑坑洼洼的土路，错落的平房与杂乱的建筑，胡乱堆放的柴草，与普通村庄并无两样。

斗转星移，时光荏苒，一切都在变迁。

昨天，我又去代村了，我喜欢去代村。不一样的是，这次是有幸参加"著名作家看兰陵"的采风活动。

代村早已不再是以前的代村了。

第四届菜博会正在如火如荼地进行中，游览代村是最近县城里，甚至周边的各县市，一件比较隆重的大事。

农业公园里游人如织。我们跟随导游逐馆参观。

第一个景点是锦绣兰陵。从结束"结绳记事"的伏羲氏铜像开始，我们走进了浓缩版的袖珍兰陵。不用远足，兰陵大地尽收眼底，抱犊崮、文峰山、大蒜塔、东加河、郎公寺……所有能够突出代表兰陵历史景观人文特点的地域标志都以原版小尺寸再现在这里。通过导游的讲解，穿过岁月的打磨，让我们对这个日日赖以生活的古邑老城，有了更多的了解，和更深的热爱。

此次行程，我个人比较钟爱兰香东方，这是一个新建的展馆，重点在于培育和展示兰花，也是我们的县花。兰花厅内花团锦簇，琳琅满目。各色兰花，花色鲜艳，兰香四溢，让人眼界大开。真不知道怎么可以养得这么好！开得这么旺！这一定是我有生之年看到的最多，最好看的兰花了。另外，兰花厅内竟然还设有书吧和咖啡，供人休息歇憩，主办方真是想得周到，可是哪里还容你坐下来，兰花相绕，我们都忙于拍照和拍兰花了，恨不能将这时光与美景长留，只想多待一刻是一刻罢了。

华夏菜园里，有一些稀奇古怪的东西，给我们展示了科技的高端与神奇，大得惊人的南瓜，无土也能成长的美芹，红的果，绿的叶，平常的辣椒和番茄，在这里几乎是想让它长成啥模样就能长成啥模样，想让长多大就能长多大的样子，不服不行！馆内还有用大蒜和生姜、花生、土豆等砌成的小山，有橙子橘子垒成的城堡，后来听导游详解，竟然还都是一些历史典故的场景再现，有诗仙李白醉卧兰陵、张骞出使西域、莫高窟等，很是壮观。

并不能一一赘述，农业公园的大气与精彩，厅外的郁金香园，花儿开得正艳，让人驻足流连，红的、粉的、白的、黄的，加上奶牛、风车和大木鞋，活生生一幅异域风情图展现在眼前。

代村，我不能不爱上你！

新建的沂蒙老街，据说仅仅耗时两个月就建成了。老街集特产、工艺、茶道、戏曲等多种形式于一体，小桥流水，品茶听戏，可驻足，可穿行，可欣赏，可亲尝。静静地向人们诠释着"文化兰陵，美丽代村"的韵味。如果，你有幸能在晚间来，店外的石凳上竟然还有小年轻在吹萨克斯，悠扬低回的音乐声轻吟低诉，和着明明暗暗的灯光，和袅袅升腾的烟火热气，恍惚老家，恍惚江南水乡。

嗯，沂蒙老街，一个最好的，体验乡愁的地方。

怎奈，我的短时拙笔是无法写尽代村的美。中国美丽乡村也属实至名归。平安富足让每一个生活在代村的人们祥和安心。

当然，幸福代村不光是有农业公园，更好的是代村社区的建设，宽阔通达的街道，漂亮的小康楼，四季常有的绿化，整齐的公寓楼。整个的代村社区就是一个开放的旅游景点。同样是做农活，在美丽如画示范园内，我想肯定会有着不一样的感觉吧。反正在我们外人眼里绝对是一种幸福和快乐。

踏进代村，你才真正感受到社会主义新农村不是一句空话。

众所周知，代村人不光有着如画的美景，还有着各项福利和完备的社会保障。集教育、医疗、养老的一条龙待遇。他们有着自己的医院、学校、餐厅，也有着丰富的文化和娱乐生活，真正实现了衣食无忧，老有所依。

绿树掩映小洋楼，空气清新人长寿。

使用沼气新能源，文明卫生又方便。

条条大路通家园，乡村更胜城里面。

闲暇时间，经常一个人，或是与小伙伴们一起，去代村闲逛，环银湖，或去老街。骑车、拍照，或是什么也不做，只是满大街乱窜，走在代村的大街上，心情也变得快乐。

喜欢代村，像喜欢一个姑娘一样。身姿优美，笑容甜美，气质和美，品德娴美。

大美代村美如画！能不爱代村？

兰陵代村，这个温柔朴素，美丽又有朝气的村庄，带着梦想，向着阳光，花开四季，瓜果清香。

代村，一个你刚刚离开，又想着要再回来的地方。

夜色兰园

我们是在黄昏将尽的时候，到达兰园的，为了方便停车，赵老师选择了从售票的正大门方向进入。因为家在兰园的东方，我一般都是走偏门的。真是庆幸，兰园在清早和晚间的时段内，对游人是免费开放的。正值暑期，当大太阳掩去了它的最后一抹余晖，热气渐消，兰园也缓缓地退去了它白日里的热闹和喧嚣，全部沉浸在一片安静与祥和之中了。

游人却并不见少，此时，能来兰园的，大多都是些周边的本地人了。他们的脚步安定，神情悠闲。走走，停停；停停，看看，或拖家带口，三五成群；或恩爱缠绵，牵手二人；也有一个人独行的，或戴有耳麦，或聊着手机，这个世界，只要你愿意，总会有出口与你相对接，不管你信与不信。

关于兰园，我是来过多次的了，在内心深处，它几乎是我割舍不掉的一部分。虽然，住的地方越搬离它越远了，但几乎每季每节，我都是会回来的，来看一眼，转一圈。有时是与家人一起，有时与他，有时也与朋友，就像今晚，有幸与美女赵老师同行。还有更多的时候，我也会一个人，悄悄地，默不作声地潜入，像是一名偷窥者。

我习惯将自己置身于游人与风景之外，抑或游离于自己的凡身肉体之上，寻找一种"跳出三界外，冷眼观世界"之感，空留魂魄徜徉于这秀色幻境里。

这是要入痴了吗？

我收纳心神，尾随赵老师，我们沿主路行走。天色越来越暗了，没走几步，右侧的粉豆花花海竟使出牵绊，迫使我们不得不停下了脚步。

我很意外，这兰园，竟然专门种起了粉豆花。

在我的记忆里，几乎是不把粉豆花当花看的，因为它太常见太普遍了，根本就不用刻意去种。农村的家里，房前屋后，大门口，鸡舍篱笆边上，随处都可以自由生长着。它碧绿的叶子，发很多侧枝，有时会长很高，蓬蓬茏茏，透着旺盛的生命力。花开得密密实实，一朵挨着一朵，像吹着小喇叭，中间有一颗黑豆样的种子，表皮有纵棱和网状的纹理。花儿多种子就多，掉落下来，明年自会有更多的生发成长。花色以红色、黄色和紫色为主。这种花儿有个最大的特点就是，只有在黄昏的时候才开放，一般也就是人们做晚饭的时间，所以，又称"时钟花"或是"晚饭花"，上了些年纪的人常以此为准。

我是极喜欢这种花儿的，它的颜色热烈分明，娇嫩可爱，儿时常掐了它来涂抹指甲，煞是好玩。每每到晚饭时，还会特意去看它，奇怪它为什么天色越来越暗了，它越要开，那么，它是要开给谁看的呢？

今晚，我就碰巧看到了兰园里盛开的粉豆花。听说它的学名是紫茉莉，我觉得它配得上的。兰园的紫茉莉显然经过了改良，植株变矮了，叶子变绿，花色更是琳琅满目，黄红紫不用说，有一些一株之上就是双色或是三色的，花让人稀奇，有一片竟然全是纯白色，这我还是第一次见呢，夜色下显得愈发洁净动人。我尝试拍摄远近、高清、微距，均不能达到好的效果，真像赵老师所说：只有用心，记下来，回去之后，好好回味消化，最好转化为文字，让它得以永恒为好。

有风吹过来，暮色更浓了。兰园的夏凉夜开启。各色的彩灯亮了，明明灭灭，霓虹闪烁总是能够很好地烘托气氛，就像这微熏的风吹来花香。

此时，主干道上的国槐，正在倾情演绎的却是另外一种景象。

浓荫如森的国槐，好似一夜之间被点燃，远远望去，一树一树的全白了头，树下竟铺了厚厚的一层淡黄花，细细碎碎的，风来，花还在继续落，扑扑簌簌，落到行人的头发上、肩膀上，最后滑落到脚边静止，花香清远。赵老师一袭棉麻长裙及踝，花鞋绣步，袅袅婷婷。就这样，轻轻悄悄，在月色与灯光的映衬下，踏花而行。好一幅绝美的时光图，我定格了画面，惊心美艳。而此时缭绕在耳边的画外之音竟然是齐秦的《花祭》，也是应景。"你是不是不愿意留下来陪我，你是不是春天一过，就要走开……留下来……留下来……"

兰园太大了，一时半会是逛不完的，但不管多累多晚，在这夏夜，就算折返，也必会行至荷塘为止吧，不看一眼荷花，你怎算来过兰园。

夜晚观荷则必是与白天不同。如果说白天我们是大张旗鼓，正大光明，浩浩荡荡前来观荷赏荷，那荷花也是大义凛然，傲然挺立，大大方方地绽放在眼前。而夜晚则莫名有一种偷窥美人，心中窃喜的诡秘兴奋之感了。仿佛是些意外之财，不劳而获，抿着嘴，轻掩着心，悄然碎步，我们为荷而来。

荷塘的四周是没有灯的，岸边的垂柳像护卫，将荷池间隔成不同的区域，屏障一样的，幽幽暗暗之中，荷叶们如晚浴的仙子，屏息站立，俱无声息。荷花们似被甲兵保护，淹没在荷叶中，它们的花瓣是聚拢起来的，是看见我们娇羞了？还是要睡了？没有人知道。有一处的荷塘里安放了一只巨大的水鸭子模型，静静地卧在水面上，安祥无语。

我们走进荷塘间曲曲折折的木廊桥，浩瀚的星空，澄碧如洗，月光如水，一星伴新月，月色撩人，也撩荷。今晚，在兰园，与荷相对，欲与荷语。

有蛙鸣和窸窸窣窣的游鱼声，偶尔惊起的水鸟"倏"的一声飞到荷塘深处去，它和我都吓了一跳，四周静寂，好像连呼吸声都清晰可闻。我与赵老师低声浅语，我们都想到了与荷相关的诗与句子来，祈愿夜不要醒，人不要散，时光不要远。

这美好的夜，和这夜色下的兰园，让人回味之无穷，又甚是挂念。

塔山记忆

每一个兰陵人，或多或少地，都会有着关于塔山的不同记忆，每一个。

你或是恋爱，或是陪伴孩子和亲朋，或者你就是一个孩子，你总归是来过塔山的。

塔山又名塔子山，位于县城的东侧，与东泇河毗邻，一山一水形成了兰陵极为重要的地标。在这里，绝对是有着"无人不知，无人不晓"的地位了。

据考证，塔子山在唐代以前，原名九顶莲花山，有着九个小山头，山上有塔庙，人们进香祭拜，慢慢改称塔子山。世事变迁，山上的塔庙早已没了踪影，取而代之的是以当地著名特产大蒜为造型修建的"大蒜塔"。塔高33米，建于塔子山的至高处，整个塔体是个倒立的大蒜型。顶天立地，古朴典雅。

以山为基，山上还建为凉亭、儿童乐园、动物园等，集休闲、娱乐为一体。

多年以来塔山公园都是整个县城唯一的公园，而没有之一。公园建有月亮弧的拱形大门，设有售票窗口，买票方可入内。

早些年代，逛公园什么的实是奢侈，除了孩子和恋爱中的青年男女会偶尔光顾，我们多是望"山"兴叹了。好在，公园的早上还是开放的，听说也是为了方便老干部们晨练，我们也就因此沾了光。也是因为离得近吧，除非逢年过节，平时，是绝对少有人会买票进入的。

而过年就会不一样啦。不知别人家怎么样，反正在我，每年的初一早上，拜完年后去塔山上逛一圈，几乎是固定不变的曲目了，因为县城弹丸之地你也无处可去。去爬山，或去凉亭呆坐，可聊天，也可参与山上设有套圈和打气球等的小把戏。特别是有了女儿后，怀揣压岁钱，我们就去儿童乐园。把园内所有好玩的，平时不舍得玩的设施，一个不落的慷慨体验一遍。旋转木马、小火车、碰碰车、秋千、滑梯、跷跷板，孩子们开心地雀跃着，有时，大人们也一起，假借陪伴之名，弥补一下自己童年未曾有过的快感。与女儿一起乘坐小火车穿越山洞时的惊悚，直到现在，也还记得呢。

塔山的氛围很好，来爬山人们全都喜笑颜开，孩子们奔跑着，追逐着，恋人们手牵着手，直到日头偏西。

平日里不起眼的公园，此时会出现爆满，曾经有几年，上午竟然挤不上山，可见人气之兴旺。

除了过年，有时有外地亲戚朋友来访，我们也是要去塔子山的。毕竟也是此处的一个景点。每一个兰陵人，谁的手里没有一张与大蒜塔合影的照片呢。

在山的北面设有县城唯一的动物园。园里有一只大骆驼，几只梅花鹿和羚羊，另外就是猴山和飞鸟家禽类了。种类虽然不多，但总归也给孩子们的童年，填补了关于动物，和与家人一起观赏动物的经历。

后来，时间总是过得很快，后来马上就来了。亭台楼阁，休闲娱乐，我们又有了兰陵文化广场，代村国家农业园，银湖度假村，开元国际等。更重要的是，我们还有了代步的车，有了户外组织和旅行社，不只是塔山，几乎是想去多远就可以去多远了。

一年或是几年，总之有很长的时间，我没有再去过塔山，晨练也不去。惦记着外面的山与川，数算着祖国的江湖海，我几乎忘了身边的塔子山，知道它在，却没有再去。

一天，邻居跑来对我讲，塔子山开放了，全天不再售票，约我有空一起去看看。嗯，应该这样的吧，还山给我们了。虽然，票价也不是付不起，但感觉还是不一样呢。

晨跑时，我改变了线路，去转山。

正值五月，枝繁叶茂，绿萌匝地。塔子山上一片幽然。较之以前真是改观了不少，沿山脚修有环山路，可以环山跑。路边设有石桌、石凳，供人歇息驻足。路灯是古色古香的黑白灯笼，围墙也是白灰青瓦，加上古树蔓藤，仿佛江南。大蒜塔和凉亭依旧，所有的山路均做了硬化，有了专门的祠堂，可参禅上香，小山被零零落落地划分成大大小小的区域，供不同的人打拳、跳舞、挥剑和执扇。

儿童乐园内却一片荒芜。好久无人光顾的样子。生活越来越好，孩子们能玩的地方多了。这里杂草丛生，除了那架飞机换成了新的，其他的设施均已陈旧，荒废停用了。小火车的轨道要被荒草淹没了，辨不出方向。当年，孩子们欢腾的笑脸仿佛还在眼前，时光已飞转。秋千架空了，跷跷板倒在一边。鸟儿却多起来，鸣鸣啾啾地，现在该是它们的乐园了。花池内荷花正密，旁边的木廊上，蔷薇也正开得不管不顾。

乐园可能要整修，我来看过了。

动物园没有开门，我不知道那只老骆驼，它还在不在？那几只大羚羊，是否还安好？

有些风景，看过了就看过了。而塔子山却不同。它深入到我们的骨子里，与我们一体，是我们的塔山。

你来，或是不来，它都在那里。你想起，或是忘记，它都在等你。

我爱塔子山，一如爱这似水流年。

湖光山色，文化鲁城

去鲁城，不管什么时候，一旦有了这个心思，就会心心念念地抑制不住。像怀揣着一颗石子，投入会宝湖，看一圈一圈的涟漪，荡漾开去。我走过大青山，流连会宝湖，在匡王村的大道上驻足凝望，村庄民风淳朴、安静幽美。夜晚应该灯火明亮，若匡衡在，不用再凿壁和偷光了吧。

槐花之约

这是一场蓄谋已久的约会，地点是朋友静的老家——鲁城，那个在春夏之交，开满了洋槐花的大青山上。

起初，我对槐花是无感的。

在我们老家那地方，槐树种的少，我童年乃至少年的记忆里，是鲜有槐花的影子的。唯有的一次，是不小心被矮墙上落下的石头砸破了头，我慌乱地哭，被母亲拖去卫生室包扎，然后，被当作重伤员养起来。母亲去寻了槐花来，煎蛋给我吃，说是止血的，味道清香醇正，母爱情深。至今那道伤痕还在，但想起来，却全是温暖。

而静与我不同，静对槐花的情是心心念念地。

她生自大山长自大山里，每到槐花开，她就会像是一只逐花的蜂，飞奔而去。那淡淡地自然清香吸引着她，像是一股绳，拉着扯着指向回家的方向。从去年开始，她就一直鼓动我去看槐花。静不断地给我们描绘那漫山遍野的清新素雅，绿叶白花。还发了照片来，有图有真相，美轮美奂。因为要照顾母亲，遗憾不能成行，只能眼睁睁地看着静携夫带子奔赴槐花林。这家伙俨然拍大片，带着竹竿、花篮和白裙子，欲去山上一梦不起的架势。我狂加艳羡，恨不能同行。

今春伊始，母亲不在身边，无论如何，不能再错过了，这场槐花之约，我是认定了的。

但静说要等到阳历五月初，而今年热得早，我怕错过，列了多种计划，静不时差家中亲人前去打探，确保槐花正盛时，我们前往。

我终于来到了这片大青山，而山上也正浓烈着绿白相间。绵延的山，绵延的花海，一串串洁白的槐花缀满枝头，空气中弥漫着清香，大大小小的槐花树，层层叠叠。老树树干沧桑，树冠硕大，高耸入天。抬望眼，映着蓝蓝的天上白云飘，青翠的叶，莹透的白，有一种恍惚目眩的感觉，愉悦氤氲开来。小树苗上也挂着花，举手可摘。"槐林五月漾琼花，郁郁芬芳醉万家。春水碧波飘落处，浮香一路到天涯"。闭上眼，深呼吸，一丝丝甜润的气息，泌入肺腑。微风过处，槐花翩翩起舞，似一群素雅洁静的女子，轻言细语，婀娜生姿。有村民正在采摘槐花，拿着工具，带着手套，包着头，捋在筐子里。我们也迅速加入，或摘或抱，抓一把塞进嘴里，且近花香，激动之情溢于言表，终多是拍照和玩闹罢了。

有人赶了成群的羊儿，在树荫下吃草。羊儿吃饱了，欢快地跑跳，有的还衔着槐花在打闹，让人忍俊不禁，给平静山林更增添了一份情趣，带了吊床，在槐树下歇息。睡在槐花林，一直是静多年的愿望。我掏出了书，在槐树下读，更是让静狂喜不已。诗与槐花都有了，梦一场吧，再回到儿时，与妈妈在一起，采摘槐花儿的模样。

静会做各种槐花美食，槐花煎蛋，槐花饼，槐花渣豆腐汤，会保鲜储存，我是不行的，只好全交给她了。

这一场春夏之交，这一场槐花之约。

我来了，怀抱一簇白，笑倒在槐树下。

会宝湖夕照

昨天，和好友一起，专程开车跑去会宝湖，看夕阳西下。

我们约定在下午三点出发，计划环湖一圈，然后，寻找最佳地点，等候夕阳。到达时，静说来早了，我是不认可的，那夕阳，也就是一眨眼一刹那的事，不早来，就错过了。果然，就在我们停好车取相机的那一刻，湖水已被燃烧了起来，整个的会宝湖波光粼粼，水面浮光跃金。四周一片安静，远处山水相融，湖光山色，也有小船正泛舟水上。天地间突现两个太阳，两片霞光，相互辉映着。真正的"一道残阳出水中，半江瑟瑟半江红。"我一时竟有些懵，分不清天上水中，哪个是真？哪个又是假？它们正一步步靠近着，似有磁力，互相吸引着，惹得我也开始走向它们。我想走近那夕阳，我想拉住它，扯住它，不放过它。心中似有万千诗句在吟唱，却又只能到水边而止了。

这会宝湖的落日啊！真是让人着迷，听朋友说她不是第一次来了，理解，我也会再来的。所有的相机都不满意，所有的拍摄都是徒劳，根本就拍不出它的千分之一的美。它的"落

霞与孤鹜齐飞，秋水共长天一色"。它的美，无法言说。当它
真正隐去的时候，天空淡了，湖水淡了，四周微暗，静止。我
们都没有说话，一时间有些手足无措起来。"结束了吗？这一
切？"倏忽，刚才的那情那景犹然是梦，又恍若前世。空落落
的几个人，面面相觑。

我曾无数次地观赏、拍摄，甚至追着夕阳跑。但会宝湖
的夕阳，我还是第一次来。我喜欢看落日红，霞光碧天，那份
沉静与婉约；那份璀璨与辉煌；那份从容与缄默。芳华轻度，
似烟如梦。会宝湖美若西湖，静若仙子。我也曾拿落日认真地
与朝阳做过对比，除了那灼人的亮与光以外，夕阳的西沉更显
大气与温暖呢。

一度我搞不清"夕阳无限好，只是近黄昏"，哪句在前？
哪句在后？其实，我也没有真心想去弄清楚，反正，在前在后
都是美，都有让人无从反驳的理由，这耗尽余晖的最后一瞥，
拼了全力，归于平静，足矣。

珍惜出现在你生命中的每一轮夕阳吧，它无数地叠加，
组成了你的生命。一如这美丽的会宝湖，遇见夕阳，共舞黄昏，
我们也会在下一个黎明里重逢。

从"凿壁偷光"到美丽无限

在兰陵文化广场的西侧，有一座小型塑像，静静地安放着，
那是一个黑色着古装，书童模样的人，挽着发髻，执卷在读。
在他的背后是一堵墙，墙上凿开了一个小洞。雕像没有名字和
注释，但每一个走过路过的兰陵人，都会知晓它的寓意吧，而
每一个在这片土地上成长起来的孩子，也都会听到这样的一个

故事——

"汉朝时，有一个人叫匡衡，家里很穷，他白天要干活，晚上才能读书，但又买不起蜡烛。他的邻居家一到晚上，屋子都点起了灯，把房间照得通亮。没办法，匡衡回到家，慢慢在墙上凿了个小洞，借着这微弱的光线，如饥似渴地读起书来。由于他的勤奋好学，长大后，终于成为一个知识渊博的，有学问的人。"

这就是著名的"凿壁偷光"，它口口相传，代代相承，在兰陵这块热土上源远流长。而它的主人公匡衡就来自我们兰陵县的鲁城镇。

鲁城是个人杰地灵的好地方。它地处全县的最西部，距县城35公里，位于临枣的交界处，有着"苍山西大门"的美誉。"城"自古指城邑，有高高地围墙把守，"城，所以盛民也。""城者，可以自守也。"一个以省的简称命名的城邑，喊出来也亲切大气，城里城外，自成一派。有仿古的城门大开，挑旗宣示这一方水土。归它，有一碧万顷的会宝湖，湖水清冽，地域之大，怎么看都给了我大海的感觉；归它，有绵延不绝的山，林林总总，87座，座座有名；归它，有丰厚的历史文化，不止有匡衡，还有众多的古遗迹被发现，有楼子汉墓，有下寺院遗址；归它，有丰富的矿产资源，开发潜力巨大；归它，有典型的山区，库区和矿区的4万勤劳善良的鲁城人民……哪怕这些都不算，单是那美味的宫廷全羊宴，也会让你垂涎和想念。

我们环湖而行，从会宝湖的这一边到那一边。环湖路刚刚修好，舒服又惬意，我们看到了远山，巍峨又壮观，山因水而更显灵气。我们看到了浩淼的水，波平如镜，水的尽头是山，水因山而更显澄净，山与水紧相连。舟自横，风冽冽，树静止，一切都搭配得刚刚好。我们环山，从山的这一面到那一面。惊险又漂亮，我们看到了交错的路，盛开着梧桐花的村庄，和大片的农田。黄灿灿的油菜花正在暗去，挚起的是成穗的油菜花籽。山是一层层的梯田，真正的美景如画。环山路如一条白色的缎带，弯弯绕绕迂迂回回。这环山又环水，气势磅礴，除了惊叹，无力其他。

因工作的事情，我曾在此地停留。也曾随骑行团，穿行在它的山下湖边。还曾因朋友的缘故，来匡王村小住。鲁城，每一次来，都会给我不一样的感受。我走在美丽如画的匡王村里，前朝水，后靠山。每一户人家都像是老家，边边角角都盛开着花。每一步，都感觉踩着两个字：幸福。曾跟朋友戏言，假如人生可以重来，出生地是无法选择了，但如有可能，我愿意选择嫁在鲁城。呵呵！

湖光山色，文化鲁城。匡衡故里，大美家乡。诗与远方固然好，而家门口的风景，更让我感动和眷恋呢。

盛装待嫁压油沟

我又来到压油沟了，为了她即将揭开的面纱，组织者们在做最后的努力和全面的审视。压油沟真的就像是一位待字闺中的姑娘，化着娇羞的妆。对！一直在化着妆的姑娘，就要幸福地展现在大家面前了。

我们来得早，天气也给力，昨晚整夜的雨，今晨竟意外地停了，空气清新，泥土润泽，树叶清亮，连青石板也光洁干净。路边的玫瑰开得正艳。整个压油沟仿佛刚刚沐浴完毕的仙子，置身其中，瞬时心旷神怡。

我们跟随导游逐一参观。尽管此地我已来过多次，但如此正式地有人引领和讲解，还是第一次。从它的历史由来和基本概况开始，全方位地了解和走近这个独特的世外桃源。一个看得见山，望得见水，拾得起乡愁的小山村。

从拉油、压油的历史，将我们引领回传奇的远古，到扑面而来的"燕柳湖"，燕子柳的典雅清韵晃动着我的心，柔柔地在水上行，木桥迂回，刚好与苇子擦肩。行至旺泉，泉水清冽，有木瓢悬浮于水上，端起一瓢，饮之甘甜沁脾。松媒树下，再听一曲动人的爱情传说，美矣。

顾名思义，压油沟，自然因"沟"而得名，有沟深且阔，此时沟内并无水流，我们沿沟上行，两边高大的树木，绿荫匝地，芳草萋萋，让人倍感清凉舒服。沟内块石嶙峋，岩壁层层

堆积，石上长满青苔，坡上有草坪，绿草莹莹。如果说燕柳湖
的水，是环绕在压油沟腰身上的缎带，而这葱茏的绿色，就是
她的绿裙子。微风吹来，裙裾飘飘。

　　而真正的压油沟村现在俨然是一座空城了。据了解，小
村原本共有 76 户人家，276 口人，多年的封闭，让这里与外
界几乎隔绝，老百姓过着单调贫穷的日子。石板屋，茅草房，
木门石巷，古老淳朴，原汁原味。自 2015 年入选国家旅游扶
贫试点村后，逐渐走出了一条脱贫致富的特色之路。通过旅游
开发，对破旧房屋进行了全方位的修复保护，原村民全部搬迁
了，一座座小院空闲下来，更显安静，有的还修起了木栅栏，
有绿色的藤蔓攀爬其上，墙角散落着一些些碎野花，与纯粹的，
大大小小的石块围砌而成的外墙相呼应，加之石磨石桌石碾，
乡愁渐起，那些岁月啊，自记忆深处卷土又来。房屋多依势而
建，曲径通幽，错落有致。闲庭漫步，如遇亘古。这里该是压
油沟不变的灵魂所在了，真想就此停止，不惊时光。

　　我们坐上了观光车，沿山路穿行。极目远眺，满山白花
花毛茸茸的板栗花啊，这种花很是奇怪，不亲眼所见，不仔细
观察，你都很难把它与收获去壳后的板栗相联系起来。成片的
花像炸开的烟火，璀璨了整座山林。山楂和核桃都还是个绿果
子，躲在树叶后面，羞于见人的样子。

　　我们在一座三层小楼前停步，坐下来开会，观看压油沟
的前世今生与远景规划，这是我最喜欢的，与相同脾性的人一
起，做自己喜欢的事，自是极好的。

　　压油沟不光是有怡人的美景与自然风光，还有着天然独
特的美味。诱人的美味更加深了人们对她的喜爱。辣炒小草鸡，
味道绝对正宗。凉拌的鲜花椒叶，就地取材，现场制作，几乎

是我吃过的最好吃的凉拌菜了。石磨煎饼、辣椒酱、老娘豆腐、野菜野味端上来，我感觉就像是典礼前的茶点，味甜入心。相遇在这一刻，温暖将是永恒。

我像个恣意的孩子，徜徉在故乡，寻找，欣喜，安放。辨别哪一条路会通向河流的深处？哪一片叶又曾读懂过春的心事。闭上眼睛，静静地聆听，有鸟儿鸣，也有老调的歌声传来，恍若前世。

我又像个家族长者，来看望这位巧心装扮，择日而出的新嫁娘。看着她从质朴的农家女，慢慢奔向属于她的更大的舞台中央。

似亲朋，又似观众，我们看着压油沟整装待发，我们家的姑娘。来！一起期待它精彩的明天吧。

七一是你的好日子，我们定下的，那一定会是一段庄严神圣的喜悦时光。

压油沟，让梦开始的地方。

那塔

初秋时节，晚六点，我走出办公大楼，迎面就会看见它，那塔。

此时，我在它的正东方，奔着它的方向，慢慢走在回家的路上。全程会有一个小的弯道，它偶尔会被我途经的高楼或是树木遮挡，但很快，转过弯道，它又会完整地显现在我的眼前，高耸、端正、稳重。有时淹没在夕阳的余晖中，周身镀着一道金边。有时，红彤彤的大太阳，挂在它的左边、右边或是塔尖上，煞是好看。更多的日子里，它多是掩映在了树丛中，挺拔不语，经年累月。

回到家里时，我在它的正南方，如果不是小区刚刚新建了一个高层，我原本站在家中的厨房里就可以看到它的，它就像一个风向标，以它为标的，我分别处在它的东、南、西、北方，周而复始，绕塔而行。

那塔，就是我县的标志性建筑，坐落在县城的塔子山之巅的——大蒜塔。

该塔始建于 1992 年的 5 月 27 日，历时一年竣工。那时我刚从学校毕业分配到单位工作不久，还属稚气未脱的学生。记得是在全县范围内集资修建，忘了当时集了多少钱了，但真的是当成了全县的一件大事来办的，大家踊跃捐款，热切期待它建成后的样子。开工时，我和同事曾专程跑去塔山，看挖掘机轰轰隆隆地开动，工人们忙前忙后。我们还在原址拍了照，以做纪念。

"大蒜塔"之名，是以兰陵地方特产大蒜为名建造而成，塔高11层，层高3米，象征着党的十一届三中全会，据说是代表了兰陵县百万人民团结一心，坚定不移地沿着建设有中国特色的社会主义道路前进。

塔顶是倒立的蒜头，恰似警钟，风吹有声，警示后人记取"蒜薹事件"的教训，不忘前车之鉴。大蒜塔的建成，凝结着兰陵人民的智慧和创造力，寄托着全县人民对天物之敬和对故土的热爱之情。

时光飞逝，转眼二十多年的时间过去了，我也从青年走到了中年。那塔默默伫立，我为生计奔忙。

以塔为证，我曾在塔下恋爱、约会、嬉戏和彷徨。早时，我住在塔西山脚下，每天清晨，我去晨跑，环山，以塔为终点和起点。我曾无数次地抬头凝望，它的飞檐翼角，清白在目。

多少次，我带着孩子行走在塔下，给她讲塔的寓意和故事，我们数着塔的层数，走过春夏秋冬，走过一年又一年。看四时更焉，塔下花开花落又飞雪。

我曾登上那塔，感受高度，远眺四野，寻找哪里是家？哪里又是沭河？和沭河流经的村庄？

我曾遇见多对以塔为背景，拍摄甜蜜婚纱照的恋人，也曾为愤然跳塔的决绝女子无能为力唏嘘感叹。

那塔，还是那塔。

每次离家，坐在车上，我回头望，看见那塔，渐行渐远。每次返回，看见那塔，内心知晓，我又回到了家。

我生活在这里，我行走在塔下，塔望着我，我望着那塔。

我为塔拍过很多的图片，正拍、侧拍、仰拍、俯拍，晨起的、傍晚的、夜色下的，我带着所有的至爱亲朋来过这里，以它为背景影留念合，我与不同的人在塔下，或坐或站的簇拥，定格甜蜜或是庄严，混杂着友情、亲情，与说不清主题的感情。

都过去了，唯塔永恒。它在身后，风雨不侵。

仿佛塔即城，城中即岁月。所有的节假日，塔都会以崭新的形象，盛装出现在人们的视野，亮晶晶、光闪闪，有时是明黄，有时是五彩，今年是渐变。抬起头，是月亮圆，是年关近，是人又回来了。

那塔！那塔！

从去年开始，塔子山公园做了修整，充分利用得天独厚的旅游资源和地理位置的优势，开展改造和提升工程。大蒜塔也做了翻新，夜晚塔身璀璨。不管身处县城的哪个方位，我习惯于抬头寻找，看见塔，则心安。

矗立在塔山之巅的大蒜塔，是所有兰陵人心中的家乡图腾。

现在以塔为中心，全面完成塔山片区的拆迁安置，融合公园广场的景观品味，便民设施，全力打造老城区颜值新地标。

我也得以有更多的时间和机会，再次近距离地走近这座塔，我又开始了绕塔跑。

岁月更迭，不变的是那塔。是若人生初见，素心轻歌。

我的远方，我的山

名曰黄山，却不在安徽，此黄山非彼黄山矣。

我来自于临沂市罗庄区的黄山镇，镇以山命名，它距我工作生活的地方，并不是很远，开车大约需要一个小时。感觉黄山离我又很远，远到我有近三十年未曾到达过山顶了。

这个十一长假，借着回老家的机会，我想去看看。

近乡情怯吧，时间越久，我越是怕去靠近这座山。那些久远地，恍惚梦中地，走远了的记忆，不敢打开，怕去触及。那些青春啊，那些撕扯与牵绊的思念与忧伤。

在七八十年代吧，每一个黄山的孩子都会有一个黄山中学的梦想。不会想太远，去那个山脚下的学校就可以了。但有幸能被录取的却是少数，农村的孩子一般也就读到小学毕业，而每一个能够有机会就读中学的孩子，则必然与这座山有着扯不清的关系。

确切地说，学校就在半山腰，坐在教室里，就可以望见满山的翠色。"西高东低，呈阶梯状分布"，是每一位初入学校的黄山学子，对中国地理和母校的最初认识。学校不大，但总归是一个乡镇的文化传播地，有朗朗的读书声和恰同学少年，似乎它背依的小山也有了灵气。每个孩子课余都会去爬山，每位老师也会去爬山，山，就是黄山中学的山。

那时的山还是完整的，山上满是松树，哨兵样的排排站立。

秋天时会结满松子。每一年的秋季开学，同学们都是有任务的，要去采松子，晾晒后上交，说是支援国家的荒山绿化建设。松树下是酸枣棵和鬼葛针，采松子必摘酸枣，酸酸的，倒牙还扎人呢。脚下是荒草，厚厚的杂草丛生，没记得有花，草丛里有蚂蚱蹦跳在秋风里。山坡下是农田，一层层一块块，等着风干和收获。

久远的记忆被拉回。每天晚饭后到上晚自习的这段时间里，我们都会去上山，或结伴或独行。有时散步，有时背书。那山，与青春、友情和前程关联在了一起。所有考试的前期，大多数的同学们必会携书本分散在山上不同的角落里，或对着一块石头，或靠着一棵松树，或埋头于一片庄稼地里，默念成诵，奋发努力，以期不负时光，无愧父母。

登上山顶时，我们会向着东西南北不同的方向远望，寻找着各自家的方向，除东面是学校和镇驻地外，其他三面均是大片的田野和村庄。每当夕阳西沉，山色如黛，一派田园风光，尽收眼底。会想未来，不确定是否会回到原处？还是走向山以外的世界里？

山上是有一处山洞的，从山以东横穿到了山之西，据说是当年的战争所留。很遗憾，因为胆子小，我从没有去走过。听胆大的男生说，里面有蛇和蝙蝠，我更是怕了。为安全起见，现在洞口已经封死，可能今生，我都不会再有机会穿行其中了。

冬天的黄山是最有意思的。下雪了，那漫山遍野的白，那些松树也顶着一圈儿的白花，像是老舍先生笔下的"日本看护妇"，此时，多是有老师带领，去赏雪或打雪仗，雪球在树林和同学间飞来掷去，给单调枯燥的学习生活，平添了不少的乐趣。可惜那时没有手机和相机，不曾记录一二，但是快乐已深留在记忆里。

今天，我又来了。

发展的需要吧，学校已搬离。而山却也伤痕累累了。

早知道，山有伤，这在我们上学时，就已经有人在开采山石，但没想到会是这么的严重。车近黄山时，远远就望见大大的伤口，裸露，乱石堆积。好好的一座山，硬生生剜掉一块肉。是为了"让一部分人先富起来"吧？不计后果的过度开发，为了钱，什么都可以不管不顾呢。不知这山会不会痛？若黄山能言，必会狠狠地唾弃这些人吧。好在，现在终于停止了。遍体鳞伤的小山啊！这也是我多年不来爬山的原因吧，我怕自己会痛。"祖先遗我以青山，我遗子孙以荒原"，一种无能为力感驱赶着我逃离。

我还是又走在了上山的小道上，山门建起来了，城堡一样的，山上依然还是当年的松树，酸枣却少见了，树下疯长的杂草，茂盛浓密，感觉比当年更厚实，都可以做滑草之用了。抚摸着这些树，一如当年老友，出走半生归已老，你尚安好就好。找块石头坐下来，默然，但不知哪一块还认识当年那位捧书的少年？

今天，我又站在了山顶上，山并不高，感觉不到累，在我走过了众多的名山大川后，它是有些小了。山北建起了万亩花海，山以西和以南依然是水村山郭酒旗风。

在修环山路，新一轮的开发又在进行。

黄山，今日我在。

想你多日，且不知下次何时再来？而再来时你又会变成什么样子呢？

我的家乡，我的牵挂。我的远方，我的山啊。

农场知青园

早春时节，借三八节的半天假日，与好友赵老师一起前往原农场的知青园寻访。

听说这里是当年的知青点，现在要开发重建了。早在春节前我们俩就来过一趟了，当时还是隆冬，刚刚雪后，人们都还在假期中，院子被锁了门，我们不得入内，只有从门缝里看过去，空荡荡的，一片沉寂。"寻隐者不遇"，赵老师说："一定要在她打扮好之前，看看它本来的样子"。于是，带着遗憾，相约再来。

今日，阳光晴好，得偿所愿，我们终于有幸进入了园子。

其实作为"70后"，对于知青，对于那段岁月，我们俩都是陌生的。对它的了解仅限于一些图片、画报等，一些青春的面孔，目光坚定，手拿语录，肩扛铁锨，激情昂扬。另外就是一些知青文学，比较著名的有史铁生的《我的遥远的清平湾》，梁晓声的《今夜有暴风雪》等，印象最深的是电视剧《年轮》，也是梁晓声的，这是一部禁得起岁月打磨的经典，以六位男女知青的人生道路为主线，展示了一代人成长的拼搏与坚持。这是迄今为止，我看过的最为完整的知青电视剧，也被深深吸引。"雪花飘飞的村庄，模糊又清晰。感谢那个岁月让我认识了你。你的笑容曾鼓起我生存的勇气……"感动于那段知青岁月里结下的真挚纯洁的友情，我不知道是否真的能懂他们，但它直击人的内心深处。是一部随时都能看重播的电视剧，却是真的。从这里回去后，我想又该重看一遍了。

此时的农场知青园里，各色人等正在忙碌地施工，他们看起来分工明确，忙而不乱。而这并不影响我们的参观。经过了搬迁、整修和打扫，已经初步有些样子了。进得大门来，迎面就是一幅毛主席画像墙，两边是红色的标语，这让我们瞬间被拉回到了那个年代中去，一种严肃紧张的气氛扑面而来。

我们沿路走来，是一些老旧的房屋，破壁残垣，有一些是青砖，有一些还是土坯。有一些石头房子的主屋后面又加了一间类似厨房和储物间的小房，间隔开来，矮矮的，我和赵老师都不知道这具体是做什么用的？这种房子我们都是第一次见，挺有意思。拱形月亮门较多，这应该就是那个时代，它原有的影子吧。

此处属城郊，虽然不远，我竟然未曾来过。原以为只有北大荒才有呢，没想到，在我们的身边也有，我有些喜欢又有些意外。

有一些园子是新开辟和架造的，设有书店、裁缝店和编织房等，用来陈设和展览，它还原了一些旧时书籍、衣物、农具等，以便参观，我想是这样的。

院子里有几辆绿皮车，红旗招展，写有"上山下乡""广阔天地，大有作为"等字样，以增加年代的气息感。

还有一处是广场，在偌大的场院中央，有舞台，正中间是红五星，这个场景在《芳华》里见过，恍惚何小萍正在上面，旋转不停。

这里曾经聚集着一群年轻人，一群热血青年，他们来自大城市，受过良好的教育，自愿或是被迫的，远离了家乡和亲人，将一腔青春热血都奉献在了这里。

时光流逝啊，回忆涌起。

不想去评判那段历史的对与错，都过去了，作为一名后来者，我只静静地走，默默观望，像这一排排的老房子一样，不发一言。

在知青园的东南角还有一处，仿照陕西梁家河知青旧址建造的窑洞。据说是习总书记当年下乡插队的地方，墙壁上有习总书记当年说过的话：在梁家河，我迈开了人生的第一步，在这里，一待就是七年。当年我人走了，但我把心留在了这里。

农场知青园尚未完工，新移栽的花木，却已含苞，我站在这斑驳的老屋前，想象着当年那群稚气未脱的倔强的孩子们，历经生活，跋涉归来的样子。

欢迎回家，春天已经来临。这里是你们青春的家园，这里有你们不灭的印记。

借桃花之名——写在下村桃花节

为相聚，总要找到一些由头才好。比如今天，借首届兰陵下村桃花节，以桃花之名，我们文朋诗友一行二十余人，同行下村，共赴一场关于春天，关于绿水青山，关于桃花的约会。

对于桃花，心下是纠结和忐忑的，看尽百花，总觉得还是桃花最美，花朵丰腴，色彩艳丽。"桃之夭夭，灼灼其华"，是它的最好写照。美得让人揪心。不敢在桃花跟前拍张照啊，简直就是自取其辱，自惭形秽。没办法，于是，抚衣净身，斋戒两日，方敢动身。

广场出发，西行五十里，目的地——下村。

几乎所有的兰陵人，只要一提到下村，必加"山水"二字，感觉神清气爽，心情舒畅，难掩喜欢。山水下村，像是一块瑰宝，是这个时代，我们周围仅存的一块净土了。

下村乡距离县城较远，位于兰陵县的西北部，与枣庄界毗邻。记得，多年前第一次去下村时，车行半路，已被美景所惊艳。首先下村的路非常好，傍山而建，弯弯绕绕，虽不算宽，但特别平坦好走。一边是雄奇壮美的山，一边是碧波万顷的水。山水相融，湖光山色。那是夏天，路两边数不清的花儿，月季、玫瑰、金鸡菊，千姿百态，姹紫嫣红，路有多长，花就有多远。在一处坡弯处，一道山门屹立，青瓦红柱，蓝底白字，"山水下村"四个大字迎面而来。路边常见停有车辆，多是被美色吸引，按捺不住，停下拍照的人们。极目远眺，心旷神怡。简直不想走，就是特想留啊！

这个季节，路边已经有不少的小花儿，遮遮掩掩，我们直奔桃园。这两天正是倒春寒，昨日清明，天又落了雨，好在今日晴了，阳光明媚，空气清新，天空像清洗过的一样湛蓝澄澈，白云朵朵如盛开的棉花。只是风特别大，要吹着人跑的那种。

终于与桃花相对，我们来到了下村乡的上峪村。未及下车，片片浪漫的粉红色呈现在眼前。桃花，这春天里美的天使，它降临世间，哪里是在开花，实在是要命啊！深红的、浅红的、含苞的、怒放的，这是单纯的妖妖娆娆，一种露骨的美丽。明白了为什么形容一个人的美是"艳若桃花"了，美如桃花，足矣了！

这山、这水、这桃花，就是整个春天啊。

来到下村乡，就无法避开它的美丽风光，它的"一山两湖，171座山头，11条河流"，真正称得上自然资源丰富，生态环境优美。一路走来，从双河钓鱼岛到鲁南第一峰，抱犊崮位列沂蒙七十二崮之首，一年四季的会宝湖啊，每次遇见都是一幅精美绝伦的画。山似黄山巍峨，多峰峦叠嶂，绵绵延延。水如梦里江南，小桥流水人家，随处可见。

众多的摄影家们慕名而来，他们拍下的美图美景，又吸引更多的人来到这里。就像今天，漫步在桃花溪畔，穿梭在桃花林中，春光无限好，人面桃花相映红。

下村的美，总是出乎你的意料，随乡领导，我们去参观天际陶笛。在这个偏远乡镇，在一座山岭之上，竟然还会与音乐相连。陶笛乐器是由我国的四大泥哨之一"沂蒙泥哨"演化而来，这天籁之音自大地发起，石头吹响，简单清新，美妙四方。在天际陶笛的公司门口，有一个硕大的陶笛模型，拔地而起，白底蓝花，造型流畅，映衬在蓝天白云之下，远景是屹立的抱犊美景，不及听声，人已欲醉。

我们去参观了制作流程，叹服于它工艺的专业与精细，现场有人试吹，当清脆亮丽的陶笛声起，低吟浅唱，悠闲而惬意，犹如温暖的风，自四面八方而来，声声入耳。

天际陶笛出来后，我们又去了明辉松涛园和金丝楠家具馆，每一处都带给我惊喜与感叹。下村，不仅有着秀丽的山山水水，还有着这么多勤劳而能干的人们。

最后的龙泽山水国防教育基地主要是针对青少年体能素质训练的拓展中心，正在建设中，其中飞机大炮林立，火箭蓄势待发，置身其中，仿佛一场战役即将开始，紧张的气氛一触即发。想必不日即将投入使用，届时会有更多的青年学子们来到这里，磨炼意志，促进成长。

当我们在一处田园综合体的旅游项目规划牌前站立的时候，我反而镇定了心思。这是一副超大的图纸，里面是整个下村乡的开发和建设畅想，各村的地势方位，标示清晰，正好罗列了十项开发计划，十全十美。打心底里佩服领头人的眼光，下村人民正以他们的智慧与才干，让这一幅幅宏伟蓝图慢慢显现。"春观花，夏听泉，秋品果，冬赏雪"，一切自在美好，不是梦。

一树桃花一树春，有桃花的地方，一定会有好的运气。

"芬芳美好家园，五彩山水下村"。

秋游朗公寺

自接到文友相约要去朗公寺赏秋之时起，我的内心就充满了激动与难掩的渴盼。你说怎么就会这么巧呢，这么的心有灵犀心心相通呢！三天前，摄协的朋友刚刚推出了一组"秋意大宗山"的写实作品，一幅幅精美绝妙的秋景美图，已让人心向往之。三日后，与文友同行，去喜欢的地方，看心仪的风景，我简直有些急不可待了呢。

朗公寺，是大宗山旅游风景区的魂，是鲁南苏北地区最为著名的景点名胜。它位于兰陵县大仲村镇东部，距县城约15公里处。该地历史悠久，人文厚蕴，生态完美且景观迷人。算起来，我已经不是第一次来了，但出行前晚，还是常规做了功课，重新翻阅温故了关于它的历史和大体概况，以便做到心中有数，心有所属，保证不虚此行。

我们一行于早八点半自县城出发，尽管天气不太好，阴沉沉，要落雨和降温的样子，可心中依然被沿途的风景所陶醉。县乡道路两边的栾树红得有些黯淡了，而随之换来的银杏黄却是铺天盖地，一树接着一树。还不只是银杏，笔直挺立的杨树黄起来，竟然也是不管不顾，大气磅礴，丝毫不输于那片片小扇叶。我心里在想：眼前的树木金叶恐怕只不过是大宗山上的深秋一瞥。所以，接下来的秋游，又怎能不让人心存期待呢。

车行约半小时即到达，沿着新修的环山路蜿蜒而行，山路并不崎岖。放眼远望，漫山遍野，五彩斑斓。像是上帝打翻了颜料盒，色彩纷呈。真正的秋意大宗山啊！什么是层林尽染，红的、黄的、绿的、半红半黄、半黄半绿，像氤氲，如浸染。全是树，全是叶，抬头驻足，如果说春天的颜色是花给的，那么，深秋，则是叶的世界了。原来秋尽时的叶子，也是可以这么的美，这么的动人心魄。

当然，景色美更因了景观美！

停好车，我们去爬转经山。

听一位老师讲，原来大宗山系九顶莲花山的统称，眼前的转经山为最南的一座，主峰257米。转经山因当年众僧绕其诵经而得名。听此，我的眼前仿佛出现了亦步亦趋，边走边唱的僧人转山诵经盛景。隔着长长的岁月长河，同一座山，蓦然遇见了背着背包，手持相机的我，恍若穿越。

听说转经山上有观日台，清晨登峰，东观沧海，日出盛景与泰岳无异。山上并没有路，我们穿灌木而行。比起刚才的远观，现在是真正意义上的爬山了。转经山上可谓植被浓密，树木繁多。数不胜数的荆芥像是被抽去了青脉，而蜕变为灰褐色，但颗颗籽粒饱满，殷实而倔强地挺立着。我能想象得出它们开淡紫小花的模样，也是漫山遍野。厚厚的松子落了一地，与黄叶一起在脚下堆积，踩上去软软的。有一种植物，我们都不识其名，叶子落光了，干枝上全是红红的小果儿，像南国的红豆。经"形色"识别是"扁担果"，没有听说过。行走中，你冷不丁的会被某枝挂住，像被人扯住了不松手，越挣越脱不掉干系，那就是山枣了。它的叶子也落光了，露出狰狞的刺，末端有挑着的枣儿，瘦皱的皮裹着大大的核，摘一颗放在嘴里，味道酸涩。只有野山菊还未枯去，在荒草堆里，一簇簇地盛开着，煞是显眼，似乎要与霜冷秋风争个究竟。据同行的老丁介绍，转经山上的植物多达250多种，除榆、杨、槐、枫等常见树种外，此行还见识了棠梨、燕柳、黄连等稀有树种，其树干多遒劲斑驳，树身鳞次栉比，也是幸运。

在转经山的半山腰处，有一段犹如龙脊而形如人脑的石头部落，令人印象深刻。沟沟回回高低起伏。再仔细观察那些石头，模样犹如剥开的核桃仁，又像是人的大脑回路。同行的王老师有趣的为它们命名为"智慧石"，也是形象。想千百年来，多少人来人往，过眼云烟，都是过客，唯有这些石头，留了下来。它们才是转经山真正的主人，有先人的几多智慧在其中呢！想来也是名副其实。

神泉位于转经山之西山腰处。传闻当年有盲人饮水后竟神奇复明的现象，不知真假。但一传十，十传百，山下百姓争先恐后前来取水治病。最多时，曾有用汤匙刮水之说，可见其珍贵和神奇之用。

山上的"鬼圪针"可真多啊！同行三五人无一幸免的，每个人的身上都被粘满了，像只刺猬一样。鬼圪针的学名叫"鬼针草"，是当地最多见的一种野草了。前两天，我还不明白"鬼圪针"为什么"鬼"呢？今天算是领教了。一旦缠上，则如影随形，不离不弃，生死相随了。

到达转经山山顶，是一片椭圆形的平台，上面的"观日台"已没有了形迹，只留下废墟遗迹。只能说是沧桑已久，历经战火洗礼，荡然而去。站立于平台，东望群山树木，远近物景尽收眼底。一时四景，不容错过。我想不久的将来，此处必会重建一座观日台，或许还有望月楼，重现当年乾隆帝观日之盛景："碧海金波观日台，苍穹清静拥祥云"。

一定会的。

从转经山上下来后，未及歇息，就来到朗公寺。

朗公寺始建于东晋成帝咸康五年（公元 339 年），因高僧朗公所创而得名，历经南亲朝、隋、唐、元、明、清等朝代。寺内碑文记载，鼎盛时期，曾占地数百亩，僧侣 500 余人，为古琅琊寺院之首，被称为齐鲁四大名寺之一，曾与长清灵岩寺和柳埠神通寺齐名，均为朗公所建。

如此盛名，又历史辉煌的深山古刹竟在我之左右，这让我颇觉意外。其现存的寺院建筑系清代风格，大红寺门，黛瓦红墙，烫金楹联"经声佛号唤回苦海迷路人，晨钟暮鼓警醒世间名利客"分列两侧。迎门一个大大的"佛"字。前后共分三进院，东西各配有碑亭，廊房，大殿为佛祖殿，供如来佛祖，两侧为罗汉塑像。其规模宏大，构造复杂。上寺殿堂飞檐斗拱，石柱盘龙，雄伟壮观。另外，寺内还保存了大量的碑碣刻石，香火缭绕。

此时正值深秋，院内枫叶红，银杏黄，冬青绿，配上悬垂的祈福条，安静中又不失热烈。

朗公寺为上、下寺。先到上寺，这儿至今有僧侣居士在此修行，佛门圣地，不敢轻语妄动。借友人与师傅闲聊之际，我四下游览。较之我数年前的上次来，这里的陈设面貌应该是做了修整维护，有了不失古朴的焕然一新之感。院落干净，门楣清楚，黛瓦及殿脊墙顶都有精巧可爱的小怪兽蹲立，它们迎四方来客，镇守家园宁静，与树木天空互生情趣。后面有群山果园，给人豁然开朗，别有洞天之感。我拍下了寺院的边边角角，秋色秋景与佛院真的很相配，恰到好处的美，随手就是美图。

寺院向西约 50 米处，即有塔林，为寺僧圆寂安葬之处。

一座座的塔高不一，基石为鼓形。塔顶为圆锥体，有精细雕刻，造型别致。这也是我最先来此感觉肃穆无比的地方。起初，我并不知道这些塔林是什么？它们一层一层地垒起来摞起来的寓意又是什么？后来，才得知原来塔林即僧人的墓地。可谓：吾佛吾为！佛者，逝后入地宫，在地上建塔，以示功德。塔的层数高低预示着人的功德成就。一般为七层。"救人一命，胜造七级浮屠"也是这个意思。

自塔林西行数百米，穿过密密匝匝的树木丛林，在杂草丛生处，有一片缓坡，还依稀可见当年的断壁残垣。这里就是下寺遗址，下寺为尼姑庵。

相对于庄严肃穆的上寺寺院和塔林，其实，我更愿意做的还是去下寺看看。

听说上寺西南百余步是碧云观，设有送子娘娘殿和观音殿等，现在也是空留残迹，失去了当年的雄伟气势。神蛛洞退化为一摊乱石堆积。

但下寺的自然风景极好，环境幽雅。此处古树繁茂，奇石罗列，落叶似毛毯，铺了厚厚的一层。深秋断水，更显现出谷幽涧深，壁峭如削。春夏之际，溪流潺潺，自是另外一种景致。我们沿涧底攀行，竟见有香炉散落。可见古刹灵气，还是为民众所受。

岁月流逝，时光荏苒。物是人非，佛祖保佑了众生，却忘了自己。

我们途经红孩儿桥，去寻找万年松。据传是佛祖身边金翅大鹏鸟所变，置于巨石缝隙，如飞鸟展翅。几度沧桑，生长于斯，人称"万年松"。悬崖突兀，古貌苍然，玉涧古桥相映，让人动容。

下寺的景点还有很多，比如聚仙阁，佛爷洞，仙女池等，真是让人流连忘返。

站在这林密径曲，青山连绵的大宗山中，掩卷沉思。想这千百年来，历史沧桑，几度兴衰。岁月碾过几多风沙世人，有多少的动人故事传承其中。无怨乎，千百年来，人们爱不尽大宗山，舍不下朗公寺，全为这座山太厚重优美，这座寺太悠久而静谧。

饮数兰陵酒，观当宗山景。这是诗仙李白留给大宗山的绝句。现如今，大宗山的开发建设正在紧锣密鼓地进行，这个秋天，因与朗公寺的邂逅，我的心中也诗意盈盈，又禅心满满。

夜幕下的荀子广场

　　西靠塔子山，东临东珈河，标准的山水之间。此处即荀子广场，货真价实之风水宝地。

　　初夏，夜晚，凉风习习。

　　我又走在了这里。

　　我曾在这附近工作和居住，度过了人生中重要的十年光阴。

　　当年，这里曾经是苗圃，全县的花木胜地。在我最初的毕业分配之年，曾多次往返于家与县城间打探工作分配结果。我渴望能留在这里又不确定，屡屡失望而归。坐在返程的公共汽车上，回望，目光所及之处就是这片风景地，郁郁葱葱，茂盛丛密。

　　县城最好的医院坐落在这里，作为一名医学生，我终将归于何处？前程未卜。小城渐行渐远，脑海中空余下人民医院的红色爱心标志和这片绿色集聚地。

　　什么时候建成的荀子广场？我并不曾知晓。当我再次来到这里，并与之亲密接触之时，十数年的光阴陡然过去。我结束一段生活，搬到这里，从此春夏秋冬，朝朝暮暮。

　　不说每日每天，至少，我每一周里都会来荀子广场一次或是几次。我几乎闭着眼睛都可以摸到它迂回曲折的小路通向哪里；哪里有片竹林；哪里种有玉兰；哪里有棵古楝；哪里是象棋俱乐部；哪里有人站桩；哪里又适合吹拉弹唱。我熟悉这里的一草一木，亭台楼榭。从山至水，从湖到桥。

就像今晚，在我搬离此处一年之久，再次来到这里，油然而生一种别后重逢的喜悦之感。

虽然，我仅仅是搬去了东城，并不曾离开这县城，但还是远了。

我们自河堰步行道的北门进入，惊喜地发现"溯源"假山处引来了活水，喷泉一样的，哗啦哗啦。这声音让人兴奋，也让公园的水质明显干净，整个园子好像也活了起来。虽是夜晚，还是引来了众多家长带着孩子前来纳凉玩水。

信步走向南边的亭子间，却早已人满为患了。

灰暗的灯光下，小小的亭子间里，有两个男人坐着，面前竟立着摄像机，看样子是在录直播。对面却是三个癫狂的女孩子，穿着时尚，大声嬉笑打闹着，旁若无人，像是有些醉意呢。更让人意外的是亭子间的角落里，竟然还有一个捡拾垃圾的傻子，蓬头垢面的，拎着大大的编织袋，也歇息在这里。光线并不明朗，这三伙人各自为政，互不干涉，竟也和谐共处。

我与老朱笑着走过去，世间百态啊！此处算是一景。

稍南，是一处红色的回廊，弧状，黑顶红柱。暗影里多是些热恋的青年男女，不便观视。在这个崇尚个性与自由的时代啊，我们已经明显落伍。

人工渠里的水依然是少，天旱，到处干涸着，零星的水草形销骨立，水边的石头在夜色下静默。石头外围铺有木地板，还有两棵大大的桂花树。每次走到这里，我都会想起小茹。她是我原来小区的邻居，我们曾经是走得很近的闺蜜伙伴。彼时，我正单身，她也正处在半死不活的鸡肋婚姻中苟延残喘。我一边劝她要忍耐，不要步我后尘；一边又希望她走出牵绊，活出自我。于是两个孤单又迷惘的女人，常常相约结伴来到这里，散步、赏花，聊各自纠结的心事。如今，小茹也离了婚，搬离了这里。我已经好久没有见到她了，不知待到桂花香气弥漫之时，她会来否？还会想起与她一起捡拾桂花的我吗？

人啊！都被日子催赶着，不及回头。

再向南去就是真正的荀子广场了。广场并不大，中间是荀子老先生的雕像，手执书卷，面向东方，目光深邃，美髯飘逸。他的身后是一圈的矮墙，用小楷书法的《荀子劝学》，夜晚模糊不能认。再远是通体明亮屹立山顶的兰陵标志——大蒜塔。天上有时是圆月，有时是弯刀。夜色中的它们更显肃穆。广场的四周有木连椅，我常常一个人，或与不同的人，女儿、邻居，朋友或恋人坐在这里，对着这一月一塔一圣人，消耗岁月。

时光变幻穿梭，一个回眸，就会换掉一波啊！而此时有人在舞剑，有人在练拳，有人在跳探戈，还有一板一眼的八段锦，随音乐起，随音乐停。

先生脚下的芸芸众生，是荀子广场永远的现在进行时，是它永恒的主题。掩在夜影里，此起彼伏，源源而不绝。

只有寂寞的人，荀子广场是极少寂寞的。

广场以南的湖，名曰"镜湖"，是纯粹的人工湖。湖面平静如镜，白天时，正好能映出塔的影子来。虽是人工开挖，但有水的地方，总会有芦苇和荷的生长，而荷则多以睡莲居多。

湖中间有弯弯的木桥，此时竟有蛙鸣，轻手轻脚，移步其上。四周昏暗少灯，于是夜色更浓了些，想必不是只为了"睡莲"的"睡"字吧。

此处是安静的，甚至有些明灭诡异。人一旦隐进去就不见，蓦然又会蹿出两个人牵着一只金毛犬来。树影幢幢之中，好像什么都没有，又似乎什么都能揪出一些来。有些故事正在悄然发生着，一如这寂静的四周，月落花开，游鱼戏水，全部默不作声。

我们转上迦河步行道折返。

而此时的步行道上却正音乐山响，一群"健行走"的爱好者们，踏着鼓点，斗志昂扬，势不可当。

荀子广场有太多的团体和组织了，只要你愿意，尽可以加入其中，成为之一。

我只有匆忙退至一边，等候大部队通过。

再望一眼夜色中的荀子广场，还是这般的玲珑美好，井然肃穆。

会不日再来的，或者就在明晚。

兰陵美酒，中华独秀

初冬时节，阳光明媚。今日，十分有幸，应邀前往山东兰陵美酒厂参观学习。

我敢说，你可以不知道苍山，不知道卞庄，但凡听说过"山东兰陵"字样的人，那他就一定会知晓兰陵美酒。

兰陵美酒太强大和著名了。在我们当地人的心目中，它与生俱来，如影随形。它渗透到了每个人、每个家庭的角角落落里，是我们日常生活中不可或缺的一部分。不说一日三餐，也绝对称得上岁岁年年。像我这样的普通平凡之人，只要说到酒，除了兰陵酒，脑海中再不会出现其他。虽然也听说了一些其他的畅销品牌，但充其量也只是个名字而已，却从不会把它当作真正的酒来看。

就算不善小酌，却也不会影响我对兰陵酒的喜爱，单听名字就响当当的呢，且近在咫尺，何况兰陵美酒股份有限公司，作为我县的知名国企，我们一直是把它当作一处福地，一所景点来敬仰的。就像今天，我清心素面，满怀激动之情的来到这里。

说起来，我早在二十多年前，就来过这里的。那时我还刚走出校门不久，被单位外派驻此地工作三个月。记忆中，才进入兰陵镇地界，迎面就是扑鼻的酒香。这是个有着特殊气味的不一样的小镇，大街上有晾晒的酒糟，浓而不烈，一种微醺的状态，煞是好闻。人们悠闲宁静，民风淳朴敦厚。兰陵美酒厂安然藏于古镇中心，它的仿古大门，如驻镇之宝，飞檐翘角，大气厚重。正中是"山东兰陵美酒厂"七个烫金大字。大红重门，门前有四个立柱，上书李白的《客中行》四句：兰陵美酒郁金香，玉碗盛来琥珀光。但使主人能醉客，不知何处是他乡。我想所有的兰陵人，识字不识字的，都该像熟悉自己的名字一样的熟悉它吧。两侧有偏门，门前有石狮警卫，自带威严。同事中有人很是羡慕，我的内心也满是侥幸与幸福。

转眼二十多年的时光过去了，中间我也来过几次，今天是比较正式的故地重游了。大门的外观并没有改变，但显然是经过了整修，青砖红柱，烫金大字，更加清晰明目。雕龙画栋，精致生辉。岁月沧桑，世事更迭，它不改本色。深宅重门，大气磅礴。

进得门来，是广阔的庭院，足有小广场那么大。假山草坪，花团锦簇。亭台流水潺潺，园林式企业赫然在目。记得当年有"太白醉卧兰陵"的雕塑和亭子阁在东南，现已拆除，听说是移到了太白楼内。换作一个巨大的三角古铜酒觥，高高的四方底座，伫立在这片空旷之上。觥口敞大，朝向天空。线条纤巧，跳跃于这天地人间，不语自重。太白楼正对着大门，这座巍峨壮观，高阁凌立的楼宇像是一座城堡，上面彩旗飘扬。楼体正面墙上镶嵌着八大醒目大字"兰陵美酒，中华独秀"，正是当代著名书画家范曾所题，为兰陵这座酒都增色不少。据说登上太白楼，就进入了酒文化博物馆，还可以一览酒厂的全貌，了解到这个酿酒圣地的历史、现在和未来。

时间紧，我们去二楼接待室观看纪录片《走进兰陵》，初步了解历史上的兰陵与兰陵酒文化。纪录片详尽充实，丝丝入扣。连解说都亲切入耳，企业文化可见端倪。兰陵美酒，历史悠久，誉满华夏。早在 3000 年前，商代的甲骨文已有记载。李时珍的《本草纲目》和一些古典戏曲中都提到了它。唐朝时就远销长安、江宁，诗仙李白的《客中行》给它做了很好的注释。"诗为酒发，酒因诗名"，近代的巴拿马金奖，更是让它赫赫有名。

了解得越多，你越发会对兰陵美酒心怀敬畏。

自太白楼上下来后，我们乘观光车转道去天醉山。

天醉山者，美酒之山也。是兰陵美酒厂专为洞藏美酒而精心打造的杰作。它外观山体险峻，绿植密布，诗仙李白醉卧其中。亭台楼阁，飞瀑入池。进入洞内，幽森幽香。一坛坛原浆佳酿，红绸覆面，黄带扎顶。整齐而安静地陈列着，里面竟然有梵音低回，更显优雅安静。我们随专业的讲解师逐一参观，从最早的贡酒，到近二十年的荣誉历程，让人感慨和回味。这绝对是大企业才会有的大手笔。精制陶坛，恒温恒湿。洞内一天，洞外十年。据说洞藏酒是酒在生产过程中的又一次升华，储之弥久，口感愈加。其升值潜力也大，吸引了更多的高端客户前来加盟助阵。迄今为止，兰陵美酒厂的洞藏酒封坛盛典已成功举办了三届，规模宏大，盛况空前，具备了里程碑的意义。

穿过琳琅满目，价值连城的洞藏酒，我们一行人拾级而上，来到了位于山顶的酒仙阁。它复式结构，雕梁画栋，古色古香。内里布置素净，韵味十足。在这里，我们要一品美酒佳酿，做一回酒仙无憾了。

碗盛白酒，杯装佳酿。在一幅"车运郁金一路香，船载美酒两岸醉"的壁画前，我们装模作样地端起了架势，个个欲效仿李白斗酒出诗，让人忍俊不禁，浅笑莞尔。

作为一个外行人，也许我们一时并不能真正品味它的"清香达远，色复金黄，饮之至醉，不头痛，不口干，不作泻"之特性，饮毕遂去生产车间，急于目睹这人间尤物，到底是如何从一粒粒黍米，幻化为一滴滴原浆甘醇。美丽蝶变，羽化成仙。

车间重地，闲人免进，我们已经是例外了。虽走马观花，却更是大开眼界了。

早知道美酒是由粮食加工而成，但一进入车间，它的雾气昭昭还是颇让人意外。机械化的进步代替了不少的人力，所以工人们并不是很多。地上有成堆的酒糟，酒香浓厚。据说这就是酒的半成品了，旁边是巨大的蒸屉，正在蒸煮，于是整个的车间大厅内，雾气缭绕，宛如仙境。原来，美酒的出产竟是如此的如梦似幻。听着工人师傅的介绍，我们只是看个热闹，并不是很懂，但货真价实的新鲜佳酿在手，我依然醉了。

印象最深的还有发酵间，一个连一个的大池子，凸起，上面覆盖着泥糊和薄膜，时间不到，不能打开的，我们并不能看到内里。远远望去，竟有些像蔬菜基地的种植大棚，有工人正在侍弄，看来美酒也是有生命的，需用心培植才行。听说这里有着比较正规上乘的发酵池，这一切，让我真正见识了什么叫做专业和气势，令人折服。

兰陵美酒是地方的传统历史名酒，除独特的酿造技术外，水土美也是它的关键原因所在。汲天地之灵气，集日月之精华。以兰陵酒极其丰富的文化底蕴，构成了兰陵美酒的风格气韵。虽时光已久，但馨香依旧。

"春秋已入史诗，前程更似丹阳。"

中午，我们吃饭之际，理所当然开启了兰陵美酒。

端起酒杯，话多情长。

兰陵美酒，中华独秀。

今日有幸邂逅，何止不虚此行，实属不枉一生。

第三辑

草 木 情 缘

栾树

炎夏过去，小城褪去了紫薇花的艳丽与妖娆，又沦陷在了大片栾树的火热之中。这深秋，娇柔荡尽，再起华美。

起初，我并不曾在意，这种树木是什么时间栽种下的？印象中小城并没有种过这种树啊。其实，再早时，小城也是真的小，几条街道，三五个十字路口，屈指可数。路的两边都是法桐吧，大大的叶子像手掌，秋风吹来，枯叶乱舞。

女儿上高中时住校，我去送她，学校在新开发的东城新区，笔直宽阔的育才路，两旁树木葱茏，并不识其名。彼时，还是初秋，叶子尚绿，仅枝头稍稍泛黄，满树满树的嫩黄色。我搞不清楚这到底是新展的叶，还是要开的花。就这样黄绿相间着，直至金碧辉煌。等到秋越来越深，枝头就由黄渐红，像一簇簇燃烧的火把，点燃在这云淡风清的高树枝头。我不得不停下来，凝望，长时间地，我醉心在这洁净的育才路上。

我喜欢送女儿去学校，特别是秋天，来来回回走在这条丰盈优美的大路上。喜欢看见这美丽的树，和树下青春洋溢的少年。当夏花落尽，密密麻麻地挂起数不清的灯笼样的红果儿，就更是好看了。嫩黄、青翠、火红相映衬，喧闹着这一世清秋。秋不尽，想必冬尚且还远吧。

我还是不知道这树叫什么名字？我也想象不出它应该叫什么名字？初春时，它新发出的嫩叶竟然也是红的，异样如花，问及路人，竟十有八九也是不知。后来，拍了图片，上网求助，好家伙！秋树、栾树、楸树、铃铛树、灯笼树、摇钱树……别名还真不少，有因其状，有图其声，还有引其言，喻其意者。据说安徽黄山多此树，当地民间还称其为"大夫树"，也就是古时官员墓葬的等级树，士大夫的坟头多栽栾树，也可见其地位之高。最后确定此树的确切之名实为"栾树"。突然之间感觉好洋气，很贴切。说来也怪，"栾"不知何意，却也感觉就是它，再合适不过的样子。女儿已结束高中学业，但我还是有意无意地，常常走过那条路。

今天下午，我又去育才路上看栾树了。这次我惊异地发现，不只是育才路，在东城新区，好多的路上都也种上了栾树。东升路，广场上，北城通往乡镇的路上也有，新建的小区里也有。有时一个不小心，拐角转弯处，迎面就是一棵大栾树。一串串的小红灯笼绚丽悦目，微风拂来，哗哗作响。

空闲时间，站在高高的办公楼上，我喜欢向远处看，看小城纵横交错的路，看路上千姿百态的栾树，那由黄而红的花儿啊，有秋风吹，到秋尽冬雪，年复又年。

实乃佳才良木，我爱栾树。

银的杏

深秋，有一份景致正耀眼夺目，如火如荼。

因为这份金黄，我已心绪不宁，心烦意乱了呢。中午下班后，我又急着往北面跑，城北有一片银杏林，树叶正金碧辉煌。

其实，这秋色，你是避不开银杏的，一树一树，一簇一簇，一片一片。在街角，在庭院，在笔直的公路两旁，不用刻意寻找，自会不期而遇。

真心慨叹造物主的神奇，竟然生出银杏这一神奇的物种，刚毅挺拔的树干，笔直俊美，叶片玲珑精致，层层叠叠，扇形张开，奇特精美。春天小叶嫩嫩的，青翠欲滴，晶莹剔透，美轮美奂。

秋风起，叶片随风摇曳，绿意慢退，黄色渐染。郭沫若文："秋天到了，蝴蝶死了的时候，你的碧叶要翻成金黄，而且，又飞出满园的蝴蝶"。哪一种都是别样的美，阳光自树叶间照下来，丝丝缕缕，深深浅浅，简直是淡妆浓抹总相宜。这数不清的小扇子，灵动的小蝶儿啊，你无法逃开，无力抗拒，索性静下心来，细细观赏，深情凝望。这一幅诗情画意的大写意，使人心旷神怡，惬意舒畅。犹如故人归，只想与私语。

呼朋唤友去看银杏林，这是每年深秋都必须要做的事。

近几年，因银杏而开发的旅游线路，逐渐增多，人们趋之若鹜。那条条金色大道，生生不息，恋恋风尘，让人流连忘返。

百亩万亩的银杏联体，一排排，一列列，整齐有序，像阅兵队，蔚为壮观。黄色无边，带给人一种视觉上的震撼，抬头映着蓝天，低头拥着厚毯，似黄金堆积。头上脚下交相辉映，置身其中，人也自带金光，如幻似梦。每一株都是美的，每一叶都与众不同。也许是别的季节，银杏全部淹没在别的树丛中，但是秋天不同，这是它的舞台，它要尽情绽放，淋漓尽致地唱尽这秋。我爱极了这情这景这片林。这份自然的杰作啊，怎能不让人物我两忘。

理解了：

如果有来生，要做一棵树

站成永恒。没有悲欢的姿势

一半在尘土里安详

一半在风里飞扬

一半洒落荫凉

一半沐浴阳光

而我只想做一棵挺拔而缄默的银杏。

捡一片黄叶拿在手中，细细观赏，从萌芽到嫩绿，再到金黄，一个生命的轮回，即时光。珍惜，热爱，将有限置于无限，在落叶归根之时，不留遗憾。

银杏的美，无法言说。

银杏的果，像杏，颜色与风化了的老银器一个样，"银之杏"可能因此得名，有人称之为"白果"，也是此意。果肉在外，果核在内，成熟后自落于地。味道却臭，需经一定的揉搓泡洗，去除腐烂的果肉，才可食用。银杏的寿命极长，可达千余岁，古老而神秘，素有"活化石"之称。它用漫长的一生来历经风雨，坚韧而沉着地守候着守恒的爱。

我爱银杏。

我爱这世间所有的美好。

兰陵兰

必须去趟兰香东方了，否则，我寝食难安呢。虽然已经去过很多次了，却依然挡不住一去再去。

心情好时，想去看看。烦躁时，想去静静。郁闷时，想去安慰自己。炎夏时，想去感受一片清凉，这冬，想必更会是清新扑面，赏心悦目吧。

借着假期的余额尚存，我还是来了。念念不忘，且向其行。

兰香东方是兰陵国家农业公园的一部分，是其中的数个展馆之一，重点培育和展示兰花。自县城复名兰陵县以来，首推兰花为县花，这更加重了全县对兰花的认可和推广，听说引进了先进的品种，聘请了高级的专家，科研了高端的技术，可谓专业。让每一个进入兰香东方的人，先是惊诧，再是心悦，然后就是臣服了。

首先，兰香东方的兰花色彩纯正。走进展馆给人眼前一亮的感觉。红就是鲜艳的大红，粉就是嫩嫩的粉，黄的金黄，白的洁白，每一株搭上绿色的胖叶子，都是绝配。兰花的妙处，还在于它的叶子与花分得格外清，高高的花茎从叶堆里跳跃而出，游离到半空中，画个弧，又弯弯地垂下来，似远游归来又相逢，也是有意思。长茎上缀满了花苞花朵，那花娇嫩含羞，优雅秀气，各色各样。我最喜欢一种形似蝴蝶的，排排串串，小翅欲飞，不由得就会让人的心安静下来。这也是兰香馆里虽人多，却并不是很嘈杂的原因。每个静观的人，脸上都带着一种柔性的光，娴静欣喜，悄没声儿地伫立在花株旁边。

馆里的兰花，其花株之大，若非专业人士，我想可能很难做到。早就听说，兰花不好养。兰花的根对水分比较敏感，容易被"淹死"或是"渴死"，这也是我来此处多次，却一直没有勇气抱一盆回家。担心自己的无知或大意，会葬送一棵兰的美好，这不是我想要的结果。另外，兰花的价格也不菲，听说这里并不是按盆，而是按花株的花枝数量来定价的，普通的每一枝价位也在 60 － 100 元之间不等。而我看这里的兰花，除小型盆外，每株也都在十枝花左右呢。上好的兰花可能是无价的，像有的兰花明明也就只是一株，花枝上却各种花色都有。有一盆，就集红、白、黄、粉和杂五种颜色之多呢，可见不凡。

到了兰香东方，就不能不说到兰花的香了。"兰为王者香，芬馥清风里"，历来，兰花就有"香祖"的美誉，香味清醇持久，清新幽远，沁人心脾。洁净而微妙。"久坐不知香在室，推窗时有蝶飞来"，就是对兰香最好的写照了。

此时展出的这些，应该是为庆贺元旦而专门培育的，此时开放，正是盛花期，朵朵娇艳，蓬勃，争奇斗艳，灼灼其华。它开得那么认真，那么灵秀，那么的超凡脱俗，又那么得端庄不渝。这是一场心神的安澈，灵魂的涤荡，怎能不让人流连忘返呢。

兰香东方，圆梦兰陵。

爱上兰陵兰。

鸢尾兰

当广场上灿烂的石楠花，慢慢收起了它的娇艳，鸢尾兰又盛装出现，不期而遇了。

这种花在我们这里，几乎俯拾皆是，随处可见。房前屋后，墙角荒园，甚至庭院里，马路边都是，司空见惯，不足为奇。起初，我并不知道它的名字，只看它开花状如蝶飞，便呼它做"蝴蝶兰"。而当我知道它的真正名字是"鸢尾"时，我是惊住了的，怎么可能呢！为什么是"鸢"？不应该是"蝴蝶"才对吗？难不成是因为其叶多并排序列，末端细长像鸟尾？后来，我才慢慢知晓，其实鸢尾花只有三枚花瓣，其余外围的那三瓣是保护花蕾的花萼，因其花瓣一半向上翘起，一半向下翻卷，更像是"鸢"的尾巴而得名，还真是形象。

听说鸢尾兰的花色丰富，有蓝、紫、黄、白、红等，我没见过这么多，在我们这里好像只有蓝色，花瓣很大，颜色纯正。四月，正是鸢尾花刚刚开始开花的季节，其叶整齐，碧绿青翠，宽阔如刀片，一簇簇，一丛丛，顶端托举起一朵朵蓝紫色的花儿，高于叶，像一只只翻飞的蝴蝶，在绿地上迎风飘舞，既蓝又紫。又像是一只只的小精灵，幻化出谜一样的风采，甚是好看。

鸢尾兰的繁殖力极强，年轻时住在家属院的平房里，我曾移栽了一棵在家门前，没记得怎么样打理，第二年就蓬勃地成长了，第三年，第四年，想不到，越来越多，几年后，简直有了蔓延成灾之势，不得不，我和老公开始清理铲除一些，却依然是"野火烧不尽，春风吹又生"。我发现不用担心，就算鸢尾兰的叶子全部坏掉，里面的茎和根还是会卷土重来，第二年又发芽长大了。

相对于"蝴蝶"兰，我更加喜欢"鸢尾"兰这个名字，感觉它正好契合了所有女孩子对于浪漫和美好的想象。听说，在法国，鸢尾是光明和自由的象征，被视为国花。有一种传说是鸢尾曾由上帝的信使和连接地球及其他星球的彩虹而来，而这彩虹拯救了6世纪法兰克国王的性命。另外，还听说它另有一个名字被叫做"爱丽丝"，在希腊神话中是彩虹女神，是众神与凡间的使者，可以将人去世之后带入天堂里。

我喜欢鸢尾花，这片绿与蓝紫，这片晶莹与跳跃。"轻盈婀娜蝶飞潭，绿草如茵天湛蓝"，我用手机贴近花儿，"形色识花"的介绍竟是"朝花夕拾"，是说每朵花的寿命只有一天。一天！太意外啦！它可以不断开花，历时一个月左右，就是说你每天看到的花都是崭新的一朵，不会重复。

每一次的遇见，都是别离，所以，要珍惜。这种说法，心有些疼。我专门拍下其中的一朵，第二天又去找，我想验证。花丛依旧，而我已分辨不出，有一些在含苞，有一些，真的已经萎去了。

像一些旧时光，的确已经远了。

二月兰

最先是在朋友静的空间里，发现这种小花的。淡淡紫色，间以白雾，清新，脱俗，又淋漓尽致。花瓣似待飞的蝴蝶，正翩跹停落在枝茎上，真怕惊飞了它们，只好静默。有单株的，也有成片的，如梦似幻。心魄好像一下子被摄了去，急问询，静也不知道叫什么名字？只说好看。记得去年代村的这个院子里还没有的，今年，却成片成片地氤氲开来。

这个春天，静去园子好似上了瘾，三番五次的，隔几天必往，去必拍照，浪漫唯美，引得我们心里也痒痒的，牵牵绊绊，心向往之。多方请教和上网查询，知道了花儿还有一个好听的名字，叫二月兰。继而搜了季羡林老师的大作——《二月兰》来阅读和学习。真是不读不知道，一读更是忘不掉了。

二月兰是早春时节，常见的一种野花，也是野菜，既好吃，又好看。适应力较强，对水土的要求不高，一般园土即能生长，撒下种子就能开花。繁殖能力强，一年种植，则年年成片。花期长，较耐寒，有"一花开在百花前"的美誉。

今晨，我终于得逞，有幸与静一起，前往园子了。

昨日才落了雨，园子里温润，清新，散发着一股泥土的气息，有鸟儿叽叽喳喳着。我们去时尚早，春寒料峭，春天的味道正浓。桃花败了，梨花也正在退去，低垂的柳条，千丝万缕，像一圈绿雾环绕。主打的油菜花正开得妖艳，大片的，垄上、河岸边、小径旁，到处都是，而与之相伴相映的就是这抹雅紫的兰了。百花中，紫色本来就少，而镶嵌在成片成片金黄中的这团团紫气，更显得脱俗而与众不同。

这里的二月兰可能是人为种植的，搭配着金黄的油菜花儿，良好的色彩反差给了人们视觉上的享受。我原以为只做点缀呢，等到转过另一条街，成片的二月兰又袭来，农园的成功就在于它的规模化，此处是二月兰的天下了。四顾皆兰，晶莹剔透的露珠正滚落在娇嫩的花瓣上。又想起季老的二月兰了——"二月兰一怒，仿佛从土地深处吸来一股原始力量，一定要把花儿开遍大千世界，紫气直冲云霄，连宇宙也仿佛变成紫色的了。"

听说二月兰的花语是谦逊质朴，无私奉献。从不起眼的零星点点到花开成海，用迷人的紫色丰富整个春天。温不增华，寒不改弃。"应该开时，它们就开。该消失时，它们就消失，纵浪大化中，顺其自然，无所谓什么悲什么喜。"

走近二月兰，走近这低调而纯美的小花。

我好像明白了静不断到访的缘由了，我也会再来的。

遇见，反复遇见，直至爱上。

樱花美

现在写樱花，怕是有些晚了。洳河岸边，自美人梅的紫色暗去之后，换来的是一片红樱的粉。这几天粉也渐渐有些淡了，走近细瞧，却发现花还是那花，而叶却是更加茂盛了。

最美人间四月天，指的就是樱花吧。有人说，春天里，最美好的事，就是与相爱的人一起，去樱花树下走一走。樱花的美啊！必是与希望和爱情相关的。

小城不大，却随处可见樱花。广场上、河岸边、兰陵路上，一夜之间，花儿好像商量好的一样，冷不丁地掀开面纱，变魔术似的，端出一树一树的花儿，连叶子也一起来，叶子也是带色的，像花儿一样。

我们这里的樱花大多是红樱，粉粉的自树干生起，成窝成团的，花茎细长柔曲，末端缀着花儿，满枝满树。花多复瓣，娇嫩地打着细褶，围拢呵护着中心鹅黄的花蕊。每一朵都开得饱满丰盈，雍容华美，像小朵的牡丹。樱花的美还胜在数量上，一丛丛，一簇簇，有大有小，数不胜数。有浓有淡，多姿多彩。

大片大片的樱花，总给人一种不能淡定的幸福感。我还没有去过著名的樱花胜地，看图片，那简直是美得过分。不去说所谓的"樱花大道"，"樱花海洋"的浪漫唯美，单是小城的樱花美，已经让我乱了心绪。

清明接连下了两天的雨，夜里降温了，还起了大风，狂风肆虐，到处刮得"呼呼"响，我有些心疼那些花儿。群里有人提议：明天就好了，一早去拍落花啊。想想就挺美，早早睡下，第二天匆匆跑到广场，意外的是，树下并没有我想看到的情景，只有零零星星的几朵躺在地上，大多数的花儿依旧，相反，经过一夜的风雨，还更加清新靓丽了呢！我有些蒙，原来，生命力足够强盛时，狂风也是无力。

我太想看到樱花雨了。

众所周知，樱花最美时，便为凋零之时。樱花选择在自己最辉煌时，决绝地离去。清风徐来，花瓣如雨如泪，凄凉而忧伤地飘落，不经意间，地面上已经铺上了一层粉色的绒毯。"落英缤纷，芳草鲜美"是无法避开的词汇。那飘飘洒洒的花瓣啊，怎么看都是柔情，写满了眷恋。

去拾花，每年都去，有时是与朋友一起，有时也是自己不巧遇见。我不葬花，我怀一腔欢喜，捡它回家来晾晒，看它们慢慢由美艳到萎去，然后，把它们装进袋子里，夹进书本里，藏在心窝里。

控制不住地，下班路上，途经樱花树，我随手折了几枝，回家插进花瓶里。花儿离我近了，不离左右，房间瞬间温馨了，美美地，我前后左右拍下了与花儿的合影，我凝望那花，灯光下更显安静娇美，散发出一种仙子般的光。

我还拍下了夜晚兰陵路上的樱花，离开了白天的喧嚣，伸向夜空中的花枝光影婆娑，千娇百媚。灯光，月色和妩媚的樱花，一种安安静静，摄人心魄的别样美，让人心生美好。

关注了有关樱花胜地的观光旅行，不敢贸然行动，我怕那声势浩大的凄美，会伤到我，手足无措美到哭。我怕那一地落红，会惊到我，意乱神迷爱无力。而小城则不同，故人与细雨，和那散落有致的樱花，刚刚好。

时光有序，月季无痕

途经那个街边小店时，我正琐事缠身，不宜久停，但窗前的那几株月季，却着实让人心生留恋。

此处月季，花色只有两种，一种是黄色，那种纯纯正正，不掺杂一星一点异色的黄；一种是镶着金边的淡淡粉色，像景德镇的瓷。有含苞的，有盛开的。花瓣层层叠叠，纷繁复杂。叶子肥胖，绿翡翠一般。一花正挚，娇娇嫩嫩，状如仙子。怪不得有"花中皇后"之美誉，感觉三魂要被摄了二魄去。我只悄然近身，屏息凝神，两两相望。

这月季，似佳人，是要美到极致透彻的了。

正值小满时节，文峰路上的月季花姹紫嫣红，争奇斗艳。红的热情，粉的典雅，白的纯洁，黄的娴静，绿的稀有，一朵朵花容秀美，婀娜多姿，尽情舒展怒放。

单位的花池里也早就开满了，这是看门老大爷种下的，以大红色居多，如火如荼。也是一朵接一朵的开，对生的绿叶，四周带着软刺，提醒着人们"请勿触摸"。一场雨后，常见七零八落，一片猩红坠地，让人触目惊心，如一段情缘突变，似一场盛宴散场。俯身拾起一片，别样清香扑鼻而来。

小区里也是，这个季节，只要你放慢脚步，用心留意，月季花的倩影几乎随处可见。不需要有人照看，无须专人打理，全都自顾自地生长开花，风来摇曳，自生欢喜。

我是分不清月季与玫瑰的，就像很多的时候，我都不能分清爱情与友情一样。我把所有的玫瑰都看成了月季，把所有的月季都当作了爱情。听说月季花是不一样的，它不仅有着玫瑰花的所有荣耀，也具备了自己的特性，要求低，花期长，从春到冬，月月皆红，日日成艳。

又想起女儿读高中时，我去学校看她了。兰陵一中的教学楼前是大片大片的月季园，千姿百态，繁花似锦，映衬着如花美玉的青春学子，朗朗的读书声传来，让我能够想到的词汇除了美好与幸福，再无其他。

我还会想起黄老师，我的初中班主任。

黄老师名叫黄成文，确切地说，他是在我读初二的那一年，才接手我们班的。从初一的懵懂慌乱，找不着北，到初二的渐趋适应，走向分化，每一个孩子都要有一个适应的过程，或进步或落后，一个好老师是会影响到一个孩子的成长与前途的，很幸运，我遇见了黄老师。

他个子不高，说话幽默，最大的特点是一头自来卷的头发。黄老师不是当地人，平时就住在学校的单身宿舍里，所以，他有较多的时间与我们，特别是男生们混在一起，不分彼此。黄老师教我们物理，他的课讲得好，风趣诙谐，引人入胜。常将枯燥的物理定律和常识赋予一些故事之中，蒙得我们一众少男少女，一愣一愣的，课上完半天，还沉浸其中，回不过神来。

印象最深刻的是讲"摩擦力"这一章，相信所有黄老师的学生都会听过一个关于"无摩擦城"的故事。我们小小的脑子随着他科幻、曲折、绘声绘色的讲解入了迷。不知当年黄老师面对一双双纯净专注的眼睛，内心是不是有着莫大的成就感，反正，我们感觉，他是爱我们的，一心一意对我们好。

任班主任期间，黄老师将全班同学分成了几个组，各种各样的兴趣小组，每周都会组织活动和比赛，奖品是那种硬皮面的笔记本，扉页上有黄老师亲笔写下的赠言。我所领到的第一本，打开来，上面赫然写着"月季花虽不名贵，但它月月都开"。

也就是从那时起，一个少年从迷茫转向自觉，从落后到优秀，我体会到了学习的乐趣，和付出所带来的回报。我感觉到了被关注和爱护，开启努力学习新模式。

自从初中毕业以后，我就再也没有见到过黄老师了，我很想他。

而每一年的月季花开，我都会忆起那段年少时光。我记下了月季花，还有老师写下的那一句勉励的话。

时光有序，月季无痕。

"花开花落无间断，春来春去不相干。唯有此花开不厌，一年常占四时春"。

月季花开，让这个宜人五月，清风徐来，芬芳常在。

合欢

　　是在昨天的朋友圈里看见了合欢的照片的，开得正艳的样子。担心错过，今晨早起，没有准备早餐，急急忙忙去寻合欢。

　　以为塔山上会有的，一座山呢，总归会有一两棵吧，意外的是，我转遍了整座小山，愣是没有发现合欢树的影了。怪了，难道合欢不适宜生长在山上？我又转去了迦河东岸，河堰下有一条悠长僻静的小道，那里古木众多，香樟树啥的都有，但遗憾的是，我依然没有找到合欢。

　　我喜欢合欢花，而且很想看见它了。

　　第一次听到合欢的名字时，内心不由得震了一下，心中默念两遍"合欢""合欢"，谁给起得如此惊艳而直白的名字啊？瞬间让我想到关于"爱情""夫妻""热烈"，甚至于"洞房花烛夜"。这与"并蒂"不同，一沾上"合欢"二字，仿佛就长乐未央，一夜是永夜。

　　想不到，合欢竟然是树，且是高高大大的花树，当数不清的粉红花朵绽满硕大的树冠，这该是怎样的一段缠绵啊，合欢，爱必不朽。

　　转去碧翠苑，这里有合欢树，我之前是知道的。进到院里，映入眼帘的，首先是满地落下的花朵，昨夜大风，合欢花落了一地。我明白自己来晚了，合欢的盛花期已过。好在地面干净，这些粉嫩的小花，安静地躺着，像极了睡着的孩子。我蹑手蹑脚围着它们转圈，仔细审视着欣赏，真怕惊醒了它们的梦，怕一转身它们就消失不见了。好漂亮的花啊！花蕊细长，下部白色，上部粉红，花的形状类似一个挂在马颈下的红缨，怪不得又名"马缨花"。朵朵成团，细细密密，柔顺如苏，晶莹剔透。抬起头，树叶青翠互生，羽状排列。小花儿就全开在了树叶上面，由白及浅而渐红，相间相映，浑然天成。"夜合一株，红丝满树，"我挪不开眼睛，深吸气，一缕花香又袭来，久伫花下，真是不愿离开了呢。

听说，合欢是昼开夜合花，我还没有见过。想必开合之间，如梦中醒来，也是历尽了沧桑，再面向朝阳。

"朝作生合欢，暮作生离泣。"

"不见合欢花，空倚相思树。"

且待我背诵一些合欢诗句，晚间再来看你。与你一起，在寂寞的夜里，一遍遍怀想旧事。

合欢，合欢，愿所有合而必欢，团圆如月。

心中那片苇

来小城工作已快三十年了，我清楚地知道：不用开车，去哪里可以看到苇子。

东泇河西泇河流域，远离城区的地方有，南环路以南有，银湖的周边站立少许，塔山下的镜湖里有，最近的兰陵文化广场周边也稀稀拉拉站着一小片，虽然少，但总会应景而生，提醒着时令的变化，这给了离开老家，不能随时亲近小武河的我一些慰藉。

昨晚下班，照例徒步返家，我又看见了广场四周的苇子，它比武河里的芦苇要矮小得多，去年的都已干枯，但没有清理，新苗自底部生发，齐刷刷地，清一色，且青色正在向上蔓延中。

我忽然有些想念，异常地想念，家乡不再有可惦念的亲人，我只想念，小武河里那些摇摇晃晃的芦苇。夏将至，我还未曾光顾，而你安好与否？

少时，我自山以西的村庄走来，村西唯一的主路两边是高大葱郁的杨树，风一吹，叶子哗哗啦啦地响，鼓掌一样地送你走，或是迎接你回来。然后是河堰，堰以北即小武河，那河里就是浩浩荡荡的芦苇丛了。

武河里的芦苇成片成群，大气磅礴，如千军万马驻扎，无风时静默，风来时雷霆。它们的整体意识非常强，整齐抱团，它们的根是紧紧纠缠在一起的。春风吹，如军令下，像现在，枯黄的芦苇丛底部，如出鞘的剑，片叶如刀，刺出寸长的绿来。青黄相间着，像时钟的脚，那青色慢慢地划过，侵蚀那片黄，又像历史的年轮，碾过一代又一代，直至全面覆盖。

人也一样吧，时光它已经碾过了我的祖辈，乃至我的父母，现在又向我逼来，无力阻挡。

一如眼前，这锋利的剑一般怒放的青苇，同样拦不住。

想再去看一眼武河的苇子，上次去时，它才刚没脚踝，现在应该长高了吧，这个春就要过去了，那抹残存的黄，是否已经被淹没殆尽？

那是我的苇子啊！我与苇子是扯不清忘不掉的。苇子是朋友，芦苇荡里回荡着我们一起嬉戏打闹的笑声。苇子是亲人，它守着武河守着家。它从容淡定，芦花轻扬，如祖母的满头银发。苇子是牵绊，它摇摇晃晃扯扯拉拉，远行的孩子，就回了家。

有人说，人就是行走的芦苇，思考的芦苇。单薄孱弱啊，凭水而生。坚韧淡泊啊，山野茫茫。自然清贫啊，风骨铮铮。

感谢小武河的芦苇，那些哨兵一样站立的壮士，那些屏障一样密不透风的苇丛，那些美丽温柔的芦花。曾经带给我的那些快乐，我将置于心底，温暖了记忆，灿烂了我一个又一个的夜与黎明。

街角的小梧桐

街角岗亭处，那个一人多高的小梧桐，被人无情地折断了，树冠颓丧着，躺在了一边，有污泥和脚印踏过。

之前我就有担心过它的命运，因为太弱小了，初时，像一棵小草，任谁一踩一握，都可致命，及至慢慢成长，到今天，还是难逃这么一劫。

心疼是有的，但今天，我并不是那么悲观了。

因为，在我们家的楼下也有一棵小梧桐，而今年已经是它的第三个年头了。

这棵小梧桐树，可是我看着长起来的。

第一年时，我并不太相信它是一棵树，只是几片绿叶子，悄无声息地忤在楼下水泥地的夹缝里。

小区处于黄金地段，绿化少，我很稀罕这簇绿色，也就关心着它的成长。

慢慢地，叶子大起来，有了主干，再过一段时间，竟然有了小树的模样。

小树长得很快，长势良好那种，我开始告诉女儿，这是梧桐树，它会长成一棵大树，将来还会开出成串的梧桐花。

每天下楼，我们都会看看这棵小梧桐，量量它的高度，打掉它多余的叶子，希望借此能帮助它快些长大。

然而，事与愿违，有一天，当我再下楼时，眼前的一幕让我心疼和失望，就像今天岗亭外的那棵小梧桐一样，它已被人折断了。

我不知道是谁要这么做，也许是意外，也许是孩子所为，我不相信一棵小树的成长会影响到谁的什么，但是，现实却真的是这样了。

推开窗户就能看到成串的梧桐花的梦想破灭了，这一年，我不再想。

意外和惊喜在第二年来临。

当春风吹来的时候，我竟然发现小梧桐又出现了，还在墙角的那个地方。挑着两片绿叶子，怯怯地冒出了头。

原来，它并没在死，原来它整个的冬天都在成长。它一直在积蓄力量，折断并不可怕，根在，就会重新成长。

一切重来，小梧桐又长起来了，而且，比起第一年，速度明显增长。

很快，它就又到了去年的那个高度，大大的叶子，像蒲扇。绿色笔挺的主干，没有侧枝，一副要成栋梁的模样。

我的希望也重新燃起，天天看着它，关注着它的成长。

可能也不只是我一个人关注它，因为，我发现同样有人在为它去掉老叶子。

有一棵梧桐树，也许是整栋楼住户的心愿所想。

天有不测之风云吧，第二年的梧桐依然没有顺利地长起来，厄运又来了，同样的情景再次出现，小梧桐再次被折断了。

"其实，它都快长起来了。"女儿有些遗憾，说："就差一点点就要长大了。"

"它会长起来的。"我说。

冬去春又回，不出所料，小梧桐又绿起来了。我看着夹缝中萌出的新芽，惊叹于生命的力量。

这次，我少了些担心，梧桐树好像也变得从容。我相信它根部的力量，我仿佛看见了它在钢筋水泥间的驻扎，盘紧，镶实，握牢，就这样。

第三年的成长速度更快了些，很快，它就触到了一楼窗外的空调外机。

曾经，我担心呼呼的热风会影响到它的成长，那一段时间里，它的叶子也真的被吹得瑟瑟发抖，打卷，发焦。

但很快，它就越过了空调外机，伸向更远的天空。暗暗地，我为小梧桐叫好。

现在，小梧桐已经真正初具了一棵树的模样，大大的树冠，已经有了分枝，主干也有一个壮男人的胳膊粗了，想摇动它已经需要费些力气。

那一隅水土，看来是无人能撼动了。

我感叹于一棵树的成长，一如人生，何尝不也是这样。

人世无常，你想象不出前方会遇到些什么？唯有坚韧与成长，打倒和战胜才能迎来机会和希望。

感谢人生中的一些磨难，也许经历之后，它会让你更坚强。厚积而薄发，才能更为茁壮地成长。

剑麻花开

中秋将至，办公楼的四周，冷不丁地冒出几堆剑麻花来，煞是惹眼。一丛丛，一簇簇的叶片像利剑，笔直地指向天空，浓绿碧翠的叶片中间，矗立起粗壮的花茎，繁多的花朵下垂，一层层绽放出玉白色的花，晶莹剔透，含苞欲放，像是悬挂着一串串风铃，袅袅盈盈，微风吹来，玲珑叮咚，散发出淡淡清香。

我老觉着这两天会有大事情，否则，怎么会有这么多如此盛装的少女，亭亭玉立在庭院中，像是要预演一场隆重的庆典，我已心绪不宁。原先从不曾注意到这些大家伙啊，总感觉它们剑拔弩张，咄咄逼人，似要拒人于千里之外，不明白种植它们到底是要做甚？是为了防范外人入侵做篱笆之用吗？有时无意被它尖锐的叶梢刺痛，对它更是越加厌嫌起来。我是不常靠近的，却没想到它还会开出如此清秀淡雅的圣洁之花，我是真的被惊到了。

不断去看它，每天必看它。是以前自己的疏忽？还是今年的剑麻开得出奇的好？全方位观赏，多角度拍摄，而无论从哪个角度，它都是美得恰到好处，动人心魄。

移情别恋总是很快，我确定自己又爱上了这剑麻。

竟然是兰，我有些意外。剑麻属龙舌兰科，中文名"凤尾兰"，因其叶如剑而得名。传说有一次凤凰涅槃失败后，因为没有新的身体而附着在了旁边的一棵植物上，然后开出了迎风舞动的状如凤凰尾的花儿，系多年生草本。剑麻是一种令人尊敬的植物，我确定。它常年绿色，不开花的日子里，多默默无闻，易生长，对水土没有太大的奢求，以强大的生命力来战胜孤独与寂寞。很少有人会专门去注意它们，看见了也多是绕开了行走。但今天，剑麻却以它的宁静从容和独特而别致的风姿，回归到人们的视线。"绿叶如剑指天涯，串串玉铃素而雅。馨香引得蜂蝶醉，精彩过后身作麻。"

剑麻的花语是"盛放的希望，为爱不惜一切。"难怪非洲塞舌尔把它奉为"国花"。对它的好感再加一层。

大自然真是神奇，如此刚硬凛冽之物，高举花茎过人，然后缀满花苞，由下而上，次第开放，那花永远是含苞的，低垂向下，娇羞的样子，柔情万种，边开边落。它落下的花儿，有的掉落在了叶间，有的挑挂在了叶尖上，像是搏杀后的英勇就义，又像是在对着你呐喊"我疼"，让人动容而心生无限怜爱。等到花瓣儿纷纷飘落，花蒂处结出籽，剑麻花短暂的生命也随之结束，剑麻的绚烂是如此悲壮，决绝，又不惜一切。

工作的间隙里，我常望向窗外，有剑麻，看它日日沉静如常，碧翠的叶子像莲花座，陡然挈起一树白。而它又经历了什么？办公室的纷繁复杂没有了。"假如你是一株剑麻。"我想。心安下来，学着它的样子，朝夕。

对于剑麻的作用和功效，我并不想多说，剑麻是个宝。而此时的我，只感动于它坚硬的叶和醉人的花。花开花落都是诗，在这个温柔的九月里，盛开着希望。

我伫立于庭院，静看剑麻花开。

邂逅一片海

十一长假，因家中琐事，不能外出，总要对得住自己吧，于是，今日得闲，一个人，静静悄悄地，去了紫海一趟。

紫海，是一片紫色的花，地处兰陵县代村的国家农业公园之内，浩浩荡荡，千亩之多呢，是真正花的海洋。

刚知道它叫马鞭草时，心中愤愤然不甘心，感觉这个名字不贴切，很是不配。这些紫色的梦幻般的花儿啊，悠然而恬淡地开着。数不清的小朵，每朵五瓣，小伞状的，次第开放在一个大朵上。而每一枝修长的花茎上，又都姿态优雅地抻出左中右的三大朵，映衬着细细长长的碧叶，枝枝丫丫，轻轻慢慢地起伏摇曳，似静亦动，层层叠叠，娇艳而魅惑。

五月末时我曾来过的，那时正春天，我是奔着雏菊来的，却蓦然遇见了一片海。

一马平川的大田风光，一株株，一簇簇，接连成片，那时的植株较现在略矮小些，但也是挚起了花，和着春的气息，更显清新和素洁。一望无际那星星点点淡淡的紫，像一层薄雾笼罩着，亦真亦幻的氤氲漫展。我被震撼，被陶醉，被催眠，徜徉于这片花之海，久久不愿走出。我已坠入其中，任马鞭草的清香，在我的内心弥漫。我不敢大声，怕惊飞一二，亦不敢抬脚迈步，怕行走即分离。

初时，我是认为它们为薰衣草，却又明明写着不是，我不愿不解不乐意，但也没办法。"嗯，好吧，马鞭就马鞭。"
这份紫，尊贵，神秘，优雅与深刻的紫，紫气东来的紫，我是
认定了的。听说在基督教中，马鞭草被视为神圣的花，经常被
用来装饰在宗教仪式上，被赋予和平的象征。

今天，我又来到了这里，时隔四月已有余，马鞭草的花
期还真是长。远远地，那片紫色正汹涌如潮，逶迤而来。而每
一朵小花又恰似这片紫海上的细浪，微微轻漾。每一朵都美得
恰到好处，多一分太多，少一分太少呢。

我行走在花海的阡陌小径上，始终无法移开目光，这些
小花啊，正义，期待是它们的本性，袅袅婷婷，晶莹玲珑。风
吹来，迎向我，颔首相对，我伸出手，轻触花儿，想与每一朵
攀谈。坐下来，靠近，两两相望良久，而远处，紫气正升腾。

登上花海中央用木头搭建起的观景台，远眺，海面更广
阔了，紫气更壮观了。花海如此之大，四周是专为游人观景而
修设的火车轨道，枕木有序地排列延展，望不到边。拾级而上，
而每一截都是时光啊，到远方，到未来。

假期要接近尾声了，今天的游人很少，或许是近处无风景，
偌大的花海，竟见不到几个人。真是难得得很，感觉整个紫海
都是我的了。一个人静静地走，风景，慢慢欣赏啊！我拍了图
片。相机的微距，将它们清晰地放大，呈现。精致曼妙，摄人
心魄。我拉全景，世界仿佛也一片紫色，美轮美奂。浅笑过后，
轻语相安。

此时，我的身体是轻盈的，内心是快乐的，因这假期，
还有这片海。

一路木槿向天涯

去邓王山了，一座不知名，也不起眼的小山。虽然距离城区并不算远，却很少有人光顾。近几年，随着旅游业的广泛兴起，有人将目光投向了这里，目前，邓王山风景区正处在一期工程开发。山还保持了原生态的自然景色，群山逶迤，古木参天。山中人文古迹众多，正在恢复与建设中。

进得山来，我单是被这花惊艳到了。路旁全是绿树红花，大俗大雅的，盛开的，含苞的，树下已经落了一层。此时正清晨，山中空气清新，夏末秋初之际，叶正绿，花正红，千朵万朵压枝头，花枝伸至路边，挤挤挨挨，一路繁花满径，大家情不能已，恨不到登时也变成红花一朵，醉身其间。争相与花儿相拥拍照，大呼"太美了！太美了！"

这种花儿，我是见过的，不管是在农村老家，还是现在的城市公园里，随处可见。初始，我只认定它的平庸，加之错听它为"母鸡花"，我惊诧于其名字的土气，后来，又想当然地以为是"木锦"，今天，听介绍才知道是"木槿"二字，而此处的木槿花又与别处不同，首先，它的数量之多，多到数不清，也算是开了眼。它们全是从根底部就开始大量发枝，扬藤吐蔓，瀑布一样的一泻而下。然后，每枝上面都缀满了花苞，开的，半开的，一条山路到两头，连绵不断。再就是它的颜色纯正艳丽，以绿叶搭底，层层叠叠的花瓣儿，全是五片的，边儿压着边儿，热热烈烈地簇拥，几乎全是红色，偶尔遇见两三株白花，纯白色，纤尘不染，点缀一样的，乍见惊心，更显得超凡脱俗。

之前我是见到过的呀，不知道为什么却没有此处的感觉？这邓王山，荒山野岭的，却一路木槿望不到边。路有多长，花就有多远。

我爱上了这花，和这红花绿树的弯弯山路，真想就这样一直走下去，一路木槿向天涯。

从邓王山回来两天了，我没有记下关于邓王的传说，脑子里全是那些花儿。原本我想写首诗，却拿捏不出描述它的词句，遗憾自己并不会画，不能描摹出它柔美端庄的样子，怎么会有这么美的山！这么漂亮的花啊！

百闻不如一见。上网查询，这木槿花还真是不得了，竟然贵为韩国的国花。木槿树枝上会生出许多花苞，一朵凋落后，其他的花苞会连续不断地开，韩国人称"无穷花"，象征着世世代代生生不息，不屈不挠的民族精神。

木槿花的花语是温柔的坚持，朝开暮落，每一次凋谢，都是为了下一次更绚丽地绽放。人生起起伏伏，有低潮，有纷扰，懂爱的人自会坚持，爱的信仰永恒不变，没有什么会让他们动摇。

坚韧而美丽的花啊，木槿花生命力强，对环境的要求不高，象征着历尽磨难而矢志弥坚的性格，寓意红火与情义。

"夜合朝开秋露新，幽庭雅称画屏清。"

走！去看木槿啊，那群美若仙子的山里姑娘。

韭菜花

不上班，在家砸韭菜花，也就是制作韭花酱。

韭菜花酱，在每年的九月里新鲜上市，每一年，我都会买些来吃，用它来调豆腐，拌黄瓜，或是豆角。有时吃火锅也少不了它，味道鲜美，实为调味佳品。我并没有见过成片成片的韭菜开花，充其量是在谁家的小菜园子里，有那么两三畦。顶着白白的小朵儿立在茎头，到最后结出三棱状的小果籽，也是不错的风景吧。

我的老家与此地隔着一段距离，不同的地域，有着不同的口味。市面上的韭菜花，多是成瓶装的，碾细成碎末的糊状，就像酱一样的，用来做调味的佐菜。而儿时母亲做的韭菜花却不是这样，它是粗糙的、入味的，将黄瓜、辣椒、姜等切条切丝加韭菜花腌制。

记忆中，母亲忙着洗黄瓜，切黄瓜，那时母亲会将有种子的老黄瓜切开，片出里面的瓜种，细细长长的条，递给嘴馋的我吃掉，我围在母亲膝下，却没有能记住她操作的流程。我原以为，只要我愿意吃，母亲就会一直这样做下去，随时。母亲也是这样认为的吧，因为她并没有刻意交代，让我记下她的操作方法。那种分分钟的举手之劳啊，谁又能预料有朝一日会是这样的求而不得呢。

母亲还活着，但她已于多年前就实实在在地做不了韭菜花了。不光手不能做，甚至她的脑海中，已经没有了关于韭菜花的概念，以及绕在她膝下的我了。自此，我就再也没有吃到过那种粗糙的、入味的，有切成条的辣椒和黄瓜的韭菜花了。

与其他的人也曾探讨过关于韭菜花的制作与吃法。我小心翼翼地提起母亲做的那种，当地人多不认同，往往给予一票否决，严辞灭掉我提议的勇气。每个人对于味道的认定，掺杂着情感，各有不同。但每年，买到超市里清汤寡水的瓶装韭菜花，都只能给予我聊胜于无的遗憾，打心底里，我还是很想念自己母亲味的韭菜花啊。

不断地给女儿描述："你姥姥做的韭菜花啊，是那种……"，"我们小时候吃的韭菜花啊，不是这样的……""不都差不多嘛。"女儿不置可否。"不一样的，绝对不一样的！""我跟你们说啊，我说。"

可是她对这个话题并不是很感兴趣，我也只好打住。

那天，与好友静又聊起，静的婆家与我老家距离近些，想来吃法也许会有些相同。静会吃过吧？静还真吃过，于是，我拜托她，如果婆家有制作，请给我带一些来。

静花了两天时间用来挑选和腌制，等她下午给我送过来时，打开包装，我瞬间湿了眼眶。是的，就是这种韭菜花，成条的绿色黄瓜，拌着红红的辣椒丝，黄色的姜丝混合着韭菜花的清香，还有来自静的友情，我想哭一场。

听说制作也并不复杂，反复请教了静后，今天，我开始自己操作。真的，如此简单，却让我想念了很久。一下午，我都在家调制，看着慢慢有了些样子的韭菜花，我又开始想念母亲，想念母亲健康和强壮的岁月。那些来自母亲的爱与温暖，是多么令人想念啊。

如果，今天，你还能吃到母亲亲手调制的韭菜花，请你一定要珍惜啊！

残荷美

必须去看残荷，这是秋愈来愈深之后，我愈来愈重的心事。

那一池的圣洁、清雅、妖娆与馨香啊！那一池的凌烈、孤傲、华丽的盛放啊！如今，到底怎么样了？秋风来，秋雨尝，你可安好？

本想去武河的，终因这事那事未能成行，周末，借朋友邀约，去代村，事毕，得以去瞅一眼荷塘，看一看，我心心念念的残荷。

在夏天，我曾不止一次地来到这里，魂牵梦萦的，醉不思归。那碧的叶，纯的花，摄人心魄。而今，我又悄悄静静地走近这荷塘。初冬了，园里一片萧瑟，冷冷的风，让我缩起脖颈。没有看见游人，满目的衰败与凄凉啊！那高挚的茎，除了倒伏，即是折断，与清清秋水相映，倒也形成了独特的线条，巧妙地勾勒出一幅幅优美的"抽象画"。这需要有意境的人，静下心里仔仔细细地欣赏，否则，你所看到的就只是枯枝败叶，腐朽死去。"莲叶何田田"被抽丝剥茧，风寒榨尽了丰腴，曾经的硕大舒展，如今干缩枯萎，偃旗息鼓，头耷拉下来，有的还一头扎进了水里，不想见人的样子。

我是有些哀伤的，面对这满池残荷，我本悲情主义，说来不该自惹怜伤，可我又偏偏想念这残荷。我近水、俯身、细观，回首这一场生命的记录。延伸，轮回。朝朝暮暮，繁华褪尽，空余一片寥落。好似有什么吸引着我，久久注视着这些干枯的枝枝蔓蔓，七零八落。当年也曾是不忧亦不惧的仙。时间被凝固，是要用风寒雪霜，孤独与薄凉，来彰显你硕硕风骨？

还有莲蓬，那些黑黑地，蜂窝状地，仿佛是被风干，碳化了的战利品。它是坚韧饱满的，清风穿透，生命尽头，莲与蓬完成了生命的接力与转换。有圆润的莲子正孕育其中。而寒冷又怎样？待我沉入水底，来年必会生出新鲜而芳香的生命。

我忽然有些明白了。残荷不惨。那败叶断茎下，有着倔强的根，正深扎在泥土里。

小城摄影家吴先生，于前天专程驱车去武河拍残荷了。据说，拍残荷要比拍盛夏的美荷难得多。那种时光的侵蚀，那份凋零的无力，和那让人心碎的残缺，不是任谁都可以捕捉到的。所以，在残荷面前，像不敢大声说话一样的，我也怕敢轻易去按动快门。

有一种美，是跨越时空的，有一种精神要历经风寒。

还是想去武河看看，毕竟那里有我家乡的残荷。

我是一定要去的。另外，我还想跟它说，夏时，我依然会在岸上等，等候你轻裙罗裳，再次风姿绰约。

枣花

想去看枣花，非常想。

感觉已经有很长很长的时间，没有看见过枣花了，卖枣的倒是有，枣也常吃，只是很遗憾，在我的周边，竟然无处可觅枣花。

记忆中枣花的影子是常在的，小时，在老家院子的东墙边上就长着两棵枣树，北边的那一棵，稍大些，被认定为是哥哥的，南面那棵小的，当然，就是我的了。有意思的是，当年除了父母是共有的，家里其余的大小物件，包括桌椅板凳，鸡鸭猪狗等，全都被我们安排了小主人，各自认领，各有所属。依据年龄的大小，本着爱护幼小的原则，稀有者先归最小者，于是，我和哥哥就优先占有了两棵枣树。当然，这都是名义上的，哄小孩子的把戏而已，但潜意识里，我还是为拥有了一棵枣树而豪情倍长。

听母亲讲这两棵枣树的来历，事实上，我早就已经耳熟能详，但母亲很喜欢讲起，一遍又一遍地重复：那个年代，几乎没有什么水果吃，小孩子又馋，我们前院邻居家有一棵枣树，每当看着枣儿挂满枝头，我和兄姐们早馋得不成样子。每当刮大风或是下过雨，就会聚拢在那棵枣树下，寻寻觅觅，捡拾那些掉落在地的劣枣儿。年轻的母亲异常心疼，暗下决心，怎么也要为孩子们种上一棵枣树。让他们可以自由地攀爬和采摘，那该是多么快乐啊！

于是，去有枣树的人家央求，发现大树根部如有萌生的小苗，请仔细看护和感恩赠予。待长到一尺见长时，果真就移了过来，像照看一个孩子，母亲细心欢喜，对小树苗关怀备至。不久，又移来了第二棵，那时，母亲一定是满怀憧憬，想象着满树红玉样的鲜枣儿，还有膝下儿女花朵般开心的笑脸。

没有什么能够抵得上一位母亲，为儿女甘心奉献后，所得到的满足感，那可能要比她自己吃多少颗枣儿都甜蜜。

小枣树茁壮地成长了，当我能记事时起，它们已经高过了院子东墙。每年的春天里，就数它发芽最晚了，杨柳绿了，梧桐花落了，百花争奇斗艳了，还不见它有丝毫动静。每每担心，它是否还活着？母亲总是淡定地说："不急，它好着呢！"一副沉睡不醒的样子，只耗到人的耐心全无，大地完全变暖，一片苍翠，它才懒懒地冒出绿色的叶芽儿。仿佛是要赶趟儿，这时候的枣树，加快了苏醒的脚步，抽绽新绿。它的叶子对生着，细细碎碎。更让人惊喜的是叶子也越来越茂盛浓绿，而每一片叶子的底部都缀生着黄绿色的，嫩嫩的小枣花儿，五角形，像小星星，撒得满树满枝，密密匝匝，特好玩了。枣花开了，淡淡清香，不知从哪里引来好些的蜜蜂爬上爬下，不停地忙碌。

微风来，树下会落满一层层的小碎花儿，此时，总要背诵一首诗"簌簌衣襟落枣花，村南村北响缫车，牛衣古柳卖黄瓜"。有时，也会故意在树下逗留，或是大力摇晃树干，以期制造"枣花簌簌""衣巾沾花"的意境，那感觉美着呢！

村里总会有一两位名叫"枣花"的女子，可能还会多，女人一年长，名字就隐去了，然后又有更美更俏的枣花们，来接替和应答着，声声不绝。

我还是渴望看到枣花，今天，马上，在五月，在这个枣花正盛的季节里。诉于老朱，他果断表示："走，回老家！老家有的"。于是，漫过山，淌过河，去寻枣花了。

枣花最是思乡物，当我真正站在一棵枣树下，挚一枝在手，内心一点点被瓦解，柔思情长，似要拧出水来。

我爱枣花，这平平凡凡，朴实不起眼的花儿。这不张不扬，开在暮春，也开在故乡的小小花儿，一年又一年，它开在了喜欢它的人心上。

为你倾尽，满塘荷韵

今早，我又去代村了。这次，是陪朋友。这个炎夏，不算平时的骑行和晨练，我已经是第三次比较正式地来到这里了。较之第一次的震惊和狂喜，第二次的淡定与从容，这一次，我有了仔细和品读的意味。我原以为荷的花期已过呢，意外的是，展现在我眼前的，依然是满塘清韵，涓涓荷香。

兰农园的美是毋庸置疑的。它的边边角角，都被打造得恰到好处，令人臣服。别的暂且不说，单是这荷塘，已是搅得我寝食难安，六神无主了呢。

记得第一次来时，我简直是被惊到了。从南门进入的，在兰农园的竹林水岸以南，呈现在眼前的就是大片的荷花了，一塘一塘，据说有十几二十几塘之多。全都绿的叶，粉的花，黄的蕊，来回滚动的露珠，晶莹透亮着，密密匝匝。我不敢大声，却不知是怕惊扰了什么？我也不敢伸手去触碰，她是那么干净和圣洁，心沉静下来，竟然有些小小的惊喜与慌乱。代村的荷与别处的荷略有不同，它的叶大色正，花盘也大，茎是直挺直挺的。本来以为白莲会少，对于第一塘里仅有的几株也是看了又看，左拍右照，实在没想到，转过一塘，来到路西，竟然是满满的一池白莲，还要什么，我已是醉了。控制不住地，把电话打给朋友，我要分享，分享这份美，和这份快乐。

微信群发了图片后，就有人不时留言或电话来询问："这是哪里？""哪里的荷花这么美？"我不厌其烦，自豪地回复和描述："大美代村啊！""不远啊，快去看看吧。"很快，也会看见朋友多拖家带口前去观赏，分享来的照片美不胜收。这就是把快乐传给朋友，从而得到双倍快乐的结果吧。

再次来时，是随文友采风前来观荷。相比初次来这里的文友惊艳赞叹的表情，我已是淡定了许多，虽然在荷的面前，我还是会有自卑和小我，但已是可以从容地走进荷塘深处，不语，对视，想那莲的心事。

今天是个例外，因天气原因，我们取消了骑行，朋友提议，去代村吧，听说那里又建花海了。照例，从南门进，时隔月余，却没想到荷花依然还是如此灿烂。较之前期，莲蓬增多，荷香更浓了，片片荷叶，如撑开的张张绿伞，有的高有的低，层层叠叠，似碧浪，如翠玉，轻摇曼舞。而那一朵朵荷花，愈发地丰腴娇美了，在这个炎热的六月里，不愠不惧，肩并肩，手牵手，默守着这一池宁静。有片片掉落的花瓣，漂浮在水面上，两端翘起像是一艘小船，飘呀摇，莲蓬露出来，洞里藏着睡着的种子。

这真的就是一池池的仙子与美女呢。

我流连在这清塘荷韵里，从这个塘到那个塘，又从那个塘折返到这个塘，久久不忍离去，谁的话呢：这尘世，若许我挥毫泼墨，必将你如莲的姿态刻入我心！

如果爱是一朵莲花，最美的爱一定是那清苦的莲心，苦到心，才能开出悦人的美。

感谢代村，感谢农园。为你，也只想为你，倾尽这一池莲香，满塘荷韵。

蛇床子

第一次听说"蛇床子"时，我尚年幼，邻居大娘却生了病，正在遭受着"难言之隐"的痛苦折磨，看起来，她是真难受啊！一副坐立不安，疼痛难耐的样子。而那个年代相对封闭，除非重疾，一般都很少去医院，更何况这种妇科的病呢。

于是，大娘频频来找母亲求助，两人神神秘秘，窃窃私语，唯恐别人听到。不过后来，我还是知晓了，母亲与她一起去寻找了草药来，煎汤治疗。大娘的顽疾终于治好了，我感觉神奇，也由此记下了这味中草药的名字——蛇床子。

那时，我只闻其名，还并未见到过那草药到底长得什么样子，倒是它的名字着实吓了我一跳，"蛇床子，难不成是与蛇有关系？"好恐怖！我要自觉屏蔽与它相关的一切来源与信息。

再一次知晓蛇床子，我已经从医科学校毕业，分配至妇婴医院工作，我们医院的主打药品就是"洁尔阴"，号称是广大妇女的福音，更有"难言之隐，一洗了之"的美誉，而洁尔阴的第一成分就是"蛇床子"。此时，大娘已经过世，而我还是没有看见过蛇床子的真正面目。

最终，还是在微信朋友圈里，一则《小时候常见又叫不上名字的植物》里，罗列了很多田间地头农村常见的植物，有图有真相。这是一篇转发量极高的帖子，带给了很多人童年的回忆。看到蛇床子时，我一时愣住了："原来就是它啊！这不就是我们常见的野胡萝卜吗？"乡下的田野，路边，山坡上，到处都是啊！就是前些天，在东城新区，新开发的地段，多处主体楼未完工，原来的庄稼地，闲置下来的，杂草丛生，就开满了这种淡绿和月白的小花儿，层层叠叠，挤挤挨挨。回老家的路上也是，水沟里，麦田的地头上，高高低低，蓬蓬勃勃。我好喜欢这些小白花儿，曾大把大把地采来，也为它拍下了无数的图片，竟然不知，它就是蛇床子。

要了解蛇床子，还需要来听一个故事——

相传秦朝时，江南的一个小村庄突然流行一种怪病，患病的人全身长一粒粒大小不一的疙瘩，奇痒无比，当地很多名医都束手无策。后来，一个游走的郎中说："在百里之外的海岛上，长着一种羽毛样叶子，开着小伞花的药草，可以治这种病。"但岛上遍布毒蛇，草又经常被压在毒蛇身下，要想采它，十分困难。后来有一位智勇双全的青年，决心要解除人们的痛苦，于五月初五，带着雄黄酒来到蛇岛，历经千经万苦，采到其药两大篓，煮水熏洗治好了这种怪病。因此药常压在蛇身下，故叫"蛇床"，其种子为"蛇床子"。

传说的真伪无法考证，但蛇喜好卧于此种植物的花叶之上，却是真的。而且它温肾固阳，治疗多种疾病，真正"长得朴实无华，治病样样有它"。

蛇床子的花可真漂亮啊！它简直是一个神奇的物种，据说蕾丝花边就来源于此。我什么时候看见，什么时候都喜欢。它茎直立或斜上，多分枝，细长，细细碎碎的小朵，精巧可爱，惹人怜惜。无数小朵组合成一个大朵，绣球样的，色开始由绿，变浅，至白。叶羽状，碧绿。绿白相间，生动自来。最让人受不了的是，有的大朵中间还有惊心的一点红，唯一的一小朵红色，开始，我以为是自己眼花看错了，遍地寻找，真有些不敢相信呢，大自然果真奇妙，听说是为了吸引昆虫而来，也是"点睛"之笔，为了区别与标榜吗？上网查询得到了证实，听说还有另一个传说呢，但这好像又关乎了另一个物种，就是真正的野胡萝卜花了。为了论证这两种不同的存在，有人还列出了关于花萼的多个不同点，争论不休。我是分不清的，实在是太像了，权作是一家就好了。

蛇床子的花叶种子有股浓郁而又特殊的气息，有的人喜欢，有的人避之不及。我极喜欢的。不说药效，单是这花容，就爱到不行。

扯一大捧蛇床花回家，心里美滋滋，这个是不会有人来管的。这成片的花儿属于大地，属于自然，你爱与不爱，它都努力地生长着，兀自开放。

又是一年梧桐花开的时节

一

小选：

你好！N年没有见到你了，电话、短信、网络都断了联系。又是一年梧桐花开的时节，你是否感受到了我的想念，忆起你我共处的那段岁月。

一晃十几年的时间过去了，当年我们在一起的时候正十九岁。现在想来，那该是多么幸福和值得回味的年华，我们实习在齐鲁医院的北三病房内。北三不是很忙，于是我们就有了大把的时间。记得当时北三的病房楼后面，不远处正在施工，闲暇时间里，我们就经常趴在治疗室的窗台看，看他们怎么挖地槽，装泥沙。窗台正对着的是一排成年的梧桐树，于是，在那个十九岁的春天里，脑海中就印满了大把大把的梧桐花。

喜欢梧桐花，那淡紫的颜色，不张扬的性格，不知不觉中就开满了一树，盛满了我们的整个窗台。春风习习地吹拂着，撩动着梧桐花和一群美少女。青春的印记，经年不忘。

那时的我们前程未卜，我们不属于那个城市，在那座楼房竣工的时候，自己会身在何方，没有人知道。于是十九岁的心里就多了一份忧伤和叹息。那时的我们唱："我们是五月的花海，用青春点燃未来"，歌声伴着梧桐花的摇曳，一颤一颤地，和着梦想和希望，飘荡到很远很远。

　　小选，那时的我们纯洁如纸，不谙世事。也许是年龄太小了，当时的我们还不能深刻体会什么是毕业分配和就业，即便是想了也是茫然。"随它去吧"，那时的我们只是唱歌和看花，不想其他。现在想来，也许会有很多办法，但当时的态度还是对的，人生，又有多少是自己能够把握和真正把握得了的？不想这些了，小选，还是有些想你，我翻出旧日合影，看你开心或是淘气的样子。

　　你在远方还好吧？你也看到梧桐花了吗？真的想再和你聊上一晚，再听你唱一遍《五月的花海》。

　　青儿今年要中考了，我们很有压力。

　　好像能聊的只有孩子，仿佛沧桑的心，收获的也只有孩子。睿儿该升初中了吧，平淡的生活里，唯有祝福，希望能相互平安和幸福。

　　娘，还是那样子，只是老，老到稀里糊涂，不过，也挺好的，活着，就是好，是吧。

　　窗外，有嘈杂的施工声，有时会打断我的思路。

　　春天真好，最美不过人间四月天。小选，工作不要太累，记得爱护家人的同时，不要忘了自己。说给你也是说给自己，想你会的，你是那么聪明。在这个春暖花开的季节里，你还会去泉城公园走一走吧，拂着迎面而来的春风杨柳，感受人到中年的美好。

二

梧桐花开的时候，我会想小选，就像每一年的三月里，我会想起静姐一样。多年前的北三病房内，我们趴在治疗室的窗口，无聊地看花的情景，它深印在了脑海里。那淡淡雅紫的桐花，曼妙美丽，极富诗意，成串成串的大朵，正对着三楼的我们，几乎举手就可以摸到。北三应该是当时最清闲的科室了，那一刻，我感觉轻松。小选是距我最近的同学了，青春的我们，与摇曳的梧桐花一起，沐浴在春色里。

于是，此后的每一年，每一个梧桐花开的时节，我都会想起她，也是想起我曾走过的那一段岁月。

今年的梧桐花又要开了。

我依旧还是没有见到小选，没有见到更多的同学们。但今年不同，我加入了同学群，于是，只要我愿意，我随时可以找到她们，听到她们的声音，和看到她们的样子，挺好的。

小选，那个坐在我后桌的女孩，那个实习期间与我对床的女孩，我们一起背着饭盒奔波于病房与餐厅之间的朋友，这个漂亮聪慧的女人，在她不知情的情况下，就这样硬生生地，被我与梧桐花联系在了一起。

"桐花万里丹山路，雏凤清于老凤声。"站在春日的时光里，看一树树繁花，淡淡紫色，像一串串风铃，和风低吟，又像是一个个紫色的小喇叭，吹奏一曲春天的歌。如此妩媚，妖娆，壮观，晶莹。微风来，香气袭人。四月来临春已深，高大魁梧的梧桐树，这悄然盛开的美丽花。

每一年都一样，我的想念也生生不息，卷土又来。

乡情杞柳

人，最好不要离故乡太远，否则，你买再多再贵的房，都无法压制住心头沧桑生起的漂泊之感。儿时的印记是烙下的，它如影随形，挥之难去。

在我的老家，临沂市罗庄区的黄山脚下，武河岸边，生长着一种特产植物——杞柳，我们俗称"条子"。此时正值端午前后麦黄时节，它又该波涛汹涌地疯长起来了吧！走出村庄，迎面就是满眼澄碧的绿色，漫过人和其他的农作物，海一样的，柳叶清新，风来浪起。

对于一个来自"中国杞柳之乡"的孩子，我对杞柳的熟悉，几乎仅次于主粮麦子。可能是因为特有的沙土地，家乡的杞柳生长旺盛，枝繁叶茂。其系多年生灌木植物，一次种植，可多年割条收益。

杞柳的种植相对简单：将粗细中等的成株杞柳，切成"筷子"长短的小根，保证几对良好的腋芽，然后间距适中地进行扦插就好。杞柳对土壤的要求并不高，几乎一插就活，易操作，比起种庄稼省时省力，又易于管理，素有"懒汉田"之称，小孩子也可以做得很好。小时，我就曾随父母去田里插条子，只需保证嫩芽向上，排列成行，插入土壤中露出地面约2厘米即可。据说，插倒了后，就长成了垂柳，我没有看见过，不知真假。

条子扦插好后要立即浇水，促其生根。初期，田间管理主要是除草和打杈，即去除主干枝头杂生的乱枝。杞柳有分杈的习性，要随出随打，另外，就是注意病虫害。杞柳的生性活泼，生长很快，当年种植当年成才，叶子茂密葱绿，枝条细而长，柔韧性好。无风时，碧海浩渺，一望无际。风起时，前俯后仰，如波涛阵阵，散发馨香。

小孩子最喜欢在条子地里拔草和玩耍了，因为这里干净整齐，嫩条软软，似少女的腰肢，婀娜起舞，妩媚动人。一天又一天，我看着它日渐成长，慢慢没过脚踝，齐膝，齐腰，直至将人淹没，像海，又像绿森林，屏障一样的，为田埂和村庄披上了绿装。

我们老家种植的条子，一般都自产自销。自打小时记事起，村里大部分的人，在农忙的闲暇时间里，都在从事柳编的手工，就是用这种条子加工和编制器具，或几户组合，或单户操作，从传统的筐、篮、箱等到现在的品种越来越多，花色越来越新颖，果盘、洗衣篓、花篮、户外装备等，只有你想不到，就没有我们编不出的家什。采取编制、喷漆、烘干、包装一条线生产，慢慢形成了规模化、大手笔。以质量高、造型美、工艺精湛而闻名于世，"杞柳之乡"绝非浪得虚名。在这里，编筐结篓的技艺不足为奇，几乎人人都可以露上一手。读初中时，假期里，也曾被安排帮忙，除干些杂活外，还曾尝试练习"打篮底"，这是最初级的手法，也是基本功，感觉还不错。如果不是后来外出读书工作，这个编花篮的工作，我想也是可以养活自己的。

而最终能够让我记住不忘的，却并不是编花篮，而是"打条子"。炎夏，7月到8月之间，条子成熟了，一般会选择晴朗的天气进行收割，像割麦子一样的，一捆一捆抱回家。而这个好像比割麦子更要赶时间呢。收割早了，会影响柳条的韧性；收割晚了，则脱不掉皮，这些都会影响到编制的工艺质量。

那时，剥条子皮有特制的夹子，先把枝条下头剥开一点皮，放到夹子里，然后由粗头向细头抽拉去皮，即得白条。说起来容易，操作起来可就难了，这工作做起来也是很让人崩溃。家家户户门口都堆满了条子，数量之多，成捆成垛，需要一根一根地抽拉，像数根数，无从偷懒。那份辛苦，无从与人道也。外地人很少了解杞柳，有的甚至见都没有见过，更别说知晓它的来源和用途了，在我们老家，就没有不"打条子"的孩子。条子越干越不易脱皮，这个需要赶时间，需要人手，于是大人孩子齐上阵，打完大的打小的，走着、坐着、围成堆的、闲拉呱的，手里都别停下了"打条子"。

那些青春的记忆里，抽拉之间，时光飞逝。湮没在白条与绿皮之间，青味弥漫。心事重重，心情怅惘。

去皮后的杞柳白条需烈日暴晒，才能保证洁白如玉，坚韧如藤。按照粗细长短，码成"人"字形，一小扎一小扎，让它们散开来，站立在阳光下，场院街角，大片大片地，光洁簇新，如仙女出浴，白衣飘飘。

街上、河堰上、村子的房前屋后全都堆满了打下来的"条子皮"，铺天盖地，拉拉扯扯，牵牵绊绊，路都不好走了。小孩子有时用它来编绳子，缠绕着，跳绳或荡秋千。没记得做过其他的用途，忙不过来了。条子皮越多，说明杞柳的收获季也要接近尾声了。

如今，每次回老家，看到田野里晃晃荡荡的杞柳，就像是在与人打招呼，唤我回家乡。屡屡停车，冲动地奔向它们，我抚摸着这些绿叶新条，感觉真正到家了。我想拥抱它们，这些久违的，我记忆中的老友。不清楚现在的人们还需不需要，再一根一根地拾起放下，剥皮打条子？岁月打磨沉积，那些丝毫不亚于"过麦口"的杞柳收获季，却在脑海中越来越清晰，越来越想念了呢。

扪心自问，无论我走多远，走到哪里，看过多少的繁华笙歌，相对于漫天花海，霓虹闪烁，我最喜欢看的，却还是绿海荡波，杞柳摇曳。

家乡的杞柳是个宝，我爱家乡，也爱家乡的杞柳。

花有百日红

这种美丽的花儿又开了。

街头巷尾的都是，公路两边，广场公园，随处可见。我喜欢拍花，拍各种各样不同的花儿，从它们的含苞欲放，到枯萎凋谢，每一时期有每一时期不同的美。

那天，一起骑车的于大姐问我："你知道你拍的这种花叫什么名字吗？""光顾拍了，还真是不知道唻"，我请教。"这种花叫'荼蘼'，'花开荼蘼春事了'的荼蘼。"于大姐解释，然后她又详细给我普及了关于"荼蘼花"的含义和花语。

内心"突"在震了一下，竟然还有这种花，是我孤陋寡闻才疏学浅了。再出门去或是上下班的路上，就开始留意起它来。

昨天中午，顶着个大太阳，我又去一个新近才发现的街道上拍花。这条大街，两边就种满了这种花树，好美。

其实此时还没有到它真正的盛花期，因为枝间的花骨朵还有很多，可是远远望去，已经是色彩斑斓火树银花了。有红的，有紫的，还有白的，即使是同一种颜色，也是淡淡浅浅的不同。红有火红、粉红、浅红，紫有粉紫、淡紫、酱紫，白有灰白、黄白。间或种植，一树一树，又一大朵一大朵地，热烈而奔放，艳丽而娇嫩，配以绿叶和淡黄的蕊，太阳炙热地晒烤着，花儿热切地绽放着。我平拍，它镶嵌在绿叶中；仰拍，它伸向湛蓝的天;俯拍,映衬着脚下的土地。一切都是那么美,还真是360度立体全方位无死角啊。

我忽然有些疑惑,这是荼蘼吗?这是寓意"陌路之美"花开荼蘼吗?

好像不是啊。

上网搜索,群里咨询,果然,都说不是,可能是于大姐弄错了。甚至有学生物学的专业人士来认证,这不是荼蘼,而是百日红,又名紫薇。花期6—9月,因为其花期较长,故有"百日红"之称。

这就对了。

这么美丽的花啊,应该是一种祥瑞。果不其然,它的花语是沉迷的爱,好运,女性。这么说,并不是意指荼蘼花不美丽,我还没有见过荼蘼,但看了网上查询的图片,却真的是不一样的感觉,那是另一种美。传说,如果家的周围开满了紫薇花,紫薇仙子将会带来一生一世的幸福。

手机里又存满了各色各样的紫薇花,婀娜多姿,仪态万方。

听说这种花要开整个夏天呢。是谁说的"人无千日好,花无百日红"。而倔强如它,偏要红透整整百日呢。

有诗为证:"谁道花无百日红,紫薇长放半年花"。

不知道为什么,知道它不是荼蘼以后,我的心里反而轻松了,不是就好。心中竟暗自庆幸错过了荼蘼花开,否则,我又该伤春了呢。

好在,春花开过夏花来。

有了这"百日红,",还怕整个夏天不精彩、不绚丽吗?

而"花有百日红,人无百日衰"。

三分靠运,七分靠己。认真,用心地过好每一天吧。

遇见艾草

我必会遇见你
在每年的五月五日里
错不开，避不及
你在房前，在屋后
在老家的菜畦里
你在街角，在集市
在邻居家的门楣里
你或高或胖，或单株或簇立
叶片绿中泛白
香气自茎叶间漫溢
你是上帝赐给人世间的仙子
遇见艾草
遇见幸福

　　我是说不清与艾草的关系的。说不熟吧，自小时起，老家的老屋里，墙上或是房梁上，谁家都少不了挂着这么一撮皱巴巴地，干柴样的东西。我问母亲："那是什么？"母亲答："那可是好东西，用处多着呢。"具体做什么？忙着长大呢，没有去在意。说熟悉吧，我也几乎只有在每年的春天里，才会去注意那一抹青青绿，也只有在端午的这一天里，才会郑重其事地找到它，携一把艾草回家过节去。

并不是很了解"艾草"名字的由来，到底是象形还是寓意？但我很是喜欢"艾"这个字，音和形都爱，如果这也可以抚摸拿捏，我必会拾一枚在手，把玩不歇。喜欢一位未曾谋面的女作家，她写下过很多优美的文字，但多篇故事的女主角都取名"小艾"，我想她可能与我一样，也是喜欢的。

成年后的日子里，上班或上学在城里，很久的时间，我没有看到过新鲜的艾草，而更多接触的都是它的衍生品，太多了，艾绒或是艾柱，还有艾艾贴。近年来，由着中医和养生的兴起，全都炙手可热起来，与各种的方法相结合，"有病治病，无病健身"，接受来自艾草的呵护。

在端午这一天是不一样的，大街上，会有乡下老农来卖艾草，刚刚割下来的艾草，高高的瘦长个儿，耷拉着叶子，无精打采着。有讲究的人家，门口就会挂上一扎，百毒不侵，怀旧的样子。其实，现在的高档防盗门，门楣也不怎么好挂东西了，多就别在了门把上，敷衍而已。

艾草的一生，都是在为五月做准备。为人类护佑，在最旺盛时被割来，悬吊，像一把琴，又像是一个感叹号。

像人与人的相遇，人与植物的遇见也一样。我是在过了不惑之年以后，才开始更加仔细地关注与喜欢上艾草的。

四月清明，草长莺飞，到处生机勃勃。艾草生发，冒出嫩芽，待春雨一过，荒芜的土地上到处葳蕤。一丛丛青青艾草，叶片宽大，颜色翠绿，轻轻一抚，便散发着浓郁的草香气，让人心生欢喜。那一抹绿，让人气定神闲，心旷神怡。

"彼采艾兮，一日不见，如三岁兮。"

去寻艾草，在塔山脚下的一片平房区，不多，但也绿意盈盈，风来招摇。有幸在不多的钢筋水泥夹缝中，遇见艾草，就是遇见幸福。我把每一次的相遇都看成恩赐，亲近和接受，如爱与美好扑面。我在有限的时光中，看见它一次，就爱上一次。那不染尘世的洁净，驱邪避毒，涤荡灵魂。给心情以舒畅，还岁月以安然。

沙砾上开出美丽的花

今晨，我看时间尚早，想去阁楼上找件夏装，我有好长的时间没去过阁楼了。我们的楼顶除阁楼以外，还有一方平台，本是用来安放太阳能，因为顶楼的优势，我还拉了绳条，偶尔用来晾晒衣服和放置杂物。前段时间因为装修剩下些沙子，运下楼要花钱又费力气，也被我偷懒堆在了这里，风吹雨淋，任由它去。

此时，阳光正好，刚出楼梯口，我却被一棵花挡住了去路。

这应该是一棵苦荬菜。"苦荬菜"是学名，我用"形色识花"软件识别而来的，我们本地的土名，我写不出，也想象不出那名字的由来。这棵苦荬菜，我应该是见过的。开春，老朱频频去挖野菜，我们洗菜择菜，扔掉了一些，又收拾纸箱等可回收垃圾上阁楼，忙乱之中可能将它带到了阁楼上。彼时，它已经半死不活了，与其他的垃圾混在一起，当时计划不日即清扫打理，没想到一场雨后，它竟然在这堆闲置的沙砾上扎下了根，算是安了家。

这片平台，除我之外，是鲜有人光顾的。我也曾学着别人家的样子，在楼顶上开辟了一片绿地，买了花土与肥料，还置办了盆和筐，装模作样播下些种子，奈何自己的技术和懒，一段兴致之后，方寸之地荒芜，结果全都不了了之。我对自己种菜的本领和梦想中的"空中菜园"彻底失去了信心。

不想这棵苦荬菜，竟意外地活了下来。

开始我看它努力地向四周开枝散叶，舒展精神。自始至终没有给它浇过水，也没有给它培过土，甚至连正眼都没有瞧过它一眼，除了阳光和空气，它的全部就是这堆贫瘠的沙砾了。阴雨就阴雨，暴晒就暴晒，风吹就风吹，雨来就雨来。甚至不知道哪一天的某一刻，某个人来，不经心那么一拔，或踏上一只脚，都能轻易将它置于死地不留痕迹。但这又怎么样呢，它置若罔闻全然不顾。今天，它生命勃发，开出了满满的小花，花色金黄鲜艳，数目繁多，满满一大捧呢。简直想把它全采下来带回家，想想又有些不忍，那不是真正的爱花之人。

虽然它并不名贵，却骄傲地盘踞在这里，阳光下堪称"怒放"。这是一段生命的怒放，跨越了劫难、挫折、不测，在艰难的环境中，仍然平静、乐观、顽强，不屈服的生命绽放。

感激这棵苦荬菜。中午时，我又上去看它了。这棵沙砾上开出的花啊！是如此大气，美丽和灿烂。

在它跟前，我感觉渺小。

没有挖过荠菜的人生，是不完整的

　　刚刚过了年，老朱就对街角路旁的野草野菜，表现出极大的兴趣。开始是我们在洳河边散步，偶尔也到代村游玩，每次，他都寻寻觅觅，考古专家一样的认真挖掘和找寻不断。后来是我们一起回老家探望父母，途经乡间丘陵，更是要停下车来，去麦田蒜地，遛上一圈。慢慢地，天气越来越暖和了，准备越来越充分了，工具也越来越齐全，只要出行，每次必携一袋野菜归来，也是幸事。

　　昨日周末，我们又一起去新房看装修进展。新小区属高层，登高必望远，从后窗看，恰好邻边有一块空地，原是良田，看样子也是准备要开发了，已被挡板围起，只是里面还有庄稼和果树。老朱以他半百的人生经验，果断判定里面应该有荠菜。于是，车出小区，绕瓦砾，携铲具，潜入，我则提篮拎包紧随其后。

　　这是一片不易被人察觉的宝地，除非主人，应该是少有人可以进来的。里面有的还种了麦子，有的种了蒜，也全都稀稀拉拉不成样子，有的干脆就闲置着，什么都没有，这更让大量的野草有机可乘蓬勃生长起来。荠菜多的是，在一些干草枯叶之间泛起一片青绿。老朱很兴奋，像是找到了宝藏，可真是开心啊！春天，空气新鲜，春草萌发，土地也变得松软，每遇见一棵荠菜，都是一份惊喜。弯下腰，挖进篮子里，带着一股清新和泥土的气息。微风拂面，远处有碧绿的麦苗和若隐若现的柳绿，身边还有含苞欲艳的桃花。人生美好不过如此，我们遇见了很多的，不同的草，或是野菜，我们还聊起了童年。

从农村来，你不可能没有挖过荠菜吧。

没有挖过荠菜的人生，是不完整的。呵呵。

"城中桃李愁风雨，春到溪头荠菜花"。记得在我很小的时候，就去挖荠菜了。那时，我还不能很精准地认清楚，每次挖一篮子回来，都要被母亲挑拣出大半的"伪假分子"扔掉。总是有一种与荠菜长得很像的草，让我混淆。母亲认真地教我识别，慢慢地，挑出来的越来越少了，我很有成就感。当我一认一个准时，我感觉自己长大了。

关丁荠菜的吃法有很多种，可炒食，可凉拌，能烧汤，更多的见于包饺子，包子，或是做菜煎饼。但我最喜欢吃的却是用开水烫后，与毛豆红辣椒相配，加盐调料香油调制，色香味俱全。这可能也是我们那个地方独有的做法，一般人都很难拒绝荠菜的清新，看到荠菜就会与春风、阳光相关联。挖荠菜就是童年的一首诗，终究，它还会被提炼，纠缠，印染成童年的一幅画，收藏。

我喜欢挖荠菜，春风起，百草青，连带着荠菜那细细密密的小白花也是极喜欢，每每遇见，哪能不挖，你走不掉的，它吸引着你，召唤着你，欢迎着你，让人趋之若鹜。并不在乎你挖了多少，够不够一盘菜。"时绕麦田求野荠"，尽管挖之。我理解老朱的那份欣喜，因为我也是。

今天，除荠菜外，我们还挖到了好几种其他叫不准名字的野菜，我用"形色识花"软件来识别，有泥胡菜、播娘蒿、蛇床子等，百度一查，竟全是好物，大多入中药，但恐自己做菜的能力有限，老朱拎一袋子泥胡菜返家，且不知味道何如？我很期待。

有种花开叫女贞

时间一晃就到了初夏，微风卸去了料峭，而夹杂了暖意。树木葱郁起来，石榴花开得照眼。此时下班，我喜欢步行拐去兰陵路，一次又一次的，与女贞相遇。

我是在去年的这个时候，才知道了它的名字的。也是满大街满大街的白，泛着嫩黄，看着有些像桂花，也像丁香，又似米粒，一串串，一穗穗，随风摇曳。扯着我的眼，又晃动着无数人的心。它香味极浓，引来无数的蜂飞蝶舞。为它，我开通了手机流量，下载了识花软件，终于知晓了它的名字，就是"女贞"。

这个名字好特别！不由得让人想起圣女贞德，一种洁净与坚韧，我想它肯定是有来历的。

传说是古代鲁国的一位女子，因其"负霜葱翠，振柯凌风，而贞女慕其名，或树之于云堂，或植之于阶庭。"故名。明朝浙江都司下令，全城居民门前遍植女贞。

也有的说是从前有位美丽的姑娘，名贞子，与丈夫相亲相爱过日子，一天，丈夫被人强行拉去充兵打仗，一去而没有了消息。贞子万分思念丈夫，后来，听同村被抓去打仗的青年回来说，贞子的丈夫战死了，贞子伤心欲绝，郁郁寡欢而成疾，终至不治。临死前嘱托要在她的墓前种一棵树，告诉丈夫她在等他。

几年过去，树长得又高又大时，贞子的丈夫却突然回到了村里。他来到贞子的墓地，看到了树，仿佛是看见了贞子，他扑在坟上哭了三天三夜，终因伤心过度，也患上了病。或许是两人的痴情感动了上苍，或许是受了泪水的淋洒。贞子坟前的大树竟然开了花，还结了许多豆大的果子，乡亲们议论纷纷，很感惊奇。丈夫拾取数颗果实，放入口中，味甘而微苦，直沁心脾，精神一振。从此，丈夫每日必到坟前，精心培育此树，摘果实充饥，天长日久，病竟然好了。

人们为纪念这位执着追求纯真爱情的女子，遂把此树命名女贞，其果实即女贞了。

我喜欢兰陵路，宽阔畅亮，干净整洁。喜欢这些高高大大，枝干扶疏的女贞树。它树形整齐，树叶青翠茂盛，白白嫩嫩的小花朵儿，缀在枝头，花开清寂，净如琉璃，与叶儿相依相伴，芳香四溢。站在单位九楼的办公室走廊，推开窗子，就可以俯瞰兰陵路，一片浓密磅礴的绿，硕大的树冠，顶着一头白，花开如雪。

女贞四季婆娑，隆冬不枯。李时珍《本草纲目》记载："此木凌冬青翠，有贞守之操，故以女贞状之"。本城有一位文友姐姐，笔名女贞。温婉坚强，知性贤淑。我是先读了她的文，后认识了她这个人的。姐姐是一位小学教师，文笔细腻流畅，她的诗与散文，让我喜欢加仰慕。开始，我并不明白她笔名的用意，现在明白了，想必她对女贞会有更多的了解吧，看见女贞花开，我总是会想起这位姐姐。

女贞的花期较长，六月是它的灿烂季，六月过后，则边开边落。女贞的落花又是另一种美，微风吹过，花香袭人，紧跟着，便是一阵"扑扑簌簌"，落花似小雨飘散，不长时间，地上就积了薄薄的一层，细细碎碎，似软玉在地，不忍踏足。

女贞的花语是生命，它的果实是个蓝黑的小粒，可以整个冬天都不落的，为此，很多无处觅食的小生灵得以存活，可谓生命之树。另外，女贞子的药用价值较高，是一味滋补肝肾，乌发明目，抗衰老等不可多得的中药。

我总是如此容易地被感动，惊心于世间竟会有如此唯美可爱的花儿。据说，它还是抗大气污染的"净化器"，对雾霾的治理有奇效，这两年种植渐多，不止兰陵路，其他的路上也有，小城是要沦陷在花海了。但我还是愿意耗时绕行，移步兰陵路，闻一路花香回家去。

夜色下的女贞树，更显静美。月光中，街灯的映衬下，擎一树繁花，默立，散发淡淡清香，像是在等候，等一场爱恋与相遇。你不来，则我不走。树下散步玩耍的人们，有老有少，或缓缓踟蹰，或匆忙跑过，头上脚下全是花儿。而我时常停下来，驻足凝望。这方美的！什么烦恼和忧虑全消散了，只想与之互诉衷肠。

枝高花洁贞如命，簇簇繁花显真情。

而每一年的女贞花开，也正是各个大小学校的考试毕业之时，教室里年少的面庞，和着女贞的花香，心中盛满不舍。一年又一年，离别相聚。

驴尾巴蒿

新搬的家在东城新区，原属郊区地段，现在，也还是建筑与田地相间并存着。土地的本性吧，到处杂草丛生，只要是还没来得及硬化的地方，哪怕是一丁点儿土，也会有蓬勃的绿色溢出来，而在这些绿色之中，尤以驴尾巴蒿长得最高、最旺、也最为多见了。

"驴尾巴蒿"应该是小名。这和所有的农家娃一样，都有一个通俗易懂，又藏掖不住，拿不出手的俗称，它如影随形，伴随一生。

驴尾巴蒿长势迅速，一般都主干直立，很少分杈，叶子绿绿的，排列有序，有着丰富的层次和动感，毛毛的，像是一把鸡毛掸子，又像一条驴的尾巴一样。还有这草好像有着倔强的个性，一股子驴劲，"驴尾巴蒿"因此而得名吧。

假如是农村走出来的孩子，你要说你不认识驴尾巴蒿，任谁都会跟你急，这基本快和忘本差不了多少了。

网上查询，得知它的学名叫"小蓬草"，我就不以为然了，怎么着也应该叫"大蓬草"才对吧，得亏它长得那么高，那么壮，小树一样的。

驴尾巴蒿简直就是农民的噩梦，敌人一般地，说起它来，气都不打一处来，每遇见必想除之，却怎么都除而不尽。嫩时还可以掐些来喂牛羊，长大后更是百无一用。据说它可以分泌出一种特殊的化学物质，来抑制周边植物的生长，为自己争取更多的营养，如不及时拔除，更是后患无穷。加之，它还带有一种难闻的特殊气味，真是臭名昭著惹人烦呢。

驴尾巴蒿有着极强的生命力，到处都可以生根成长。它生长的速度、密度和高度，都大到了惊人的地步，常常让人陷入无可奈何又束手无策的境地。我亲眼看着小区墙西的建筑废料堆上，就蓬勃生长着密密麻麻的驴尾巴蒿，几天不见，就长成了高高的森林，小山一样的，蔚为壮观。新修的9号路上，每棵新移栽的花树旁，都聚集着一撮的驴尾巴蒿，大旱时节，花树干涸，全都蔫头耷脑，只那驴尾巴蒿虽叶子干瘦，但依然精神抖擞，一派生机。

物竞天择，看来若不依靠外力，小花树将面临被湮没之势也未可知。

驴尾巴蒿竟然开花，而且还很好看，这在以前我还真没有仔细去看过。小花不大，乳白色，开始是绒球样的，后来慢慢展开，毛毛的，有些像小孩子帽顶的装饰。结出的种子，随冠毛随处飘散，落地生根，蔓延生长。

也有人说驴尾巴蒿，也就是小蓬草，是一种智商很高的植物，采取自我保命的做法，使人畜都不愿靠得太近。如果抛却祸害庄稼这事不说，我还是挺喜欢它的。

它的坚韧而又坚强的性格，随遇而安的秉性，对生存条件的适应，风里雨里都无所畏惧。另外，小蓬草还是一种药草，清热利湿，散淤消肿，可治疗多种疾病呢。

其实，若你仔细看，每一棵驴尾巴蒿都长得还不错，有种气宇轩昂、玉树临风的感觉。成群成片且郁郁葱葱，相互扶持，迎风吐艳。

不信，请看，还有人专门为它作诗为证呢：

荒郊疯长驴尾蒿，各领风骚尽逍遥。
路人驻足兴感叹，秋来只堪做柴烧。

香附子与蹲倒驴

我使劲想啊，使劲想，我抓耳挠腮地想，我挖空心思地想，却还是不能回想起它们的名字来，我原本以为它们是一种呢，我恍惚与它们很熟悉又很遥远。

我问询了身边的同事和朋友，我们一起想起了很多杂草的名字，可是都不是。我拍下了它们的图片，"形色"是可以查到的，但都是它的学名。当年，我们在一起时，它们是谁？它们的名字，我还是想不起。

最终，帮我解开这个谜底的，是七十多岁的看门大爷。那天，经人提醒，我拿着这两种草花去见他，请教。"这不就是草附子和蹲倒驴吗？"大爷一眼就叫出了它们的名字。

哦，这就对了！草附子和蹲倒驴！

感觉有一块石头落了地，像是找到了失散多年的老友，还有那些旧时光和自己。

它们都是杂草，无孔不入的杂草。它们不名贵，不需要肥料和关照，一样能蓬蓬勃勃地生长，庄稼人恨它恨得牙根痒痒又无计可施。

草附子的学名是"香附子"。因它的花茎是三菱形，所以，有时也叫三棱草。小时，去田里干活或是打猪草的间隙里，我们就常玩一种小游戏，取一根青青中粗的花茎，掐头去尾取中间部分，两个人同时牵住一头，小心翼翼地披开，开裂的花茎在中间交叉时，若呈现的是好看的平行四边形，就预示明天是晴天，若不是，就是阴天。当然这只是游戏，没人当真。

三棱草是一种比蒲草更有韧性的草，故而晒干后，常用来编织他物。它很少单株存在，只要落地生根，它就会迅速繁殖起来，很快，连接成片。它开出的小花，很耐看，尖尖的，呈辐射状，刀叉剑戟的戟一样的，刺向天空。

香附子喜欢生长于阴湿的沙土地，河岸，堤坝上，它青青绿绿，摇摇曳曳地行走于水之滨，有着顽强的生命力和旺盛的繁殖力，它肆无忌惮地生长，被许多的人视为危害最大的恶草。

然而，它又是一味中药，药房里有售。它的块状根球，治疗多种疾病，功效不凡。

而我却并不想知道更多，让我念念不能忘的，是我与小伙伴们一起，一人扯住一头，披开三棱茎，也披开了岁月的光景。

我找得到了香附草，而那些小伙伴们，有的，却再也没有见过面了。

牛筋草就是蹲倒驴。

一听到"蹲倒驴"三个字，时光仿佛一下子被撕开了口子，"忽"地就窜到了几十年前，在小武河的岸边，我们有块叫"坝子头"的三级地，稀稀拉拉地种了些庄稼，有时是高粱，有时是地瓜，还有棉花什么的。河水涨时会淹，河水浅时则收，全看老天脸色，而在那块地的边上，就长满了这种植物。

而不管是"蹲倒驴"还是"牛筋草"，都专门而有效地标明了它最大的特质：强韧。

刚生发时，它青翠碧绿，我们打猪草时喜欢揪它的叶子，但要撼动它的整株，实属不易。"蹲倒驴"的名号不是白来的，它的根须很稠密，"扒"住地面，慢慢长大些，它就像是平摊在了地上，除非用铲子铲，要不也就只能揪断它的叶子，否则就算你一屁股蹲倒在地上，也无计可施。"蹲倒驴"的说法就是即使你用驴拉，那只能蹲倒了驴，也是动不了它的，可见它的顽强与不易征服。而且它的再生能力特别强，只要有根在，很快，它就又郁郁葱葱地生发了起来，还真是拿它没有办法。

有一年，我娘在坝子头的地里种了棉花，棉花次第结棉，这就需要我和哥哥每天放学后去捡棉花。棉地旁长满了蹲倒驴，也不知哥从哪里听说，有人在草棵底下挖到了金刚钻，上交国家后，得到了奖励，从此不用再辛苦种地。于是，我们不捡棉花了，改挖蹲倒驴，累死累活的结果是可想而知的了。但兄妹俩满头大汗地对付蹲倒驴的情景却依然记忆犹新，每每想起，都叫人忍俊不禁。

在我有限的记忆里，蹲倒驴的常见，就像是武河湿地里的水，源源不断，随处可寻。它见缝插针般生长在所有的沟沟坎坎，车碾不死，人踩不坏，水冲不走，不论你待见与不待见，风吹来，它摇摇晃晃的叶子，都像是在与你打招呼，"嗨，好久不见，你好啊！"

我没想到会再想它，一直未曾想过，久不相遇，我以为自己已经忘了。可再次听到"蹲倒驴"三个字时，一种久违的亲切，时光隧道穿程而至。

很幸运，我曾有过的，那些与草木相伴的旧日生活。那些高大的树，或是低矮的草，都会融进生命里，成为我血肉之躯，不可分割的一部分。

千朵万朵丝瓜花

"那花是怎么开的？简直像一群活泼的孩子，在天地间撒野，草垛上伏着，院墙上爬着，树上攀着，最让人惊艳的是，满屋顶的花笑逐颜开。是的，那是笑了，一朵朵的小花，异常干净地笑着。仿佛就听见锣鼓喧天，厚重的丝绒帷幕缓缓拉开，它们就要来一场大型舞蹈了。"——这是作家丁立梅笔下的《千朵万朵丝瓜花》。

真是让人惊喜，我心服口服，写得太好了，我的感觉就是这样的。我一遍又一遍地读，心情大好，这些柔软而又美好的小家伙，几乎就要忍俊不禁了。

小区的一层，是带私家花园的复式楼，每家都有半人高的栅栏围墙，花艺的院门，里面是个小庭院，有限的空间，种满了花草蔬果。现在的这个时节，入住的和没有入住的，家家门前都爬满了丝瓜秧。郁郁葱葱的绿色藤蔓堆积，上面缀满了笑哈哈的丝瓜花啊！层层叠叠，牵牵扯扯。黄绿相间，甚是养眼。

我每天都会途经它们，看它们肆意地攀爬蔓展，悄悄延伸到栅栏边、栅栏顶、门栏上、楼梯口，试探样的，开出一朵，两朵，三朵，越来越多，黄灿灿，每朵都有五个花瓣，完完全全地平摊开，无数个小花脸。花瓣上的脉络清晰可见，衬着中间的花蕊，美艳娇嫩，沐着阳光，看着都让人开心舒畅。

丝瓜花一般是在上午的7点到9点开放，花期较短，24

小时后就会枯萎，自然凋谢，明日又会生发出新的一批来。小时就知道丝瓜花是分雌雄花的，只有雌花才可以成长为丝瓜，慢慢也学会了分辨。最简单的是看花柄，雌花下面有子房，而雄花则没有。

丝瓜在我们这里太常见了，几乎达到了熟视无睹，不受待见的地步。每年的初春，清明前后吧，"种瓜种豆"，似乎说的就是它了。天气一回暖，家家户户，房前屋后的，都会撒上几粒丝瓜种子下去，不需要技术，不需要成本，自等它发芽成长就好。就算你想不到，在去年生长的老地方，有老瓜旧瓢的地方，有时也会自己生长出来。自生自灭，自我繁衍。

记得小时候在老家，娘就是常种丝瓜的，也不只是娘吧，左邻右舍的都在种，又经济又省力。村里更是到处可见丝瓜花，屋顶、断墙、树上，甚至是乱石堆里，随便哪里都可见挂着的丝瓜花儿和丝瓜。我们平时最常吃的菜就是炒丝瓜和炖丝瓜汤了，顺滑爽口，百吃不厌。

去房顶或墙头上摘丝瓜，也常是小孩子们的事情，大人们在下边指挥，小孩子灵活地攀爬寻找。这个与捉蝉儿不同，只要发现了，就指定跑不掉。但也有例外，那些掩藏在绿叶之中，隐藏好的，或是摘不到的，这样的丝瓜就会越长越大，等再发现，已经过了食用的最佳期。每年的秋末，丝瓜藤老去，叶子都萎了，就会显现出不少的"漏网之鱼"，仿佛退潮后，沙滩上遗留下的死鱼，翻着肚皮，让人一览无余。这些老丝瓜们长得饱满肥硕，大大的肚子，籽粒成熟，瓜瓢松散干涩。老丝瓜不能吃了，除了留下种子外，还可晒干后，去掉外皮，清洗揉搓，瓜瓢子就是很好用的清洁球，用来刷碗刷锅子，比专业的还好用呢。

当年在家属院的老平房子里居住的时候，我家的南房屋顶也是要被丝瓜蔓爬满了，有一年，还延伸到了院子的晾衣绳上。丝瓜花到处都是，没有人把它当花，也没人会当蔬菜待弄，它并不在意，依然开得风风火火，美美艳艳。风来微颤，调皮地晃你的眼。结的瓜常吃不了，我们只拣大小适中的嫩瓜，稍老一点的则摘下来，扔在了门口。后来，听邻居家照看孩子的大娘说，我们不要的，全被她捡去炖了，老一点的丝瓜，那才更好吃呢。突然感觉自己有点傻，太无知了吧，大娘说的可能是对的，大丝瓜更有味呢。

另外，丝瓜还有很多的功效，在所有蔬菜中，丝瓜的营养成分可谓名列前茅，它清热化痰，凉血解毒，又通经活络，据说还能美白祛斑，预防和对抗多种疾病。

可见，丝瓜真是个宝物呢。

我还是喜欢去看，那千朵万朵美丽的丝瓜花，看它们圆乎乎纯真的大花脸啊！一副副心无城府，热热闹闹挤挤挨挨地开着，无所谓结不结果子。

楮桃子

老院拆迁，我被召回。

又走在那窄窄的，仅两米半宽的巷子里，悠长悠长，快到家门时，蓦然发现南墙根处，落了一地的败果儿。哦，是楮桃子，它又熟了，红了，引来无数的鸟儿啄食。

我们的南院毗邻，是邮电局家属院，中间隔着一道高高的围墙，我的家门前应该是他们的屋后了，那里生长着一株楮桃子树。它一年比一年高，慢慢地就蔓过围墙，有一大半的树冠，竟生长到我们家这边来了。十多年前，我在这里居住时，就看着它，从春天来，它慢慢展开叶子，绿绿的，茂密。楮桃子的叶子，很奇怪，小花脸一样的，毛毛的，边边角角，残缺不齐，有的夸张到像唱京剧的脸谱。

但它的果子，很漂亮。夏秋之季，当楮桃子树湮没在一片葱茏绿色之中时，一般不会再引起人们的注意，直到它的枝间，长出数不清红彤彤，毛茸茸，新鲜橙红的果儿。红绿相映衬，煞是好看。那果儿汁水很多，用手一拿，就会渗出汁液，很诱人。聪明的鸟儿们总是最先知道的，于是，树上树下，聚集成堆，见有人来，一哄而散，惊飞一片。家里的老人们常会告诫小孩子们不要随便吃，怕会不适。但又有几个能忍住，偷偷摘来把玩，终是耐不住它的清香，填入口中，甜丝甜腻的味道。

有了手机之后，我每年见到楮桃子，都会拔不动腿，忍不住要拍下它的样子，它的叶，它的红果儿。回翻往年的照片，我发现竞拍下了很多相似的，类同的楮桃子，晶莹剔透，真应了那句"年年岁岁花相似，岁岁年年人不同"，可见，我对它的喜爱，惊叹造物主无边的神奇。

用了"形色识花"软件之后，知道了它的真名叫"构树"，也是好奇怪的名字，不知道它的由来是什么？我还以为是俗名呢，百度查之又名"楮桃"，看来，与我们本地的叫法是一致的，也算幸事。听说，从古至今，构树给人的感觉就是被人嫌弃，冷落，自己在一旁默默生长的植物，也许是因为它太常见了，废弃的荒山，地头，甚至石缝，墙隙，都有它的身影。河岸边也是常有的，熟透了的果儿落在水里，还会引来众多的鱼儿成群结队来抢食，也是好玩儿。楮桃子的繁殖力非常强，好像没有人刻意种植，只要有一树楮桃，往往会引来一片之多。我们这里的塔山上就是，大的是树，小的我还以为是灌木，匍匐着，与山枣拉拉秧们纠缠在一起。娘于晚年时，曾经养过一段时间的兔子，她总是在清晨上山，来撸楮桃叶子，小兔子竟爱吃，而这比割草要省事得多。

我们单位的办公室楼后假山上，也有一簇，一株稍大些的，还没有结果子，小的就乱七八糟拥挤着。工作的间隙里，我有时去转转，痴痴地望着它千疮百孔的叶子，它能长大吗？啥时它们才能挂上红果儿？寸土寸金的城市啊！谁的命运都可能朝不保夕。

知道了构树也是一种中药材，它的果儿"楮实子"，益肾补虚，壮筋骨，明耳目。树叶树皮还可利尿消肿，清热去毒，全身都是宝呢，但谁又会去管呢，那自是中药房的事。我就是喜欢它奇形怪状的翠叶子；青青圆圆的毛球果儿；红红嫩嫩，新鲜炸开的毛绒朵儿；看见它，就想起老家和儿时的馋样儿。

楮桃，是家乡的果树，它扎根在路上，连着心儿。

八月桂花开正香

　　晚上下班，步出办公大楼，一阵浓郁的香气扑面而来，哦，是桂香。大楼门前的两侧，分别植有两棵桂花树，桂花开了，我知道，是月到中秋了。

　　对于桂花树，平时几乎是无感的，它混杂于一片绿植之中，毫不显眼。甚至在早些时候，我连它与冬青都是辨别不清的，而它又常常被修剪成圆滚滚的一坨，二者的叶子都是四季常绿，极为相似。除非此时花香弥漫，飘香十里，才会让我真正停下来，仔细审视它姣美的花朵。

　　"秋之花香，没能如桂。"

　　此言一点都不为过，桂树的花是极其微小的，腋生，细细密密，像拧一股绳，缀满于枝叶之间。花是少见的四瓣花，黄白两色，被巧妙地命名为"金桂""银桂"。叶子墨绿饱满，相映其间。它是安静的，朴实的，又是让人沉醉的。

　　在民间，关于桂花树的故事有很多，其中"吴刚伐桂"就是之一。

　　吴刚是一位仙人，因为犯了错误，被太阳神惩罚到月亮上面去伐树。月亮上有一棵怎么砍都砍不死的神树，就是月桂。你砍一下，当斧头拔出来后，它又愈合了。吴刚无奈，只好经年累月，无休止地砍下去。只有在八月十五的这一天才能休息。桂花的香气吸引了仙女嫦娥，于是，每年的中秋节，如你仔细看，大月亮里好像真的能够看见美女、玉兔和桂花树的影子呢。

还有"蟾宫折桂"，因"桂"与"贵"同音，科举时代比喻应考得中，后来引申为生活中的人们参加各种考试，取得了较好的名次，获得了很大的成就或是荣誉，现多指"金榜题名"。多好啊！听着就朗朗上口，美意多多。去月亮上折一桂花，别说吴刚嫦娥，我恨不能是那蟾，朝夕与桂树相伴。还好在这有情世间，窗外有桂花初绽，也是庆幸。

儿时过中秋，正是农忙时节，忙里偷闲拿到月饼，总有一份甜甜的幸福感。月饼多是那种五仁的，带有冰糖青红丝的馅，油大，香得发腻。舍不得吃，往往要坐等那圆圆大大的明月，羞涩地从东边露出脸来，像个大圆饼，看它慢腾腾挂到树梢上，又升至半空中，越来越亮，越来越亮。夜空也是异常的干净澄澈和高远，我们举着月饼比月亮，一样的大，一样的圆。一而再，再而三地瞪大双眼，找寻那传说中的月桂，恨不能跑到月亮上去。夜里会做一个梦，梦里就有广寒宫与桂花树。

新小区里移栽了桂花树，树株虽不大，也默默地绽放着黄色白色的花蕊，最是那香气，袅袅，柔柔，丝丝缕缕。轻轻呼吸，甜蜜氤氲的味道。晚间，我喜欢下楼来，沿着小区的几条小路穿行。安静的夜，秋风拂面，桂花香包围着我，你不用去看树，只感受。没有农忙要去挂念了，却又来杂七杂八的工作牵绊。拐去花亭，那里有木椅石桌，坐下来，可以回忆，畅想，也可以什么都不想，只呆坐，安享这份清香宁静。有时会等到下晚自习课归来的他，两人结伴，闲话着走在回家的路上。任月色灯光，将影子打斜或是拉长。

塔山下的荀子园里，是有两棵较大的桂花树，也是循着花香才注意到它们的，树冠大，花香也远。有很多的人，就专程为它而来。闻花香，也摘花。桂花太小朵了，不好采，有人就整枝的折了去，让人心疼。今年，我发现，树的周边被围起了铁丝圈，再也不能近身。树下有落花，铺满一地橙黄，有人来捡拾，清扫聚堆。也有路过的，抓起一把塞进衣兜里，只为花香一路，清甜入心。

也是桂花聪明，选择在这秋高气爽的八月里开，群花凋零，不用费力，不用竞争，只用一缕清香，浓淡许许，就猎获了世人的心。

一些关于桂花的美食传来，各式各种，花样翻新，我是不会做的。尝试过一种桂花糯米藕，好吃是好吃，总感觉麻烦，懒人如我，还是只闻花香好了。

若待秋雨来袭，雨纷纷，则花落满地。心会疼，看一地柔美倾躺在雨水之中，说好的花容月貌呢，宝贝的真金白银呢，老天也并不全是怜香惜玉啊。花开花落，恰如人生在世，聚散离别，亦无能为力。

看淡些吧，八月桂花，我开了，并尽我所能地散发香气。

荻花瑟瑟

中秋过后，婆婆要去她的小儿子家，嘱我们代为照看她的庄稼地。所谓庄稼，也只是她闲不住时，在一条沟渠的边缘处，开垦出的一小片荒地，杂乱地种了些地瓜和花生豆子。公婆八十有余，按说已无劳动能力，全当解闷吧，也挺好的。周末，我与老朱骑车去地里，秋高气爽，秋色大好。田野里正一片农忙，一路的乡间小道，在路两边，时不时就会遇见一株，几株或一簇簇的，瘦削，挺立，头上顶着或紫或白的荒草野花，如一支支矛斜插在这原野之上。风来飘摇，婀娜多姿，又像是女人在跳一支民族舞。我原本以为都是芦花呢，生长在武河边，自认为我对芦花的熟悉和喜爱之情，毋庸置疑。要说这里是山区啊，怎么也会有这么多的芦花摇曳？老朱笑我无知，说这怎么是芦花呢？这就是草啊！叫什么名字不知道，可能是叫茅草吧！

我们穿过悠长的，杂草及膝的阡陌去地里，因为疏于管理，婆婆的庄稼，也快要被荒草湮没了。还有的靠近水域，那茅草更盛，白花花的一片，很是壮观。也有紫色的，淡淡的紫，那是花穗细细长长，抚之滑腻，还未绽开碎绒，迎风更显飘逸。而有的已经干枯，暖暖地炸开了花，毛毛的，白色，像棉絮，温暖。

折了大捧，抱在怀里拍照，柔软而亲切，和黄的豆叶，绿的地瓜秧配在一起，煞是好看。远观那整条沟壑的绒花，苍凉中富有，虚无中繁茂，那感觉，那意境，竟让我良久不愿离去。老朱笑言这种花，想要多少就能送多少！嗯，咱家地里有的是哩。

回家来，照例用"形色识花"，不照不知道，这茅草真的就是著名的"荻花。"

去古诗词里找，古人对花草树木的认识和感情，似乎要更胜今人一筹。

"浔阳江头夜送客，枫叶荻花秋瑟瑟。"

"波上荻花非雪花，风吹撩乱满袈裟。"

有人说《诗经》里的"蒹葭苍苍，白露为霜"的"蒹葭"指的就是荻花，也做芦荻。心里一惊，看来还是自己芦、苇和荻，傻傻分不清楚。

求助于百度：强脆而心实者为荻，而纤柔且心虚者为苇。这种辨别需要剖开它的内茎，而外形，我用心观察，也只是发现荻花的最初，较之芦苇，它的颜色稍稍加紫而已。

它们都来自于荒滩旷野，河水溪畔，于无人处恣意地生长。秋风起，四野萧瑟而荒凉，风扯开了荻花，将思念愈拉愈长。

十一假期，与老朱一起去岛城看女儿，车窗外，除了不断变换的农田和村庄，在零星的荒滩浅水处，也开满了这种白色的，穗状，火苗样的绒花。是荻花。轻微的风都会将它们吹歪向一侧，整整齐齐，如千军万马驻扎。特别是当黄昏来临，夕阳西下，逆光中，余晖似乎给它镀上了一层金边，让人沉醉和迷恋。

"秋风猎猎秋水寒，荻花瑟瑟又一年。"不觉间，女儿已是大四在读，好像还是昨日，才刚兴致勃勃地送她来到这座城市，转眼，大学的时光就要过去了。列车在疾驰中，而飞逝而去的又何止只是青春呢。

宅在家里的这两天，荻花一直摇在脑海心上，丝丝缕缕，牵牵绊绊，想忘也忘不掉。想去洳河看荻花，近些的，去银湖里也找找。公公却突然又病了，被送回来住院。他们先在我们家住一晚，婆婆怯怯的，客气生疏得很，今晨公公早起去做检查了，稍后，我送婆婆去陪床，她拎着大包小包，费力地上车下车，很歉意地叹息：人一老，事就多啊。

我回头望见她满头银色的发，恍如一株绽放的白色荻花，迎着秋风瑟瑟。

在路上，我们还聊起了我的母亲，她在前一个荻花盛开的日子里，走了，我很想念。

据说：没有一株荻花是被风吹倒的。它不停地晃荡飘摇，却也潇洒，自在，坚韧又顽强。要美，就美到极致，直到河水冰封，大地凝结，它依然挺立。

来年，春风吹，它又如剑般重生，郁葱而起。

采薇，采薇

"采薇采薇，薇亦作止。曰归曰归，岁亦莫止。
采薇采薇，薇亦柔止。曰归曰归，心亦忧止。
采薇采薇，薇亦刚止。曰归曰归，岁亦阳止。"

——"采薇菜啊采薇菜，薇菜刚刚长出来。说回家啊说回家，一年又快过去了。

采薇菜啊采薇菜，薇菜出生正柔嫩。说回家啊说回家，心中忧愁又烦闷。

采薇菜啊采薇菜，薇菜的茎叶都老了。说回家啊说回家，转眼又到十月啦。"

《小雅·采薇》，这是一首出自《诗经》的小诗，写于先秦，是戍守边塞的士卒期盼返乡，想念家乡亲人的即景之作，表现了征战在外的人们的苦闷心情。

当然，这是我百度来的。

才疏学浅的我，怎么可能知道的这么多。呵呵。

而之所以想起来要百度它，概因为我又遇到这种名叫"野豌豆"的老友。

在刚刚拓开通行的会宝路东首，除了麦田，就是被挡板拦起来的建筑工地。而挡板可以拦起人的脚步和视野，却无法阻挡住野豌豆的蓬勃生长。此处之前可能是盛产豌豆的。路段上，只完成了路面的工程，边边角角还在修建中。路边，挡板下，建筑垃圾旁，但凡有星星点点的土地，都会有野豌豆的生长。它们匍匐，攀缘，平铺，缠绕，剪不断，理还乱的藤藤蔓蔓拉开着阵势。开始，它青绿着，偶数羽状的叶子，细细密密地有序排列。叶轴的顶端是长长的如线的须，扯扯拉拉着四处缠绕。我们是可以随意踏上去的，像草坪，又像是踩着一层绿毯子。

而此时，它们正值花期。场面好似一时不好控制，所有的叶藤之间都窜生出了一串一串的碎花儿，纯正的紫色，花开时顶部略淡白，像是挂起一串串的风铃，摇摇晃晃，叮当作响。又像是挂起了一串一串的小鞭炮，一声令下，就会脆生生炸开。

旁边的麦田里，小麦正在怀穗，一大片的万头攒动，如一片碧波荡漾的海，在海的中央，也漂浮着几串紫色的风铃，漾来荡去，很是显眼。

野豌豆花，一定是有故事的。

上班时，我自东向西走，就看左边路南的花儿。下班时，自西向东，我又数着左边路北的野豌豆花。

一直到单位，路有多远，就有多少的野豌豆花儿。这些不是绿植，全是自然生长的，可随意抓取。甚至有一些施工，就直接将它们铲除起来，扔在一边，任光鲜玲珑的紫色小风铃，淡淡萎去。我有些心疼，这普普通通的杂草，这高贵雅致的紫色，这造型独特的花朵儿，聚合在了一起，怎能不让人心动，又叹为观止。

野豌豆花竟然就是古人诗歌中的"薇"，这多少让我有些意外，又很服气。我这才明白过来，原来并不是所有带"薇"的女子，都只与"蔷"有关联啊。

野豌豆开花了，用不了多久，它就会结荚。而那荚是可以当作哨子来吹的，这我知道。剥开，抹去豆粒，掐去一端，放嘴里吹，那声音好听到能回到童年里。所以，我们这里，又管野豌豆叫"哨子""哨子花"。

苏轼有诗：彼美君家菜，铺田绿茸茸。豆荚圆且小，槐芽细而丰。

旧时，无用的野豌豆是可以用来吃的，现在不用了。

薇，薇，野豌豆花啊，碎碎念的爱了。

彼岸花开

第一次听到"彼岸花"这个名字，是因为认识了一个网友，她的名字就叫"彼岸花"，后来她又改成了曼珠沙华。

我没有见过这种花，但感觉很特别，很洋气。

秋分时节，四周又弥漫起桂花的香气。晚上下班，与朋友赵老师相约去采桂花。

我们一起步行到了塔山下的荀子广场。这里有较多的桂花树，但多半都被护栏围了起来，不得近前。"闻闻香气也不错啦！"我们边散步边闲聊。秋风习习，秋蝉嘶鸣，中秋将至。

在一棵金桂树下，围拢着一圈的冬青。叶子被修剪得平平整整，在这个绿色的平台之上，赫然绽放着一朵醒目的大红花儿。花色艳红妖娆，花瓣反卷如长舌，花蕊细长如针，一根一根漫过花瓣向四周发散，如天女的睫毛，脆弱得让人心生怜爱。桂花的香气正浓，嗅不出它的味道，但整朵花散发着一种奇特的曼妙动人之姿。它的颜色太鲜红了，真正的残阳如血。像一帧大红的艺术剪纸平铺眼前，我一下子就怔住了。这就是传说中的彼岸花吗？简直不相信这是真的，我真的会邂逅一枝正在盛开的曼珠沙华吗？

难掩激动，我弯腰俯身去查看它的真假，我怕是有人拿了一朵假花乱放在此。我不敢直接触摸它的花蕊花瓣，而是向下摸到了它的茎秆，直立硬挺的，一枝单挑，它是活的。越过冬青，全然托出了一个美丽硕大又张扬的花朵。没有叶，一片叶子也没有。

它就是彼岸花了，我知道。

今世，我们终于遇见了。

彼岸花，又名曼珠沙华，传说是冥界唯一的风景，是一种充满神奇色彩的花。

相传在黄泉路上共有两条路，一条通往天堂，盛开着曼陀罗花。一条通往地狱，布满了曼珠沙华。在冥界的三途河边，忘川彼岸，花如血一样绚烂鲜红，铺满了通向地狱之门的路。花香的魔力，会唤起死者生前的记忆。另外它还有"花叶不相见"的特性，在植株开花的时候，叶子全部死掉。而在花谢了之后，叶子才会长出来。同样有叶子的时候，就不会开花。同为一体，生生相错。

佛经说："开一千年，落一千年，花叶永不相见。情不为因果，缘注定生死"。

都说彼岸花是这个世间最悲情的花儿，没有之一。

急呼赵老师过来相认，赵老师无感，而我的内心却无法平静。脑子里无端泛出些"此岸""彼岸""阴阳""轮回"之说来。

"当灵魂度过忘川，便忘却生前的种种，把曾经的一切留在彼岸，开成一朵妖艳的花。有一天我们终要离去，所有的一切终将葬身泥土"。

此时，赵老师又给我讲起了她前几天刚刚过世的百岁祖母。她整整一个世纪的生命历程，终于回归到了一个极小又极简的土坑里。"就是这么小的一个土坑啊！"她双手打着弧，朝我比画着。"人啊，真是没意思。"

　　我不知道该怎么来劝慰？和永世不得相见的决绝比，遇见不就是一件幸福的事吗？

　　虽然拍了照片，与赵老师分别后，我还是念念不忘这朵彼岸花。想再回去看看，我要仔仔细细欣赏把玩，它奇特妖娆，美艳无比的背后，花叶永不相见的悲情究竟是为什么？甚至我想带它回家，面对着它的孤美，屏息静坐，也许会忆起些什么呢。

　　第二天起了个早，我约老朱前去寻找。奇了怪了，寻遍荀子公园大大小小的桂花树下，却再无一丝彼岸花的影子。那棵娇美妖艳的花儿，仿佛一夜蒸发。弄得老朱嗔怪："你就是诓我来逛一趟公园的吧！"

　　我亦无语。幸亏拍了照，否则这一切真的恍如幻境了。

　　也许缘分有限，昨日的我们，已经作别。

寻找苦楝树

整个的晚春季节，我都在默默寻找一抹淡淡素雅的轻紫色。如云似雾的淡，一尘不染的洁，如梦似幻的紫……

也就是苦楝树。

它是我的心头好，荡漾我心，一直牵牵绊绊着。往年此时的塔山上，应该成片成片的，开满了山。我会在它点点碎碎，还在打着花骨朵的时候，就去看它，一趟又一趟，生怕会错过了花开。苦楝树太高大了，不好拍照，儿童乐园里有一棵，花枝儿正对着废弃滑梯的制高点，我屡屡登高近拍，却总是被人劝训下来，只好作罢。

今年由于旧城改造，塔山片区正在施工中，于是，连同我的苦楝花啊，一起被挡板关在了景区里。

听说，江南有二十四番花信风，"梅花为首，楝花终。"

我总是要去看看它啊，否则，怎么过得去这个春天。

昨日微雨，忽然想起冬天时曾在珈河东路的堰下，有一处林茵步道，好像看见过苦楝果儿。

有果儿就应该会有树有花儿啊。一刻不能停，撑起伞，我匆匆穿过长长的林茵路，像揣着一颗赴约的心。

那是一条人迹罕至的小路，树木林立，杂草丛生。雨还在淋淋沥沥，脚下的鹅卵石路残损不全，深一脚浅一脚地快走，不时踩起的水花，溅进鞋子里，凉凉的。也顾不得了，着急去寻找我的苦楝花儿。

　　苦楝是一种古老的树种，属落叶乔木，叶尖，边缘有锯齿，结小圆形的果。果儿一串一串挂在枝头，终冬不落。小时候在老家，常会折了来，一群小孩子打打杀杀闹着玩，也是乐趣。都知道苦楝树的树皮极苦，熬汤可以用来治疗皮肤病，小果儿泡水搓手，可用来治疗冻疮。这在农村算是常识了。

　　因为打着伞，我终是先看见了地上的小圆果，蓦然抬头，心中的苦楝花，已近在眼前了。

　　烟雨迷蒙中，一团团紫云萦绕枝头，雨中的叶子，愈加青翠碧绿；碎碎的小花，展着白色花瓣，小朵小朵如展翅的蝶儿，淡紫的柱状花蕊，缀着晶莹的水滴，将落未落，更显玲珑剔透。

　　绝对的人间尤物啊！四周没有人，我掷了伞，抬头仰望，雨丝滑过脸颊。如此洁净素雅，心情悸动忘我，不枉冒雨来此，该是我的幸运了。

　　苦楝，来自心灵深处的牵挂。

　　在我们老家，"苦楝树"又叫"圆枣子"，原以为是取其果，当我第一次知道它叫"苦楝"时，内心不由一惊，这是有多辛酸的命运啊，才能以"苦"字命名？乃至再见到它娇美无比的碎碎花，更觉是苦涩里孕育出来的真情，坚韧里透着幽香。可能人的审美是会随着年龄的增长而变化的。小时我只记得玩过它的果，对于它的花，竟没有太多记忆。兴许是它太常见了，也兴许我在忙。暮春时节，满村的梧桐和苦楝到处摇曳。年少的我无暇他顾，也不知道在忙些什么？

　　去年的此时，恰在青岛，意外地发现，在青岛大学的周边，在整个的香港东路，城市的绿化道竟然全是苦楝树。冬天来时，没有发现路上有掉落苦楝果啊。可能是城市卫生并不允许它的果核遍地，但整条街的苦楝树，树形优美，花色静雅。公交车鱼贯穿梭，车窗内静静坐着，眼前掠过一棵又一棵苦楝，脸上竟有泪悄悄滑落。

这一生，由着你走，又能路过多少棵正当花开的苦楝呢？内心欢喜着，我不想错过这每一季难得的相遇。也请你珍惜，每一朵花儿摇曳，都是它储备了整个冬天，想要唱给你听的，温暖的歌。

第四辑

时 令 日 记

春日散记

睡意昏沉中，我爬起来去看娘。

四周还是一片黑暗，时针指在凌晨四点。

这几天，娘的脚又有些肿，弄得我六神无主，心情全无。我有些慌张，害怕打开房间门的那一刻，会看到可怕的景象。这种感觉，好多年前就有，因为我真的看到过娘摔倒在地上，无力爬起来的样子。

今日还好，娘正安睡着，竟然还打着鼾。真不想打扰她啊，一定是昨晚很迟了才睡着的缘故吧。无奈被子又掉了大半，给娘翻了个身，取个合适的体位再放好，希望她还能重新入眠吧。

娘的身体已极度消耗，生命之火渐萎。虽然好多人叹息，说活着已是受罪，但我还是那么害怕失去，特别是在我的眼皮底下。死亡并不可怕，过程却委实煎熬。借助于佛学、哲学与周国平来调适，安神以待，愿所有生命美好。生如蚁而美如神吧。

天气渐暖，此时，正是阳春三月，经历了凄冷的冬，世界仿佛又缓过来了。杨柳青青，到处青枝绿叶，花儿开得正美。白玉兰似蝴蝶轻盈立在枝头，娇羞嫩蕊，白的，紫的，一朵朵，一树树，再粗犷的人儿看见，内心也不由变得温暖柔顺。迎春花，黄得正艳，一堆堆，一片片，什么都阻挡不了它们的蔓延，一年一季的，这是它们的仪式和对春的宣言。白的梨花，粉的桃花，樱花，油菜花，大部队正在袭来，准备好迎接吧。

其实，也不只是花，春天里，所有的嫩芽都是美好的，绿油油，一副副生命勃发的样子。河水也变得平静和清冽，山朗润起来，天空也明净和高远了呢。

春去春又回。每一年，却总会让人心生感动，忍不住驻足，留恋，观望，拍照，感动于每一场萌芽与盛开。

春天，太美了！有人说，春天让一切变得年轻，唯独忘了人。

前几天，途经一文友家，上楼闲话。惊闻她的婆婆刚过世，她的老公，这个刚刚失去了母亲的男人，身材微胖，笑着出来打招呼。因为相识吧，心微微痛起来。生离死别，世间的人哪一个又逃得了呢？"过去了就好了"。我与朋友叹息着。

同事老许昨日又接到一唁电，也是一位朋友的母亲，在这个美好的春日里离开了。

喜悦掺杂着忧伤，每个人都逃不掉的。就像这些花儿与小草，为了今日的盛开，也不知是经历了多少的狂风与暴雨，积聚了整个寒冬的力量。只因心中对美的期许，对春的渴望，选择隐忍与坚强。有梦就会努力着成长。

花草如此，人更当如是。

带着老娘，沐浴在春光里。忙里偷闲，悄悄对夏也做个畅想。

惊蛰

节气真是准得很，虽然今年的春节，按阳历算是晚了一些，但过了十五，就是惊蛰。

正月里竟然落了雨，春雨贵如油，难得的是，我真的听到了春雷滚滚声。"春雷响，万物长"，今日始，桃红柳绿，万物复苏，吹在脸上的风也失去了往日的凛冽，阳光变得亮丽，风轻柔起来，一切美好正在到来。

等不及，撑一把伞，迫不及待出门去。

雨下得很大，这在春天里是少见的，我去最近的小山走走。山门是白墙青瓦，门内簇拥着一片翠竹，俨然一派江南园林景色。此时，没有人，地面干净润泽，雨让小山更加的清新和朗润起来。有雨水自树枝汇聚，形成闪亮晶莹的露滴，在末梢悬垂着，稍顷滑落，再聚再滑。除了松竹，其他的还未展叶，玉兰的花也还在含苞中。

有飞鸟掠过，我没有发现被雷神叫醒的小虫们。今天的天气不太好，也许是雷神传播的春意尚浅，待阳光普照，气温回升，那些蛰伏于地下的，还在酣睡中的小生灵们啊，才会欣欣然张开了眼。

最早知道惊蛰这回事时，我甚为惊异。那还是在孩童的模糊期里，某一个温暖而慵懒的春日，我被一群飞翼围绕，嗡嗡然成群结队。我问母亲："哪里来的这么多小飞虫啊？"母亲答："惊蛰了呢，它们当然要来了。""什么是惊蛰啊？""惊蛰就是天上要打雷了，蛰伏在地下的小虫子们要出来了。"母亲娓娓道来，似春风化雨，在我幼小的心田上如注暖浆。原来是这样的啊，世间万物，皆有所依。这神奇的世界，神奇的自然，弱如虫蚁，如期而至，也是一世。

随滚滚雷声醒来的还有这泇河两岸的柳树。

雨还在继续，我信步来到河边。老柳树们披头散发，长长的枝条垂下来，缀着芽苞，映着水面的倒影，牵牵绊绊，随风招摇。这是春的讯息，衬着惊蛰的脚步一起到来。

感觉"惊蛰"这个节气名起得实在是好，"惊"与"蛰"的惟妙搭配，让人的心底透着那么一股子蠢蠢欲动，按捺不住。昨晚，正在读大三的女儿临近开学，她边打包行李，边与我闲话，我们也聊起了明日惊蛰。

女儿："妈，明天周末，你有事情吗？"

我："有的，会很忙。"

女儿："哦，我要开学的，不知你有什么事？"

我："明天是惊蛰，我要去看看小虫子被惊醒了没有？还要去看看荀子公园里的柳芽多大了？塔山上的迎春花开了吧？兰陵广场的风大吗？泇河里的水涨了吗？小区的杨树毛子快落了吧……"

"你说，我忙不忙？"

女儿一脸欣喜："哇，惊蛰！一听就是又惊又喜哎！"是的，这惊蛰的雷声响起，谁还能在这明媚的春光里蛰伏？

今日惊蛰，春回大地。

我没有所谓的春耕播种，最小的孩子也已返校。一个人回到家中，我想仔细倾听这窗外的雨，感受生命拔节的旋律，静待接下来的喧闹与繁华。

二月二，龙抬头

要说超市的营销意识，真是超前得让人心服口服，这才刚刚过了正月十五，进大门的地方，就摆满了各色各样的豆子。是炒豆，有甜的，有咸的，还有水果味的，打着"二月二，炒虫吃"的口号，任其种类繁多，应有尽有。拍了图片，回来翻看和想念。

有句老话讲"不出十五都是年"，而实际上，我们旧时的年是一直要过到二月初二，才算是真正意义的结束。因为，我们在元宵节里蒸下的龙灯，是要放到二月二，等着龙抬头呢。

不知道二月二算不算是个节？它前有"惊蛰"，后有"春分"，并不是二十四节气之一，但这一天却又感觉与别天不同。

一定是要吃炒豆的，在我们那地方叫"炒虫"。

二月二，家家户户，清晨的第一件事，必是烧一只大铁锅，放上几天前就清洗浸泡，又晾晒好的豆子，翻炒。叮叮当当，叮叮当当。硬硬的豆子，翻来覆去，被炒熟，炒至香喷喷。炒完后加糖，加盐，盛放在一个箩筐里。那一天，整个的村子里，弥漫着炒豆子特有的味道。每个坐立行走的人，几乎全都揣着一把炒豆，见面别的不说，先递上去。你尝尝我的，我吃吃你的，干啥嘴都不能闲着。更不必说每个要去上学的孩子，今天不用催，衣服口袋或书包里都会装上一包炒豆子，跑得比谁都快，为的就是到了学校里，大家一起吃豆子。拿起一颗，扔进嘴里，"咳，咳，咳，吃个豆！"还故意说得结结巴巴，却咬得"嘎嘣脆"。现在想起来，还是让人忍俊不禁。

那个时候的我们，是没有零食吃的，唯有这二月二的炒豆子，让那个乍暖还寒的初春，妙趣横生。

早学归来时，院子里会被母亲用草木灰，这里一道，那里一道的，画上了圈圈杠杠。灶台，水缸，粮囤的周围，也被圈了起来，有白灰，青灰，我感觉好玩，有些像我们玩"跳房子"画的格。我跑出去找小伙伴来看，左邻右舍的，大娘家啊，婶子家啊，谁家不都一样呢。据说，这样圈起来，就不会生虫了。这个现在已经很少见了，但那满院子的黑白灰还是留在了我的记忆里。

任何事情都是有来头的。

人们之所以把这一天称之为"龙抬头"的日子，盖是因为蛇、蚯蚓、青蛙等很多动物，一到冬天便进入了不吃不喝不动的冬眠状态，等到了农历二月二前后，天气渐暖，一些昆虫动物好似被春天的阳光和滚滚春雷从睡梦中惊醒，人们期望万物之首的龙，能镇住一切有毒的害虫，获得农作物的丰收。天气暖了，这时阳气上升，大地复苏、草木萌动，人们要开始春耕播种了。小虫子们就要来了。二月二，炒虫吃，就是专门来对付小虫子的。

也许这只是一种愿望和期许。

二月二，"剃龙头"的说法也是由来已久。小时候，是不去理发店，就在家里剪。年前剪一次，意在推陈出新，有个良好的开始。整个正月里是不会再动剪子的，有的地方甚至有"正月剃头死舅舅"的说法，所以，到了二月间，正是人们理发的好时机。趁着"龙抬头"，不妨正好"剃龙头"，特别是

小孩子们居多。现在的二月二，各大理发店里生意火爆，人满
为患。看来，大家对年俗的遵从，还是比较好的。如果你不想
排队耽误时间，还是避开为好。

　　怎么说二月二都是个节，虽然我也并不太想吃这种硬生
生的豆子，高层的楼房也并无生虫的隐患。但一样平平常常的
日子，因赋予它不同的名目便有了不一样的感觉，连带着回忆
就也有了由头了。

草长莺飞四月天

四月，小区南边的杨树林，已经一片郁郁葱葱。树干笔直挺拔，树冠硕大，浓密的树叶层层叠叠，好像全都急着要赶在这个月里展开。风吹来时，哗哗作响，如一群青春朝气的年轻人，张扬着他们同样年轻，质量上乘的秀发。年轻就是好啊！四月的钻天杨，叶子也如凝脂般，绿得发亮。

它们就是一道屏障，密不透风地挡住了我的视线。朝阳时，叶子闪着光；夕照时，太阳先是藏在了林子后面，转瞬，夜色自树后漫上来。在它们周围，有人圈起了面积不大的土地，种着小片的麦子，还有油菜花。

四月的麦田正在扬花，碧色连天，夹杂着野豌豆花的深紫，空气中弥漫着抽穗的腥甜。四月的麦田，是天与地在合写一首诗，怎么看怎么顺眼。

千百年来，每一个四月，都是人间绝版。

四月，油菜花终于收敛起它耀眼的金黄，它漫长的花期已让人有些麻木，每一天的途经，让我失去了初见它的清奇。它开始结荚，细细长长的苞荚依次排列。精灵们褪去花衣，回到本真。

杨树林里正在开大会，一群一群的鸟雀儿，飞起，落下，叽叽喳喳。这里应该有它们的家。昨天下午下班，步行回家，走到平安里时，发现它的外围板墙上，竟然一拉溜站着四只花喜鹊，体态轻盈，黑白相间。它们两两一起，在相互顺毛。一看就是雌雄相配的"恋人"。甚是美好。

人间最美四月天呢。你是爱，是暖，是希望。

四月里，我有几件事情要办，逐一，有不及，就到了月末。

四月将尽，蒜农们又开始了蠢蠢欲动摩拳擦掌。万亩蒜田已结苔，黄绿渐变的崭新蒜薹，摆上了餐桌。如琼枝翡翠，甜辣爽口，滋润着人的味蕾，也激动着蒜农的心。地秤和冷库已备好，新一轮的收获季又近在眼前。

四月，万物疯长。

我们路过了清明和谷雨，大树下的阴凉影影绰绰，风吹来的方向，已初显夏日模样。

月季已经在开了，门前墙角又摆满了大朵大朵的姹紫嫣红。谁都挡不住啊，它根本就等不及樱桃熟透。桃、梨、杏子都在挂它的果，而墙角的木香，又挤挤挨挨的堆满了。

四月，蒲公英攒出了它的第一朵白色花球，神奇魔幻般，意欲放飞自我。

生命的终点即起点。疯长就疯长吧，就如这四月要走，你我均无力挽留。

清明印象

工作日被调整，是为了迎接即将到来的清明。

清明。清新，明亮，清清爽爽，正大光明，多好啊。接连写下这两个字，通体都感觉舒服轻盈。天清地明，万物洁净。脑海中浮现出 汪清水，万条柳丝。杏花白，桃花娇，绿草莹莹春光好。

清明来了。

早晨，去上班时，看到路边一户人家的门前卧着一条狗，那条狗的脖子上赫然套着一个花环，一个用绿色柳枝编成的环。呵呵，真好！应该是一户祥和温馨的人家，有着慈善的老人和调皮的孩童吧。

记忆因花环被打开。

儿时的清明节是与告别冬天相关的。因为捂春晾秋的说法，母亲总是迟迟不许我们脱下棉衣，而只有等到清明节这一天才可以。那时每个孩子，整个的冬天都只有一身棉衣，又沉又厚，一个冬天下来，早已脏得不成样子。脱掉棉袄棉裤，感觉就像是去掉了一层厚厚的外壳。也不记得有衬衣衬裤，我们通常就是把两条旧裤子套在一起穿。即便这样，换上单衣的整洁和轻快，还是让人按捺不住，迫不及待地跑出家门。门外青苗春花，小桥流水，鸟儿鸣涧，清新和轻盈的感觉让我们确信，寒冷的冬天的确已经走开了。

　　清明节的那天早上，母亲还会为我们准备好吃的，通常是煮熟的鸡蛋，有时会有苹果。鸡蛋是自家养的鸡下的，早就攒下来。苹果多是母亲专为过节买的，味道不记得了，只有玩闹和馋。那时，我们兄弟姊妹四人，母亲总是公平地分给每人一个鸡蛋，苹果有时会一人一半。有的吃，已是奢侈，然而，大姐却总是心眼多，她留着不吃，意思是要等到最后时，看我们都吃完了，好独享，馋人呗！于是，二姐和哥还有最小的我，也竞相效仿。都学大姐憋着一股劲的要坚持到最后，也不知当时是怎么想的？最后的结果总是依照年龄的不等，我第一个被"馋"所打败，大姐是会坚持到最后，等都吃完了，馋急了的我们就去抢大姐的。后来，那个因抢夺而被挤扁了的鸡蛋，成了我们姐妹之间，多年谈笑不止的话题。"你说大姐怎么那么傻呢，她这是何苦啊！"

　　童年的小山村里，清明我们是不扫墓的，也没有墓可扫，祭奠和添坟那好像也只是大人们的事，但我们会去踏青，村后的小山和村前的小河，都是最好的去处。我们会扯大把大把的柳条，编成花环的样子，套在头上，脖子上，扎在发辫上，连家中的小动物们也不放过，小狗啊，小羊啊，连猪圈里的猪，脖子上都会被套上。取下屋檐里过年时插上的竹叶和桃条，换上松枝与新柳，迎接春天呢！柳哨吹起来，一声连一声，和着摇曳的花儿与鸟鸣，逗弄得心里痒痒地。山上会有烂漫的山花，河边有返青的麦苗，连同河水也是清新的。绿色的清明，让我们兴奋。去绿毯样的麦地里放风筝，一趟一趟地跑，用高粱秸和白纸简单扎制的，风筝很难飞起来。有时手里拿着小风车，一人一趟地替换着跑。春风撩起头发，小脸都红扑扑汗渍渍，我们奔跑在田野。

　　昨晚，我又做梦了，真的梦到了回老家上坟。因为琐事繁忙，我不能回家去，于是，童年的快乐记忆与成年的忧伤，充噬着我的清明。

　　有班车开去了烈士陵园，长大后的清明，我记下了添坟和去陵园献花，还有每到此时必心底默诵的"清明时节雨纷纷，路人行人欲断魂"的乡愁。煮鸡蛋的渴盼没有了，小狗小羊们也没有了，那些柳笛和花环，都封存在了记忆里。只这万物生长，清洁而明净的世界，还一样是我所痴爱的。

　　今日清明，阳光很好，有风。

记忆中的四月八

昨日周末，无意中上街，发现街上人很多，拥挤，走不动。一问，才知道，今天是逢会呢。

农历四月八会。

历时三天，因为前两天下雨，今天最后一天了，所以，人特别多。

凭空多出一份欣喜，此情此景，让我忆起小时候的四月八。

碰巧了，此时此地，与我老家有着同样的热闹。

所有的黄山人，所有与我差不多年纪的黄山人，或多或少的，记忆中应该都有关于四月八会的影子。

那时黄山的四月八是个盛会了。

不管大人怎么样，我们是盼着的。

早几天，就会有人在街道上画格子，占位子，这更是增加了我们的盼望。我们会计划着在会上要买些什么，要看些什么，还要玩些什么，会见到些什么人，什么亲戚。大人们会计划买哪些农具衣物。麦子熟了，眼看麦收就要开始了。问母亲，她总是会说"权耙扫帚扬场掀"，嗯，这么多，我也认了。

记忆中最多的，是四月八会上，我们一般会买凉鞋，准备过夏天。软塑料的那种，亮亮的，透明，湿了水，更显新，每次穿上新买的凉鞋，都要兴冲冲地跑到大街上，或去找邻家小伙伴们，路都走不好了。那种高兴，那种愉悦，现在想起来，还是感动。这是现在这个时代的小孩子们无法体会的。然而，这样的机会也不是每年都有，一般，父母给买时，都会买上大一号或是两号，预备多穿几年。初时穿着大，不跟脚，需等着脚长。或是只给姐姐哥哥买，弟弟妹妹们等着穿旧的。谁叫咱不是家中老大呢，也没话可说。那时的鞋子质量也好，如果坏了，我们还会粘。那时的我们，都穿过那种粘过的，我们叫"烙"。借炒菜或做饭的机会，把铁丝或铁片烧红烧热，剪一段旧鞋子上的塑料，"吱"的一声，照准坏的地方烙上去，然后晾，那鞋子就可以再凑合一年或两年了。往往一双凉鞋都被粘得面目全非，七零八落的，还在穿呢。

盼着四月八会，我们还会去吃凉粉，白白的块。赶会，累了热了饿了时，我们就会坐下来，割上一块，调上新蒜泥、麻汁，坐在拉起的布棚子下面吃，有大人有孩子，软滑爽口，回味悠长。那感觉，满足、好吃、难忘。

集上有凉茶铺，烧开水卖，大瓷碗，多少钱一碗忘了，但不是渴极了不会去喝的。

四月八会上，我们还会买些小泥壶。四月八是个春夏之交的时节，万物复苏，是播种的好时节，童年的我们就扎着羊角辫，穿着新凉鞋，乐滋滋地提着小泥壶，红着小脸，装模作样的到处扦插播种，浇花灌草。

还有小花车，吧嗒吧嗒鼓掌的那种，有长长的把手，且推且响着。

每年的四月八会结束，村里的大街小巷就会响起一片"鼓掌声"。

当年的黄山，满山葱郁，山脚下有一所中学，对面是"说书"的场子，聚拢了一群人，围坐在一起笑谈秦皇汉武，唐宗宋祖，杨氏岳飞，指点三国红楼，宫廷往事，也是热闹。不远处有成片的果园，此时，开着各色的花。有一年赶院会，我们还去那里照了相，哥哥拿着花车，我手捧着小泥壶，那是童年中仅有的一次。那张照片我保存了好多年，黑白的，背景是苹果树，和谐美观。但现在已经丢失了，想起来，还感觉遗憾。

会上最热闹的是马戏团，高高的布幔子围着，要买票的，没有看过。会在外围游荡，听着里面的锣鼓喧天，怅怅然等待落幕。

今天，在这里，不是老家，我又看到了泥罐、小花车，有很多的人买。今天，我还看到了更多的人和车，也还是挤不动。

依然四月八，一样的，满是孩子童真的笑脸。

只是心底里，还想再去赶一回家乡黄山的四月八会，就好了。

五月，你好！

又是一年五月天。

回看朋友圈，发现去年的五月里，我多在看花。早春过去，花多起来，木香，蔷薇，开得各处都是，墙里墙外，要不就是整一条路，路无尽头，花无终止。蓬蓬勃勃，挤挤挨挨，到处都氤氲着沁人的花香。大朵大朵的月季，红的、白的、粉的、黄的，好像要将五颜六色都开个遍。我是分不清玫瑰与月季的，只把它们全都当作"爱情花"来看。小雏菊与虞美人一片连着又一片，妖娆娇嫩，微风颤叶，占据了洳河两岸的主要地段。只要路过，不"咔嚓"几张，是过不去的。塔山上的梧桐花落尽之后，高大的苦楝树又展开了阵势。细细碎碎的小紫花与绿染的叶，在头顶铺开，与碧蓝的天和棉花一样的白云相映衬，竟也美得恰如其分。

五月，有着"花褪残红青杏小"，有"物至于此小得盈满"的五月。

五月，有个隆重的节日叫母亲节。在去年，我过完了在这个人世间，最后一个有亲娘在场的母亲节。今年没有了，而且从此后，再也不会有了。人生是一场别离，谁都无法逃离。我收到了来自女儿的问候与礼物，推送了我写下的所有关于母亲的文字。

五月，有个与职业相关的日子是护士节。我以此来养家糊口，并奋战多年，我有着许许多多的护士同事同学和朋友，我清楚地了解她们的付出与辛苦，她们工作的初衷与意义。同样，我推送了所有用心写下的工作体会与心得，祝福她们。

五月，美丽的五月，多情的五月。妩媚的五月，思念的五月。温润柔软的五月，幸福安康的五月。

五月如诗，五月如歌，五月正深情款款风姿绰约。

有人说，如果把一年的十二个月比作一个人的一生，那么，五月就是那翩翩的少年和含羞的少女。"我们是五月的花海，用青春拥抱时代。我们是初升的太阳，有生命点燃未来——"。常常地，我会想起唱《团歌》的日子，和一去不复返的，我那一个又一个的五月。

五月，你好！

此刻，我又站在了新五月的街市口，天空沉静，阳光明媚。朵朵白云飘浮，和煦的风儿吹过。打开日历，仔细审视这三十一个连排的日子，像温暖的老熟人，充满希望，期许善待。

每一个日子都是珠玑，闪着光，带着色。

而我只想安安静静，认认真真过好每一天。云卷云舒，花开花落。看朝阳升，星月移。努力不懒惰，勤奋不虚度。

愿花开更美，五月安好！

我的六一

明天就进入六月了，六一儿童节。

年已不惑的我，想来说说我的六一。

我有六一吗？

努力搜寻记忆，脑子里依稀还是有那么一点儿。毕竟每个人都是打童年过来的。虽然那时很穷，我们的山村很落后，家里父母是不记得这回事的，他们只为我们的嘴和肚子饱不饱操心着。好在，我们有学校，有国旗，有红领巾。记得那是小学三年级，我入了队，虽然简单，感谢老师还是给了我们应有的记忆。在学校的操场上，全校师生集合在一起，有高年级的同学给新入队的队员戴红领巾，我们也有辅导员老师，郑重其事地教我们给红领巾打结。好激动啊。那时我尚不像现在的小学生，人手一个红领巾，人人都是少先队。只有学习好的，优秀的学生才有资格加入，人数少，没入上的，只有羡慕的份。我们的红领巾是不常戴的，只有六一，或是学校有活动时才会戴，因为我们下课之后多数同学还要参与到父母的农活中，每次戴完红领巾，老师都会告诉我们洗好、叠好、放好。"红领巾是国旗的一角，要像爱护自己的眼睛一样爱护红领巾"，这是我们每个同学都要记住的话。记得我们当时也开过队会的，具体做了什么，不记得了。

时光匆匆，忙着长大，属于我的六一，就这么过去了。

没有礼物，也没有玩具，日子久远，仅有的记忆也模糊了。后来去外地上学，看到城里同学的相册，看到她们少先队员过六一的照片，恍惚，我也有过。

后来再过六一，是因为有了孩子。

孩子的到来和成长，让每个家长仿佛又重新经历了一遍童年。

自女儿三岁入园，我们开始过六一。起初，是为了配合幼儿园，六一对幼儿园来说是个盛大的节日，特别是在现在这个社会，每个幼儿园都会借六一这个机会，宣传自己，吸引孩子和家长们。他们会举办各色各样的活动，还会人性化地顾及到每一个孩子。于是，舞蹈、游戏、故事大王、亲子活动齐上阵，孩子是父母的宝，没有比陪伴幼儿成长更重要的事了。每个家长，放下手头的工作，努力掺和吧。我们辗转于各个活动各场演出，手拿相机，追逐女儿化着夸张妆容的小脸，兴奋着，且乐此不疲。此时，与其说是责任，是义务，倒不如说是对自己的一种回馈，一种补偿。

玩具，衣服，游乐场，好吃的，大餐。

开心过六一。

这样的日子，持续到女儿十二岁，自此开始她懵懂的青春时光，我的六一又远去了。

过吧，过吧，六一快乐啊！所有的小朋友，大朋友，和老朋友们。

蝉鸣时节

桥头上又有人在卖知了猴，就是蝉的幼虫。成堆的，活的，到处爬的那种。

始终都不知道这些人到底是从哪里弄来的这些，听说是有人专门种养的，也不据实。但是，数量之多，单靠人工去捉，好像也不现实。不去管这些了，每年此时，我都会冒出想要去逮一次知了猴的冲动。真的，我会逮的，因为这件事，儿时是常干的。只是现在高楼林立，实在不知要去哪里才能有这个机会了。

只有回忆。

初夏傍晚，放下饭碗，我们就要呼朋唤友着，相伴去捉知了猴。在池塘边的小树林居多，尤其是阵雨后，通常我们会挨个去查找，地毯式搜寻。天色早时，我们看地面，有针孔大的小窟窿也不放过，有时会带着小铲子，每当发现一处小洞，越来越大，最后证实里面有一只知了猴时，那份开心，就别提了，巨大的收获和满足感让人信心大增，继续搜寻。天色慢慢暗下来，直至看不清地面了，我们就摸树干，也会用手电筒照，知了猴悄悄地爬啊爬，冷不丁地就被我们照到了，哈哈，收入囊中。

收获有时多，有时少。多时，估摸着可以炒盘菜，美餐一顿。少时，也就一只两只，这时就在烧火做饭时，顺便烤着吃了，真不知当时是有多馋。不想吃时，就用来把玩，几个小孩子一起，看谁的爬得快，看它是要爬到哪里去？晚上睡觉时，就把它拿来放在蚊帐里，观察它脱壳。那个过程，精细，缓慢，要有耐心，那绝对是一个神奇的过程，看它从背裂开始，慢慢裂大，露出淡绿色的身体，先是头，然后前爪，最后挪出后腿，翅膀和尾部，那翅膀先是褶皱着，慢慢舒展到全部打开，细嫩细嫩地，什么样叫薄如蝉翼，不看一次蜕变，你是不会有深刻认知的。

我是无比熟悉那个过程的。也不知那时是有多闲，以至现在想起来，都还如过电影般丝毫不差。我静静地看着它，任由它在我的眼前弃旧转新，羽化为仙。

接下来，漫长的暑期就是一个听蝉鸣的日子，越热越叫，越静越叫。一声接着一声的引吭高歌。古今中外，有很多写蝉鸣的文字，多是歌咏蝉儿历经长久的地下黑暗，一经破土得见阳光，那份对生命的热情和珍惜。每一种生灵都得来不易，蝉如是，何况人乎？

炎热的夏日午后，母亲在午睡，我无所事事，外面蝉鸣得厉害，此起彼伏，亦唱亦诉，仿佛要唱尽人生，诉尽悲苦。蝉鸣林愈静，到处都静悄悄的，连狗儿也在打盹，却只有我一人醒着，想着，孤单着，期盼着，一个尚不确定的未来。

蝉鸣的日子听蝉鸣。

人生如蝉，饮得下苦难，耐得住寂寞，方能换来美丽的蜕变。

不信，你听，蝉语声声，就是在告诉你。

生命不息，则歌唱不止。

七夕

在这个节日泛滥的年代里，七夕节当然是个不能被放过的日子。街头巷尾又摆上了鲜花，巧克力也以精美的造型，摆在了醒目的位置上，是商业运作呢还是真心过节，我说不好，但鲜花和美味总是让人欢喜的，何况，七夕还与爱情相关呢。

童年的记忆中，老屋的屋檐下是住着鸟儿的，有燕子，有麻雀，也有其他。它们好像也是家的一部分，有的还会一住几年，所以，关注它们，就像关注家人，但每年的七夕这一天，听说它们会变少，母亲说，它们是有事要忙去了。开始时，我是不信的，但禁不住母亲的讲述，仔细看看，鸟儿们好像真的是少了呢，难不成是真去搭桥了？难不成是真的见面了？我有些狐疑起来。

这一天是要落雨的，或多或少，要不就阴沉着脸，一年的相思相念，隔海相望啊，能不无语凝噎？

又想起以前的日子。盛夏，我与母亲兄姐在院子里纳凉闲话，有时候，仰躺在院子里的凉席上，满眼即浩瀚的星空。那时的夜，繁星点点，我们数着星星，听母亲讲一些故事和传说。知道了那个连在一起的三星是牛郎，挑着他的一双儿女，那个与他隔着银河遥相呼应的，就是他的妻子织女星。

因为落雨，也因为心理上的鸟儿变少吧，儿时的我，在七夕这一天，常惆怅且郁郁寡欢，操心着他们的见面怎么样了？

一年一年的，他们的儿女不是会长大了吗？听说及至晚间，他们还是要长话的，母亲说，要到午夜以后，葡萄架下，才可以偷听得到，我们家是没有葡萄架的，我的周围邻居也没有。于是，梦想着何时院子里，会有一袭葱郁的葡萄架，也是少年的我心中的一大奢望，为此，我是要错过他们的多少情话啊，我不敢想。

后来，当我终于弄明白了这只是一个传说的时候，懵懂的我上学了，课文中详细记叙了牛郎织女的七夕之约。这个唯美的故事打动了我，也让这一天变得与常日不同，成长的时空里，过与不过，有无鲜花礼物，心中一样默念"七夕了，七夕快乐啊！"祈愿感情美好，心灵手巧是每个女子内心深处的愿望，每一个。

今年的七夕是个例外吧，蓝天白云，阳光大好，一丝儿雨滴的样子都不会有。身居闹市，我早已看不到鸟儿的影子，不知道这牛哥与牛嫂，是要改变亘古的重逢模式，化相思有泪为展颜狂欢还是要怎样？目测大街上的鲜花生意也并不火爆，而微信红包只需动动手指，正你来我往。

没有了院子，但有了葡萄架子。只要你愿意，驱车出城不远，就是大片的葡萄种植基地，可品赏，可采摘，可游玩，但不知午夜时分，默守于架下偷听牛郎织女私话的人，有还是没有了？

重逢没有眼泪，而他们又会聊些什么呢？我还真的很想知道呢。

七月长

昨夜，七月已逝。

临近夜半时，突然感觉一阵微微的撕裂痛，若有若无。八月了，我想。

我恍惚看见一个孩子，一个路人，一个行者，头也不回地往前走了，我眼睁睁，扯不住，追不上。

窗外下起了雨，夜雨突袭，给这个安静的夏夜增添了些不一样的韵致。正是大暑之际，雨随时随地都会落下来，闷热，因这雨而削减了许多。

小时候，我曾哭着喊着，跑在村西的大路上，两边是哗哗作响的白杨。被人拉扯着，压制着，阻止去追赶外出赶集的母亲，后来，我追上了，得逞了，笑逐颜开了。

但，七月，我从未追上过。

七月，我穿过郁郁葱葱，蓬勃生长的庄稼地，去看他的父母。我没有父母了，好在，他有。那份仅限于长辈的疼爱与牵挂，让我知晓在这个人世间，我还未及老去。也算父母在，不问归途。

田野里，绿色正浓，每一株玉米，都英姿飒爽，青气逼人；每一株谷子都颔首含羞，似妩媚的少女；每一株高粱都笔直挺立，如从戎的少年；芝麻正在吐花，一节一节着，向上蔓延，花落处结果；地头的草儿也正热闹着，挤挤挨挨，叽叽喳喳着向风诉说着什么。

都正在青涩孕育中，如人逢青春，朝气而清新。

太美了！屡屡停车驻步。这七月，我总看不够，这一望无际，绿意盎然的田野。

多年前，我经历的"黑色七月"之说，无可磨灭。那时，我们的高考中考都还在七月，炎热，太阳炙烤，每一份辛苦付出都浸渍着汗水，每一滴汗水都夹带着希望。我如那株挺立的高粱，也如那棵攀爬的拉拉秧，不忧亦不惧。

一个又一个的暑假，我们窝在家中，宅。暑假，是年轻人的标志，长大后，并不是每个人都能有幸拥有。七月酷暑，野草正在泛滥，几天不见，就要荒芜，欲将庄稼湮没。那时还没有除草剂，早和晚，要去地里除草。玉米地，青纱帐啊，进去就是一身的汗。心里却慌慌地，日子不仅仅只是除草啊！纠结不定的还有那不确定的未来，让人疲惫不堪。

在七月，多别离。毕业猝然而至，朝夕相处的姐妹，骤然散伙。我逃也似的跑回老家，一遍一遍淘洗回忆，我抱着舍友哭得稀里哗啦的样子。

七月，奔波，在风里，在雨里，在心里，在父母牵挂的眼神里。

七月，天空湛蓝，我徒步走在熙熙攘攘的街市。白云朵朵，云卷云舒，悄默声地在头顶，在窗外，变幻，游走。洒水车正一路唱着欢快的歌。七月流火，如梦幻般滑落。

七月，有一场接一场的雨，突如其来，又淋淋沥沥。我守在家中，行在路上，看迷迷蒙蒙的世界。风吹树摇。看雨刮器在眼前跳舞，雨滴滑过车窗玻璃，如泪落双颊。

七月，荷开。于是，一次次去看它。不赏荷，枉夏天。碧绿的叶，含苞的蕾，盛开的花，都好看；那莲间的水，岸边的柳，也是美；连带着同去赏玩的人，也一样的玲珑可爱。

七月，蝉鸣。一声高过一声。林茵静谧，阳光如碎金散地，清幽间不绝于耳。

七月，蛙声。新搬的家，背靠一片大田，待开发，有一搭没一搭地种着些庄稼。雨水来，蛙声起，此唱彼和。都是从哪里来的？不知道，有水的地方，就有蛙。夜晚，我静静地听，听它们吵架或是咏歌，歌者却从不曾谋面过。

七月，孩子们回来了，又走了。匆匆，长大了，各奔前程。

七月，我回了一趟小武河，我的村庄。

七月，我读了几行诗，写了若干文。我摊开书本，对月神往。

晨起，我走过小区的花园，看见紫薇正艳，摇曳。桃李挂果，枝繁叶浓。有一棵梨树上只坠着两个胖胖的木梨。我刚搬来不久，错过了它的花开，却有幸遇见了它的硕果。大大小小的石榴，藏在叶丛里，还未笑开嘴，我等着。

七月，尽情地丰腴，活跃。我悄悄途经它的饱满，热烈。静静地旁观。七月，一切还来得及，不见半点衰败的景色。

七月，正兴盛，肥沃。以不可阻挡之势，滚滚而来，又悄然离去。

我站在八月的起点处，不舍。写一首诗，送别——

七月

这蓬勃的缠绕

成长，花开与排列

都只为跑进八月

生命

是一场又一场的奔袭与别离

汹涌而至

又悄无声息

月到中秋

今日中秋。

国家都放假了呢，不该写点什么吗？

今日月儿最圆，最亮，今日普家团圆。

月饼圆圆的，各色馅儿都有，红豆、绿豆、五仁、白糖、枣泥、蛋黄、水果、牛蒡等等，数都数不过来。听说，杭州还推出了鲜肉榨菜馅的，不吃都不足以语人生，真不知这是要闹哪样？

庆幸活在这盛世春秋吧，也许并不是每个人都能有幸赶上的，感恩，知足，享受吧，就好。

偶尔的，儿时的中秋印记也会跑出来，思绪就拉回到了小时候。那时，节日的气氛还不是这么浓，因为中秋正值农忙时节，"三春抵不过一秋忙"，老多活呢。在农村，哪有人得闲过中秋啊。但是节前的礼是必须要送的。众多的礼数中，最重要的当数出嫁的闺女回娘家，父母总是郑重其事地拿好月饼，大多数时候是四包，八小个是一包，用纸和细绳捆着，上面盖着一张印有"中秋快乐"字样的红纸，平添了一些过节的喜兴。幼小的我馋月饼，围着大人转，母亲就会说，等她回来，姥姥会减半退回，等用完了，就会给我们吃。我就盼着，有时，等我们家的退回来了，其他的伯伯婶子家又会来借，说好是凑数的，退了就还回来。不管礼多少，礼数总是要到的，现在的孩子，多是不能理解了。现在想来也是好笑。

后来，去外地上学，在学校过中秋，学校会每人发一个月饼。月饼变大了，改为四个一包。全宿舍同学一起过，青春的恰同学少年分吃一块月饼的记忆，就永久地印了脑海里。再后来，上班了，急于挣钱，有一段时间，大家对过阴历节也不是很上心，也不放假，但每年的月饼还是要吃的，礼也是法定似的照常送。中秋，是仅次于年以外的最重要节日，再后来，嫁作他人妇，循着长辈过中秋。

千百年传承，也不知是谁钦定的风俗规矩，打心底，我觉得特别好。它不只是过个节，还是以此为借口，人们之间的相互走动和问候，不管天南海北，不论你宦官平民，不管你忙三忙四，也都是要停下来，起码父母面前你是要走一趟的吧。这给多少老人，多少父母以安慰，以盼望，就足矣了。

人活一世，总是盼望。

月到中秋。

忙里偷闲，记得抬起头来，望一眼那轮明月吧。

那份清明，那份皎洁，那份静谧，那份大而圆，是否也正印证了你此时的心境，安静，安稳，安全，就好。

它昭示着你此时的想念与愿望，思亲人顺，愿爱人好，就都诉于那抹月光吧。

有诗为证：

暮云收尽溢清寒，银汉无声转玉盘。

此生此夜不长好，明月明年何处看。

愿来年的月更圆，人更好。

八月未央

还有两天，八月未央。

在八月，日历上标明的节日有建军节、七夕节，节气从立秋到了处暑。另外，还有一个七月十五中元节。

在八月，新作加整理修改的旧作，共计公众号推文 12 篇，朋友圈基本上每天或是隔天发，尽量做到详尽翔实地记录自己看到的，想到的，感受到的，所有美好的景物。

在八月，我出了一趟远门。因为一票难求，历经软卧、高铁、BRT、地铁、公汽，到达目的地。漫步中国美院，骑行浙大校园，近距离感受文化与艺术的魅力。冒着炎热酷暑，忙里偷闲去西湖断桥留个影。在"之江一号"稍做停留，然后离开。

在八月，我穿过长长的火车轨道，再去看一眼夏花，然后入秋。

秋雨来，秋草黄，半池荷塘结莲蓬。

在八月，我听雨，听风，听虫鸣。日出东方，醉心于那片霞光。七月十五的夜，月亮大而圆，东面无高楼，它停挂在树梢上。

在八月，我途经了一座小桥，于是，唤起儿时的记忆，历数了脑海中，所走过的大大小小的桥。我从那些桥上走过，从家到远方，从远方又回到故乡。

八月，孩子们来了又走，各奔西东。在家，我停下手头所有事，陪伴左右。走了，怅然若失，重新做回自己。深刻体会孩子是父母的全部，而父母永远只是他们生活的一部分，古今如此。随他去看望父母，和其他有关系的人们来来往往。

八月，我还参加了一场他人的新书发布会，也算文友聚会吧。在这乏味而枯燥的生活中，算是一抹光亮，一丛芬芳。幻想一下，有朝一日也要有自己的新书发布会。

八月未央，在尽头处，是一个女人四十六岁的起始。

要倾心感谢的人，她不在了。我只好闷声不响。

我是在刚进入八月的时候，心中就开始变得凄慌起来的，那些小草，庄稼，一改七月蓬勃生长的态势，日子越过，似乎越发的憔悴起来。

9号路的周边有成片的狗尾草，摇摇晃晃着，由莹莹绿绿，到干燥枯黄。大片的玉米地，从河堰看下去，玉米林头顶的花穗也开始发白，像是人的白发丛生。世间万物，生命轮回，收获的又何止全是喜悦，感伤也一样。

唯有墙头疯长的丝瓜花，明黄明黄，随秋风吹，一副点头唱赞歌的呆萌模样。

八月，早晚，天气转凉，楼下的草坪里，似有万千歌手在弹唱。"晚风叩帘栊，秋虫正呢哝"，是多少人心中极美的秋景呢。始终听不够这虫鸣，一圈一圈，我在院子里走，久久不愿上楼。

有些心疼的，这八月的时光，一场历经青涩，渐满渐溢，由繁盛走向萧瑟。可谁人不知，萧瑟过后，不会又是一片收获的繁盛呢。

七月，已尽。八月，未央。

天上云卷云舒，在秋风里，我缓步走在回家的路上。不着急到家，在小区的花廊间里，摊开一本李娟的《我的阿勒泰》，这本就是一段美妙的时光。

今年，我不写生日感言，收拾心情，回读自己写下的文字，安神定心。拥有的每一天，都是珍宝，是唯一，是价值连城，是不可或缺，值得用心感念和珍惜。

八月未央，祝自己生日快乐！憧憬，期待，用心开启下一段的旅程。

十月

喜欢十月。

"十"字，单一结构，横平竖直，词典释义为九加一，表示多，久，达到极致。据说甲骨文是用一根树枝来代表十字，金文是结绳记数，用一个结来表示十。另外，十还有满足，完美的意思。而十月，也终将是一个不一样的季节。秋要尽了，冬还未来，凉意在悄然入侵，阳光也越发的珍贵和慵懒。

十月是个大月，满满三十一天。十月内容丰富，从十月一日的国庆节开始，我们走过中秋、寒露、霜降，直到重阳，最后还将迎接万圣夜的到来。我们连休了七天的小长假，让这个月的工作看起来相对轻松。女儿放假回家，我还在服孝中，哪里也没有去，娘俩窝在家中，看书和疗伤。月末时，去给娘上五七祭，一切都结束了，老家的万亩枫叶正由浅变红，却感觉离我是愈来愈远了。

十月的田野里是富饶和忙碌的，收和种正忙乱着交替进行。总是有新翻耕的土地，裸露着，散发着泥土的气息，旁边站立着还算整齐的，已被掠去果实的，渐渐荒芜老去的玉米秸，筋疲力尽着，像是伤了元气的哨兵。豆秧被收割，晾晒在了公路旁边的庭院里，接下来该是地瓜了吧，花生地已经换上了大蒜，开始了新一轮的期待。

走过十月，不管你怎么躲，终是避不过"层林尽染"这个词。

一层层的树叶啊，都像是浸染过的一样，碧绿与金黄交相辉映。红叶仿佛传染，肆无忌惮着蔓延而去，美不胜收，让人陶醉。朋友圈里晒满了秋色，每个人都是摄影家，在这盛世春秋，狂嗅着十月的美。

花在继续开。夸张地，拼了命似的要挤在这十月里。墙脚下，院门口，荒草堆里，冷不丁地就会冒出一朵来，鲜艳鲜艳地，任性而倔强地开着。牵牛花扯出很长的秧蔓，根部已枯去，顶端还是努力吹开最后的一个小喇叭。粉籽花的大势也已过去，空留末梢的弱小，但再小的蕾也会在晚饭时准时绽放，谨守规则，不误钟点。而每个凋落的花苞内，都包着一粒结结实实的花籽，明年春来时，自会衍生出一片。

丹桂的香气一度搅得我心绪不宁，趋之若鹜，每遇必观必嗅必拍之，良久不愿离去。香气未远，而秋菊又至。不论是公园里，大路边，还是菊花展。不管是小雏菊，大丽菊还是大黄菊，每一株都不相同，有的亭亭玉立，有的昂首挺胸。有的如妙龄女子，妩媚动人。有的是高山流水，一泻千里。你终是写不尽这菊态、菊意、菊心情，只惆怅这十月将逝又一年，可如何是好？

十月的落叶总是让人心伤的。周末，晨起去爬塔山，山路上铺满了厚厚的一层，有大有小，有长条的，圆形的，各色都有。塔山上以苦楝树居多，小长条叶，每棵树下都像围了一圈儿绿毯。叶还在"扑簌，扑簌"地落着，和着时光行走的脚步，终点又回到了起点。这种春天开满小紫花的树，待树叶落尽，苍劲的枝丫上会坠满小果，那又该是另一番景色了。

十月，大自然正舞动着画笔，在冬到来之前，将这一川一坡，一树一叶，过滤，提炼，点缀成喜悦，寄予灿烂，再全部交付给岁月。

十月将尽了，秋凉。

月末，我会有一场考试，胜算不大，我把用来学习的空闲时间和精力，都用在了不务正业的玩耍和写文上。在这个世界上，有种伟大的力量，叫流逝，请善待我，这些留下来的，温暖的文字，都是我的泣血吟唱。

我的十月，有欢笑，有泪水。有别离，有感动。一步一念，连同那淋漓的雨，弯凉的月，恍若梦，太匆匆。

我爱的十月。

晚成风，送你走。

小年记忆

小年的记忆，对我来说，就是印在脑子里的一幅画，简单的笔触，模糊的勾勒，无数的叠加，组合成我的小年节。

在我们老家，民间素有"官三民四"之说，自觉为民，所以，我们的小年是过腊月二十四这一天的。

年轻的母亲开始清扫厨房，那时，我们叫"锅屋"。她将齐耳的短发包起，从房顶，内墙到灶台。一年到头，到处黑乎乎，铁锅、土台、木棒，柴火堆积。一些常用的锅碗灶具，也都破破烂烂不成样子，这需要母亲一一清洗。我是插不上手的，常常只有母亲一个人在做。清洁整理以后，劳累的母亲会面露欣喜，庄重地拿出早已在年集上买好的"灶王爷"画像，认真地贴在灶台的上方。那张画应该是土印的，花花绿绿，有灶王爷和灶王奶奶分列其上，下方各有两个小人，持盘抱罐站立。每年可略有变化，但多大同小异。画的两边一成不变的是那句"上天言好事，回宫降吉祥"，横批"四季平安"，或"五谷丰登"，或"财源广进"。

母亲贴上灶王爷的画像后，多会美滋滋地看上很久，欣赏，玩味，我不知道她在想些什么？那凝神静气，温婉满足的女主人形象根植入心，定格为画。

不及我问，母亲就会讲起"灶王爷"的故事来。

灶王爷在这一天，要回天上汇报工作，面向玉皇大帝做述职报告，我们必须好好祭拜他，少言慎行，以期他"拿人手短，吃人嘴软"，能多讲好话，在玉帝面前少打小报告，多多美言，保佑来年风调雨顺，幸福安康。

小年又来了。

这个故事我已烂熟于心，在我到了母亲的年纪里，却已找不到地方，也没有了氛围，来安放这尊神，哪怕是一幅画了。

除了锅屋灶台，腊月二十四，我们还会洒扫庭院。常记得母亲将羊圈，鸡窝等也会彻底打扫，说是要让它们也过个干净年。把上一年的尘埃晦气去除，把新一年的好运带到全家，包括所有的角角落落里。

焕然一新，总会给人带来不一样的感觉，我盼着过年。

晚上会放鞭炮，有远有近的，明明灭灭，劈里啪啦地炸响，这叫"响亮，响亮，人财两旺"。娘说："辞灶啊，总要有响声让它知道啊"。灶王爷是会听到的吧，我捂着耳朵仰起脸，看夜空里的鞭花绽放，年的脚步近了。

小年的夜晚，是静谧和温馨的，当一切都归拢到室内的油灯下，一家人围起炉火，边聊天取暖，边烤制一些吃食。母亲一遍一遍清点过年的物品，点心大枣，福字年画，桃枝竹竿。盘算着还要做哪些好吃的。最后一个年集还要采买置办哪些年货。哪个孩子或哪个家人还有什么愿望未及实现……必须用心记好的，再晚怕就来不及了。

一切都是隆重的，有一件大事在后面。小年是序曲，正在缓缓地拉开大幕。

冬天的故事

四九天了，这几天气温低得很，应该是一年中最冷的时候了。下班，选择了开车回家，车载收音机里正在直播关于"冬天怎么取暖"的互动话题，关于冷，关于暖，关于冬天的一些记忆纷至沓来。

突然很想念，那些个冬天，那些干冷的，安静的，凛冽的，热闹又美丽的冬天。

冰的记忆

在每个冬天来临之前，棉袄和棉裤都是母亲事先准备好了的，每人一件。可能是旧的，但也做了拆洗翻新，有的新加了棉絮，有的又续了长短，总之，还算干净整洁。整个冬天，仅此一件。

天气是渐渐冷的，所以，也并不觉得什么，棉絮一天天压实，臃肿也慢慢习惯。四九天寒，门口的大汪里结了厚厚的冰，早晚放学，不及吃饭，先去滑冰。拣靠岸水浅的地方，开辟一个滑冰场，反复不断地一趟一趟滑下来，冰面越来越滑，人也就越聚越多了。我跟在哥哥姐姐们身后去凑热闹。天气干冷，大家都滑得起劲，嘴里哈着热气，脚下不停，有人还不时做出怪模怪样的花把式，引得好多大人们也围拢了来，滑着滑着，身子也热起来。

知道"溜溜簪"吗？不知道是不是这样写的？就是悬挂在屋檐下的冰柱子，我想应该是的，这样的晶莹闪亮，不是簪子还能是啥？每次雨雪之后，滴水成冰，屋檐下一排排地挂着，尖尖长长，玲珑剔透，伸手掰下一根拿在手里把玩，还故意挡在眼睛上看太阳。有时，又当做是冰棍，假模假式地啃起来。

儿时的冬天，我们好像是不怕冷的。

到处都是冰，沟河湖渠，缸碗瓦钵，我们溜冰、卧冰、砸冰、撬冰、冰上滚火球，就是将悬铃木的圆果子捡了来，偷泡在照明用的煤油灯里，过一段时间拿出来，点上火，与小伙伴们一起在冰面上踢着玩。这个因为浪费煤油，如果被家人发现了，又少不了一顿打。把寂寞的冬天也折腾个风生水起。家里的水缸，冰厚厚的，有时是要砸冰取水，有时也会烧一壶开水，浇在冰面上，多是绕缸内一圈来浇，这样，就有一块大大的，圆饼一样的冰面留下来，如果再在一侧烫个窟窿眼，穿绳进去，就可以当铜锣敲了，小孩子当玩具提着到处叫卖，也是好玩。

树也结冰，草也结冰，柴火垛也冷冰冰的，像个炸毛的刺猬窝在那里。村里唯一的一口老井，高高的井台上一片亮晶晶，每个来打水的人都小心翼翼，很好地诠释了什么是真正的"如履薄冰"。

这世界似乎要凝结了起来，一切都变得干净、澄澈和生硬。

炉火

天，太冷了，又临近年关，堂屋里就升起炉火。

炉子是自己垒制的，连着泥塑的炉台，一般每家都会买那种半成品的炭块煤砟，然后，和上些黏性较大的黄泥，用碳锤反复捶打，俗称"砸碳泥"。那时，我们兄妹四人，排了班，每日该谁完成，不得懈怠。这也算是我童年的常规工作之一。碳泥砸好后，放炉膛里，用木柴引燃，房间里很快就会暖和起来。冬天里，炉子的用处可多了，烧水煮饭是主要的，另外就是用来取暖，还可以烘烤衣物。一家人一个冬天，几乎每个夜晚的时间都是围炉而坐，因为也实在是没地可去。没有电视，连电都没有，如豆的油灯下，默然坐着，炉火旁打盹的奶奶像是一座雕塑，让那个冬天变得更加缓慢而悠长。那炉火就是一家人的核心。有时脚冷，母亲还会允许我们坐到炉台上去，慢慢的脚暖了，浑身也就不冷了。

如果炉台上或煮或炖的，做一些好吃的，那就是再好不过的事了。锅里"滋滋"地响着，冒着热气，那份淡然与满足完全因炉火而存在。有时，我们也会在炉火边烤一些花生啊，地瓜土豆什么的，甚是好吃，卷煎饼也要拿到炉火上烤一下才美味。

当风雪交加之时，室内温暖更显珍贵。当带着一身凉气的父亲下班归来，扑面而来的殷实包围了他，也让翘首等待的我们放下了悬着的心。

整个冬天，母亲的首要任务，就是伺候炉子，这个需要一定的技术含量，要学会拿捏火候，特别是晚上"封炉子"，大姐都是做不好的，我想替替母亲，做过尝试，都失败了。有时母亲睡到半夜，还要起来看一眼炉火。炉火灭了，房间冰凉，整个家中也显得没有了生机，再重新燃火，费时费柴又费力，所以，母亲轻易是不会让它熄灭掉，哪怕麻烦呢。

这种炉子伴随了我的整个童年，乃至少年时代，我一直很奇怪，听说有煤气中毒什么的，但我们烧这种炉子，也不带烟筒，却从来不曾出事，问父亲，他说："不怕。"然后用手指指门窗，原来是密封并不严密，可见当时住房之差，后来，翻修了房屋，住宿条件改变了，这种炉子也烧不成了，改成煤球炉，不用再扒黄土砸碳泥了，按了烟筒，不再有炉台。烧着倒是方便了，也干净了，但感觉却没有以前暖和和厚实了呢。

雪

今天，这里又下雪了，飘飘洒洒，开始时，不知不觉，慢慢下大了。睡个午觉的工夫，醒来，世界全变了颜色。

一直感觉雪花是这个宇宙间一种神奇的存在，是大自然对万物凋零的冬季的馈赠。没有什么能比这冬日里的飘雪更美，更有感觉了。铺天盖地，鬼斧神工，万物静默。干净的、肮脏的，萌芽的、腐朽的，无一例外全都换了颜色。纯洁的白，耀眼的白，是所有冬天里，美到极致的梦幻色彩。

雪花，是飘落到这个世间的精灵，没有人能够真正留得住一枚雪花，几乎连认真端详的时间都不给。它调皮得像个孩子，打着旋来到你的眉梢眼前，引诱，逗弄，吸引，当你摊开双手，想捧它在手心时，转眼，又没了踪影；你失望着转身，它却又悄无声息地堆积在了身后。

每一个下雪的日子，都是节日。所有人都欢欣鼓舞，奔走相告。每一个孩子都曾在雪花飞舞的空地上转过圈，仰起脸，闭上眼，任雪花亲吻，落在发间脖颈。

今天的朋友圈里刷满了雪景，且明天也会这样，我敢肯定。

怕冷，不想过冬天，却独爱雪。这是我，也是大多数人的通病。

　　我曾穿过厚厚的皑皑白雪，去看故乡的小山，和长长的沂河。还曾远涉都市，去探访无数名人墨客眼中的壮美雪景。

　　雪，是每一个冬天，最真诚和深情的倾诉。不是说，如果你爱一个人，就和他去雪地里走，因为走着走着，就一起白了头。

　　五点了，雪还是没有要停的意思，终于决定，还是去河边走走。天正冷，在河边偶遇一个老太太在雪里走，她看样子有六十多岁了，头上顶着一圈儿白，看样子已经很久了。相机揣在了胸口的衣服里，是在等候落日前的壮美雪景吧？我不能不崇拜啊，我想她也是极爱雪吧，且对生活无比热爱。

　　喜欢雪的女子，不论老幼，内心也多是纯净和善良的。

　　"晚来天欲雪，能饮一杯无"，围炉煮雪，对酒当歌。管他人生几何。

美食年节

　　"过了腊八就是年"，母亲对于年节的准备，常常是在进入腊月就开始了的，她频繁地穿梭在家与集市的路上，一趟又一趟。过年，过个好年，在每一个家庭妇女的心目中，没有比这个更重大的事情了。

　　美食的记忆，要从一盆"猪头冻"开始。

　　每年快过年时，父亲都会拖一个大大的猪头回来，很奇怪，我并不觉得吓人呢。那憨憨的样子，咧着嘴，这算是年货中的大件了。

　　拾掇猪头的过程很复杂，记得我们是用熬好的沥青，涂在猪头上，等冷却后揭下来，这样猪头上大部分的毛便被脱落了。褪不净的凹陷处再用烧红的火钳灼，先是听到"嗤嗤"的声响，然后会闻到一股焦煳的味道。收拾整理好后，便是将整个猪头浸入到大锅内炖了，这个需要时间较长，文火慢炖，静候香气四溢。那冒着热气的大铁锅啊，那绕梁不离的香，盛满了一家人的期待和幸福。

猪头熟透后，母亲会趁势将猪头拆分剔骨。此时，母亲会挑些小块的肉分给我们先品尝，称"打馋虫"，那香喷喷的滋味口感啊，无法忘却，又无以表达。

熬好的猪头肉和浓浓的汤汁，随即被倒入一个大的瓷盆中，冷却。经过一个寒冷的腊月天，肉和汤汁凝结在了一起，一盆美味的猪头冻就做好了。

从除夕到过年，从初一到十五，这都是一道备受全家人青睐的美味佳肴，可助酒可下饭，可自食可待客。随吃随切，薄片透明，软腻可口，佐以香菜、姜丝、蒜泥，百吃不厌。因其储存的时间较长，有时到我们开学，还可以带上一块，与一个寒假都没见面的小伙伴们分享。

猪头冻快要吃完的时候，我才觉得年是真正要过完了，若非，那就一直是在年味里。

年是整个冬天的一场压轴大戏，所有人，天南地北，大江上下，什么都不做，可谓全民歇业，共同参与。过程繁复，仪式隆重。冬天的故事数不胜数，年的韵味也十足。

年，送冬天离去。

天已经这么冷了，春还远吗？

周末去代村，我分明看见了桃园里果树的花苞，正在默默地积蓄力量，又一个万紫千红的春正在孕育，带上这些冬天的故事吧，这样，你会越发走得轻快与敞亮。

元宵节

气温回暖，晚饭后，与朋友出门走走。月色澄明，风不再寒冷，我们沿河走出了很远，边走边聊，竟也不觉得累。河水平静，映衬着多彩的霓虹和头顶的月光，四野娴静。后天就是元宵佳节了，路口有人挂起了成串的灯笼，在兜售。有许多许愿灯，红的、黄的、紫的。眼看着节日就到跟前了呢，也该有它的样子了。又想起去年，抑或前年元宵时，两岸街边站满了人，烟花四起，许愿灯一个接一个，冉冉升起，高了，小了，远了的，每一个都带着燃放者诚挚的心愿，似点点星光云集，煞是好看。

元宵节是人们年后的第一个节日，是收尾也是释放，是总结也是开启，铆足了劲似的，也要将这元宵过个明亮。

无法岔开的，我们又聊起了小时候。童年的元宵节好像更加隆重些呢。

正月里的农村，都是空闲，人们的心思还全在节日里，除了吃，就是玩了。开集就是采购元宵节物品，灯笼是必不可少的，每个孩子一个，买来挂家里，瞅着，等日子。心里那个急啊，日子过得好慢。小伙伴们三番五次地聚拢来，相互欣赏，相互评论，憧憬着元宵节的到来。点是绝对不舍得点的，人散去了，再挂好，继续等，耐心地，慢慢等。

那时的烟花也是单调，小孩子多是玩"滴滴金儿"，成根的那种，点上炸小花。母亲总会买上几把，姐妹几个分一分。也是不舍得点，但时不时地拿出来"把玩"。奈何白天这种炸花儿并不显，有时，性急的孩子，实在耐不得，点了躲门后暗影里的情景也是有的，俗称"门后放滴滴金儿，等不到天黑"呢。

有时还会买些"二蹬脚""钻地鼠""冲天炮"什么的，在人多的村口巷头里，众人的围观和惊呼中炸响，一片欢乐。

真到了十五那一天，所有的准备全都上吧，哪怕不多。小孩子必是成群结队的，呼朋唤友，灯笼点起来，挨家转吧。左邻右舍啊，婶子大娘家，都要各处照照。鸡窝、狗窝、猪圈里、床上、客厅、枣树上，甚至眼睛、嘴巴、牙齿、耳朵，照到哪里哪里亮，边照还要边念叨，全是吉利话儿，一板一眼，傻傻的，全是幸福。记忆中，村庄上有两家是必挂走马灯的，一种较大型的，旋转着的挂灯，我大伯家就算一家，挂在大门门框上，引来众人争相观看，也是一景。

大人们重点蒸面灯，蒸上十二个月份灯，用它来预测年景，祈求风调雨顺之意。还有龙灯，剪有龙鳞的面灯被安上眼睛、鼻子、嘴巴，蒸熟后栩栩如生，家中米粮也就有保证了。

晚餐的汤圆必是有的，只是印象不深，光顾着玩儿，吃当然就先放一放了。元宵节过后，是开学，我们就又要开始忙起来了。

一晃经年，时间就到了现在，感觉现在的元宵节，并不像以前那么的热闹了呢，特别是在烟花禁燃了以后。兴许是因为年长了，再或就是忙，气氛更是淡了许多。

又是一年春回归，东风夜放花千树。今年的元宵节，我还是想静静地观望，绕着这如镜的春水，看灯火辉煌，月下西厢。

任时光流转，岁月变迁。不忘初心，怀抱美好。

自是团圆月，我爱这元宵节。

第五辑

岁月如歌

有名为梅

梅：小乔木，蔷薇科杏属，原产于中国南方，已有三千年的栽培历史，品种多样。花、果均可入食入药。

梅花系十大名花之首，与兰、竹、菊并称四君子。

在中国的传统文化中，以高洁、坚强、谦虚的品格，给人以立志奋发者激励。——这是"梅"的科普百科。

梅（mei）：左右结构，总笔画11画，部首木外7画，五笔 stx。

汉字千千万，而与我最熟悉的即"梅"字，当仁不让，首屈一指。这个"梅"字，我每天都要写它很多遍。从我第一天拿起笔，练习汉字，就开始写，我闭着眼睛也可以写得很好。我练过不同的字体，正楷、隶书、行草。我也可以不用抬笔，连名带姓的一笔写下来。横、竖、撇、捺、点、横折、弯勾。我写啊，写啊，一字不行，两字叠加。它就是我，我就是它。

我以它为代号，形码，行走于这个人世江湖。我用它写过作业，考过试，签署过重要的法律文书。作为一名临床护士，我在曾执行过的每一条医嘱，履行的每一项操作，值过的每一个漫漫长夜后签上它。我听着每一个熟悉的和不熟悉的人呼喊。有着急，有舒缓，有亲切，有抱怨。我听着签到机每日四次的响起，周一的例会上，我在众多的声音中辨别出它，并在它的尾声后，响亮地答上一个"到"字。直至目前，我的工作也是以它为主，每天，我需要在一项文书的流水审核的中间一环，亲手写上它，代表我在工作且我已完成。我认真地写，慢慢地写，一天，一周，一年，直至工作完结。

学名系父母所赐，无意更改。我把网名也定义为它，实属本意，看来今世，我是要与它关联一辈子了。

早就听说，起名是门学问。名字决定人生。名字中隐含着强大的能量，足以影响到人生的命运和事业的成败。"赐子千金，不如教子一艺，教子一艺，不如赐子佳名。"而"梅"字与我，是如虎添翼还是雪上加霜？是相辅相成还是差强人意？我的人生是因它而兴，还是受它拖累？不得而知。但愿彼此成全。因为不管愿不愿意，反正都是无法离弃。

以"梅"为名的女孩太多了。前些年，我也曾专门留意门诊统计，以每页的 20 人计，几乎每一页都会有"梅"字，而我的叔伯姐妹们共计 13 人之多，也全是以此为名。也许名字与时代有关，近年来，虽有些许减少的趋势，也还是屡见不鲜。

咏梅的诗句，那就更多了。"无意苦争春，一任群芳妒""梅须逊雪三分白，雪却输梅一段香""一树寒梅白玉条，迥临村路傍溪桥"。都是好词好句，读来让人心生敬意。

迎雪吐艳，凌寒飘香，铁骨冰心，坚韧顽强，不屈不挠，清高孤傲……所有对梅的赞美和认定，都是在我读书识字后，和被呼喊了很多年后才知晓的。我曾在众多的精美摄影图片前驻足，在遒劲有力的书法作品前感叹，在艺术价值极高的国画、油画、水粉画面前拍照留念，我折服于它们的美，却并不会以此为荣，以此为意。它像前世的情人，似曾相识。又是今生的寄托，我想依附。庆幸有缘。

今世擦肩，尚且是前世五百次的回眸，怎抵得过我千万遍的书写，和倾其一生的相守与相伴。

感谢。行不更名，坐不改姓，我是世间那个以"梅"为名的女子。

腌渍

　　喜欢吃腌渍的东西，说白了也就是咸菜吧，知道这样不好，可是多年来的生活习惯也不好改变了。

　　把翠绿的青菜，黄瓜或是蒜薹，还有香椿、萝卜缨子什么的，洗净，晾干，然后放在盆或是罐子里，用盐浸起来，再经过一些揉、搓等去水分的程序，加盖密封保存好，过一段时间就可以吃了。小时候在农村，全是吃这些东西长大的，品种也多，且价廉。日久天长形成了习惯，尽管现在饮食花样品种繁多，可还是偏好这一口。某一天，吃着吃着，却也吃出一些感悟，抑或是痛心来。

　　想着眼前这些被腌渍的东西，也曾有过饱满丰腴的躯体，青春活力的激情，也许还有着未及到达的理想、向往，还会有爱情吧？可是就这样一不小心，落入了我们的手，捆绑起来，腌渍起来。揉搓吧，纠结吧，等着灵魂消退，身躯萎缩，梦想不再。

　　突然感觉有些像婚姻，对，就是这样的。

　　开始被满满的新鲜感包围着，被幸福充盈着，被快乐环绕着，感觉是那样的美好和强大。后来，渐渐有了矛盾，烦恼，不愉快，又不及散伙，而这些就像盐，细细碎碎、似有似无，慢慢地把我们浸渍起来，你挣不脱，逃不掉。

　　被盐浸渍的日子不好过，梦里还想透出一股清新和暖意来，让自己喘口气，舒散一下身子，当清新真的来临时，你却还要赶快缩回去，以免被别人道德和良心的利剑击中。人到中年，你必须为自己标榜起稳重和成功的形象，为孩子营造轻松和温馨的家庭氛围，为风烛残年的老人构建和谐和欣慰的表象，这是你的责任，你要做的，没办法。就这样被腌渍着吧，萎缩着吧，消耗着吧，苟延残喘着吧。

像一根黄瓜或是蒜薹。

人生就是一把拖拉机

冗长而无聊的工作日里，守着时钟缓慢而有序的行走脚步，慢慢地，我也学会了打拖拉机。

拖拉机也许是所有的牌类游戏中最简单的了，感觉比较适合于我这类中年女性，不知道它为什么叫"拖拉机"。可能是因为能出连续成对的牌，俗称"姊妹对"，还可以三带一，四带二，形成了连"拖"带"拉"之势，不可抵挡，故而得名"拖拉机"吧。反正我是这么想的，有的地方还叫"升级"或"八十分"，感觉也有道理。

曾记得在一本书里读过这样的话，具体怎么说的记不清了，意思就是人生就是一副扑克牌，领到什么样的花色你做不了主，成功者就是运用智慧把领到手的牌，不论好坏，尽可能地打到最好。

办公室里还没有联网，我们打的拖拉机是电脑系统自带的，一共是东南西北四家，由机器随机分组，点击开始，就可以一把一把地打下去。也就是说，我们是在与电脑而非是与人作战。虽然无聊，但也是消磨时间的一种好方法。只要你有时间，有心情，随时可以开始。有事了，或不想玩了，随时结束。在这里，没有人会嫌弃你手臭，水平低，也没有人会埋怨你出错牌或是不早立"主"，还有的就是你永远不用担心对家厌倦了要退出，或是你托管时间过长而游戏中断，如果你愿意，尽可能随你所愿地玩下去，对家眨吧着眼睛，自会奉陪你到底。

　　这样打牌，还有一个好处就是省去了抓牌和洗牌的过程，只需轻轻一点，到手的纸牌就会纷纷展开，自动排列，开始新一轮搏杀。同样的牌，因为人为确立"主"的不同而身价不同。有时，尽管你率先甩出了"梅花3"，正为到手的多张梅花狂喜不已时，对家登时甩出成对的"方片3"，你就不得不扼腕叹息，瞬间"方片"贵于"梅花"。只好认命，这是规则。而那5、10、K，在我眼中就是所谓的人生机遇，它不定时出现，就看你怎么来把握了。抓住机会，才能立于不败之地。私下里，我曾请教办公室高人："我们不是在与机器打吗？那为什么我们还是会赢？"同事说："有时牌好，懂规则就能赢。手里的牌不好，机器也没辙。"原来如此，尽管你有大智大勇，如果到手的就是一副差牌，你也妄有万丈豪情。"就是不起牌，你能怎么着！"等待下一把吧！

　　牌如人生啊！人生原本就是一把拖拉机。有时失败，也属正常。有时你也会连升三级，也不用自觉高人一等，牌好而已，不过如此。

　　这样说也许会过于悲观，影响斗志了，好在机器对纸牌的分配还是有一定道理的，如果运用智慧，胜算总归是要多一些。就是说，凡事技术含量还是有的，如果在同等的条件下，结果还是要看你怎么出手。有时我会从大到小来出，有时又会把大的留在最后，做保底用。有时，冒险精神也还是要的，舍不得孩子，你就会套不住分呢！

　　输了，重新洗牌，再开始。赢了，赢到最后，也还是一样要重新开始的。

　　不同的是，拖拉机可以重新洗牌，而人生却不能。

　　尽力打好自己手中的牌吧，别想太多。

女本柔弱，为母则强

　　模糊记得曾经读过一个故事：大概的意思是说在某个小镇上，突发狂犬病疫情，于是，大家决定要把全镇的狗狗都集中起来，赶尽杀绝，以绝后患。他们对狗狗实施了注射麻药的安乐死。起初很顺利，达到预算的麻药剂量后，被注射的狗子也就倒下了，但有一只却例外，两倍的剂量下去，它还是倔强地站着，目光中充满了哀怨与不甘。当然，最后的结果是它难逃一死，但是人们还是发现了它屹立不倒的原因：它的肚子里已经有了 5 只成形的幼崽，这是一位孕狗妈妈。

　　人们很感动，也非常愧疚，想这位孕狗妈妈，忍受了怎样常人都难以承受的极限，为了孩子，它坚持着，直到最后。

　　只因它是一位母亲啊！

　　还记起有一个论断，也不知道它正确否？就是买来的新鲜蔬菜，黄瓜啊丝瓜啊，和一些绿叶菜等，如果你几天不吃，黄瓜丝瓜们会慢慢老去，它们的一头会慢慢变大增粗，类似膨胀的样子，菠菜油菜等也会随着枯萎而促生出花苞来。据说这是植物被采摘下来后，在生命的最后阶段，它们积聚起全身的营养和力量，供应到仅有的种子身上，试图促其成熟。

　　种子就是它们的孩子啊！

　　突然感觉人真的好残忍。但这不能深想，人，也是要为人父母的啊！

最近，春天来了，老朱挖了很多的野菜，特别是蒲公英最多。听说它的药用价值很高，我们就清洗了一些晾晒，准备用它来泡茶喝。奇怪的事情还真的发生了，当初挖它时，没记得蒲公英有种子啊，顶多刚绽开些小花儿，可是，晾晒后就不一样了，黄色的小花，全变成了一个个白色的小绒球，完全是种子成熟后，要飘飞的样子。难不成它们也是拼尽了全力，在自己生命的最后一刻，要将自己的种子送出去吗？看样子是这样的啊，于是，每天，面对着阳台上的这些干枯蒲公英，我满心悸动。

世间万物，皆有灵性。母爱之大，天之动容。

也是，再听到那些地震中以身护子的女人，车祸中不惜舍弃自己的生命，勇敢推出孩子的女人，那些以自己柔弱的双肩，为孩子们撑起一片天的女人，我则一点都不奇怪了。

此时，我又想起了冰心老人的《荷叶母亲》："忽然看见红莲旁边的一个大荷叶，慢慢地倾侧了下来，正覆盖在红莲上面——""母亲啊，你是荷叶，我是红莲"。

女本柔弱，为母则强啊！

生命的脆弱

那天，快下班时，接到下属单位的一个求救电话，只说是有个孕妇很危急，要求转诊，也没有其他的，正巧同事洁接班，于是随车出诊了。

洁去了大约有两三个小时才回来，没有接到孕妇，那个怀有九个月身孕的女人，在洁到达之时，已经停止了呼吸。那家人看到洁，仿佛又看到了希望，他们在确信大人已经死亡以后，转而把希望寄托在她腹中的胎儿身上。他们请洁再听一听，再听一听。于是洁把胎心监护仪贴近了那个已无生命体征的女人。回天已无力，不大可能有希望了，可是机子却还是分明显示了胎心音，微弱的心跳，二十次，三十次……家人要求剖宫产，为这个死去的女人，洁也是，作为医生，只要还有百分之一，千分之一，甚至万分之一的希望，洁都不想放弃。

没有麻醉，没有术前准备，也不知洁哪里来的胆量，来不及想了，她快速剖开了那个女人的腹部。

结果是令人失望的。洁或是说我们，没有能够保住那个孩子。

洁为那个死去的女人，认真地做了常规的逐层缝合，虽然那已没有了意义。

听当时值班的医生讲，女人在生产的过程中，突发羊水栓塞了。这是产科最危险的并发症了，一旦发生，多难抢救。

当时是有两个孕妇在等待分娩，一个快一些，医生已经上了手术台，她呢，晚一点，后来就破了水，瞬间就发生了栓塞，接着就出现了症状，一转眼，病人就不可逆转地发生了窒息。几分钟，仅仅是几分钟，一个生命，或是说两个生命，就这样消失了。可怜那家人，正手捧小被子，焦急而喜悦地等在产房门前。

生和死，是离得这么近。生和死，是这般的轻易和脆弱。让你不得不对生命的意义重新考虑。

作为一名产科工作者，经常会有这样的时候。如果说孩子生出后，夭折了或是有畸形，我们都迟迟不愿抱给他的家人，不愿告诉他们，那个不得不说明的真相。真的不愿去面对，那些充满期待和激动的眼睛。不管是谁接生的，一连几天，我们的心情都会大受影响。真的，不管工作有多累多忙，我们要的只是你母子平安！

最后，洁没有收那家人一分钱就回了来。对洁的做法，同事们有褒有贬，有人佩服洁的勇气，敢给死人剖宫产。有人说人已死去了，就不应再做手术。我问洁当时是怎么想的？洁说："只想到孩子了，救一命是一命，哪里还想其他。"好在那家人对洁甚是感激，他们知道，这个医生尽力了，在这个燥热的夏天，在那个简陋的乡镇医院里，洁忙完时，衣服已能拧出水来。

我不想去记述洁的伟大，我想每个有良知的医生都会这么做，也都是这么做的。

我只是有些感叹，有些哀伤，有关生命的脆弱……

传家宝

老实讲，我有一件传家宝。

说是传家宝，其实也不值几个钱。就是老辈传下来的，父母又在比较正式关键的场合下，郑重交给了我，我也就认它做传家宝了。

传家宝就是老银元。

记得，那时我还小，爷爷过世了，临终时交代，有东西埋在了老宅子下面，也没有说是什么。爷爷一共有三个儿子，我的父亲是老小，我们家住在老房子里，操办完爷爷的后事，儿子们就开始寻找宝物，可能心里或多或少的还是有些希冀，憧憬着会有绝世传家宝吧。

不知道老辈们是怎么想的，爷爷并没有指明确切的地点，他们只好把地面刨开，我记得好像是耗费了整整一天的时间，最后，才挖到了小小的一个罐，打开后，里面散落着一些老银元。

虽然有些失望，总归也是有收获的，三一三剩一，分了各自回家。

记忆里，回到家，父母不知该怎么处置它，把它放在哪里好呢？那时家里穷，父亲有了把它变现的想法，也去打探过市场行情，好像还价值可观。关于卖还是不卖父母一直纠结着，讨论着，每当家中要用钱时，就会被提及，后来又撂下了，毕竟是老辈留下的东西，终是不舍。成长的时光里，父母有时也会拿出来，给我们看看，告诉我们，以后等我们长大了，就给谁谁谁,我们也满怀欣喜,然后再看着父母把它们包起来,藏好。

老银元终是没有卖掉,等我们姐妹长大,每个人结婚的前夜,母亲郑重包好,压在我们的箱底里,从姐姐,到我。

我终于拥有了它,它终于归我所有了,记忆中,那些从老宅子地下掘到的宝物。

开始过自己的日子,我也穷,于是,与父辈们相同的情境再现了,我也开始打它们的主意,开始考虑是变现呢还是保留?变现还是保留哪样更有价值?想不好。

偶尔,我也会拿出来给女儿玩玩,告诉她经过,告诉她,等她长大,即归她所有。但,卖,终是舍不得。

但是,若保留,到底又有什么价值?

再多么宝贵的东西,人生,你只是保管,一段时期内的保管而已,你还能拿它怎样?

有一次回老家,遇到伯父家小姐姐,闲聊中,她告诉我,她们家最近被盗了,于是她的传家宝老银元不见了,她很心疼。她说不在意丢失的其他钱物,只是心疼她的老银元,那是祖辈传下来的啊,到她这儿,是她没有保管好。

我劝她,想开些吧,换个人保管而已。那个人,也带不到坟墓里。

是你的拿不走,没准过几年,那家人的女儿带着老银元嫁过来也未可知。

还能怎样?世间万物,本系身外,先人们传下的,我们该明了的吧。所谓传家,更多的是一种传承,一种宗亲,一种精神,岂止是几块老银元了事。

我会好好保管这份馈赠,我的传家宝,在它属于我的这段时光里。

相同的钥匙

在这个世界上，总会有与你携带相同钥匙的人。同事，家人或是同住一个单元房的人。相同的钥匙必定打开相同的门。

小的时候，家在农村，小孩子是没有钥匙的。父母外出时，会把钥匙放在邻家，或是找个固定的地方藏起来，找到了钥匙也就回了家。

第一次独自拥有一把钥匙，那是外出上中专，报到后，班主任凌老师把我送到宿舍后，给了我一把宿舍钥匙。那是一把普通的中型大小的暗锁钥匙，上面写着"302·8"的编号，这是第一把真正属于我的钥匙。与我持有相同钥匙的有七个相同年龄，来自不同地方的姐妹。那时，我们就是一家人，相同的钥匙，令我们亲近起来，这是不可替代的。假如某一天，你忘了带钥匙，你就必须要找到其中的一个，才能回到你所在的地方。

我喜欢与我携带相同钥匙的人。

钥匙太重要了，不是吗？生活中简直密不可分，钥匙也越来越多，每人都有一大串，有的还会分不同的串来带。我常用的钥匙也是一大串，数数也有十几把之多，最主要的还是家里的钥匙，大门，二门，防盗门，院门……因为相似，与丈夫经常会因摸错钥匙而麻烦不断。在等候更换钥匙的时间里，我常常会对着那串钥匙发呆，想这两串相同的钥匙，想在这个世界上，与我持有相同钥匙的那个人，该是怎样的缘分，我们才能够走到一起？从陌路到相识，从相识到血脉相连。茫茫人海，我们该是有缘人，为什么还会有那么多的伤害和无奈？我不愿啊，每次争吵过后的伤痛里，我都在不断地反省自己，随着岁月的不断拉长，我们已经成长为彼此生命中不可分割的部分，该珍惜才对。不为别的，只为我们持有的那串相同的钥匙。

感谢生命中与你持有相同钥匙的人，记住并珍惜。

时间的忧伤

从脱下校服到穿上工作服，你只用了五天的时间，两天用来高考，一天休息，接下来的两天则去应聘。我不明白你为什么要这么急？你告诉我："已经晚了，很多工作，人家已经招满了呢，好多同学，人家考试前就已经定好了呢。"你认真了。还真是，这两天，就陆续接到其他的同学家长打来电话，询问暑假工的事情，你也为自己的行动早而庆幸着。

那天，我去你打工的地方看你了，那是我第一次看见穿着工作服装的你，一件粉红的中式唐装，清一色花季的女孩子，非常漂亮。如果不是为了工作，我想你是不会选择这类衣服的。你混在众多的服务生中，已没有了孩童的模样。其实，本来你也已成年，只是，在我眼中，你是孩子。

看得出，你不适应，你不习惯，一切对你来说都是陌生。看得见，你的努力，你和你的小伙伴们都很努力，都是好孩子。我也非常不适应急忙要去上班的你，眼前老是会浮现出你咿呀学语的样子，你一路跑着喊妈妈，恍惚一转身，就到了现在的样子。

时间真是不经用，快得让人心发慌。

搜寻记忆中像你这么大时的自己，那时的我正实习在省城的大医院里。各种匆忙，各种辛苦，不知那时我的母亲是怎样的心情？母亲也曾奔波劳顿来看我，骤然出现在她面前的，身穿白衣的我，是否也如今日的女儿一样，带给了她视觉上的冲击？让她心生感慨？孩子长大了，人生开始了，一切靠自己。时光拉不住。可相助而无可代替。

儿时，家里是没有钟表的，那时，对时间的印象也模糊，及至后来有了挂钟，也多是一种装饰，显摆的意思。农村人多看时令，因为不用按点上班，而对时间真的是不怎么上心的。那钟到时会报，"铛，铛，铛"地响，一种肃穆和威严，震人发思。现在的表多是无声的，只有在家中无人，四周静谧之时，才能静心聆听到它的走动声，像迈着碎碎的小步跑，也是紧着催。

今天，我又去看夕阳了。我以为时间还早，所以，一直向西，好像这样就可以离它近一点，看得更真切些。起初，它一直在我的斜前方，慢慢沉落，因为有树的遮挡，我并不能找到一个合适的角度拍摄。我想，前方还有一条南北的路，等我转过去，换个方向就好了，然而，从闪亮到橙红，到最后的云彩也隐去，我还是没有到达那记忆中，并不是很远的拐角处。暮色四溢，一日落幕，真的如倦鸟归飞，糖化于水，了无踪迹了。

消散了，一切。而谁人知，我可曾来过？

颜红

颜红，是上中专时睡在我上铺的姐妹。

不见颜红又有五年多了，我们都在各自的角落里猫着，无声无息，像一株狗尾巴草。随着岁月的流逝，更是找不到见面的理由和冲动了。又忆起颜红，是因为我近期内无所事事，或是也该想想她了。

颜红来自五岳之首的泰安城，她的家就在那个著名山脉的山脚下。2000 年时，我有事去济南路过她那里，坐在她家的客厅里，窗外就是连绵起伏的大山。颜红是家中的老大，下面还有一拉溜依次排列的三个妹妹，而在家中排行老末的我恰好与她最大的妹妹同岁。

记得刚入学那会，宿舍床位都是老师事先安排好的，是 4 张架子床的标准间，每张床上都贴着一个同学的名字，不论先来后到，一律对号入座。那个床位的安排也是有说法的，班主任老师是在查阅了学生的相关资料，了解了学生的大概情况后才做出的，城里的孩子与农村学生穿插进行。我们那批是学校在相隔十多年后对沂蒙山区的第二次招生，所以格外慎重。也许是怕我们山区来的孩子吃亏，全班十个临沂老乡全被安排在了下铺靠窗的最佳位置上，不能不说是当初班主任的良苦用心了。那个时候的沂蒙山区，就是"高山下的花环"的印象，出门在外，想不被照顾都难。

那个年代，还没有高速，因为路远，我是全班最后一个到达的学生，当我提着行李敲开 302 宿舍的门时，颜红她们已经熟悉了环境，并且在学校食堂里吃过一餐饭了。迎接我的是七张"怎么才到？"的夸张脸孔。后来，听颜红说，她那个急啊！"人家上下铺都混熟了啊！都在那聊开了啊！"在我未到的半日里，颜红就一直对着我那名字沉思遐想开来。后来，我问她，"与想象中的怎么样啊？""就你那烂名字，不让人想入非非都难。"颜红侃。

不得不佩服老师安排床位的技巧性，我与颜红的相处，那叫一个互补啊！我们曾经查过血型、手相，以求得前世有缘的佐证，不知是不是家中长女和老幺的缘故，任性与宽容并存着。

现在想起来，那个时候，还只是个孩子，初次离家，让我们对那段友情都看得很重。

记忆中，颜红留给了我多段经典温馨回忆，一是她领着我，逐一为我介绍学校里的一切，详细而分明。当时，她曾指着窗下的暖气片告诉我："这个是暖气，冬天取暖用的。"直到现在，她认真而负责的神情还历历在目，仿佛就是昨日才刚刚发生过的，我也就老死地记住那个是暖气和那个告诉我什么是暖气的女孩子。后来再讲起来，宿舍的同学都会大笑不已，而颜红却已一点也不记得了，可我并没有一点要笑的意思："我真的没有见过暖气，就是颜红第一次告诉了我那是暖气！"

还有一次关于是"黄瓜咸菜"的事情。出去上学之前，我只吃过生咸菜，熟咸菜，及到了学校，咸菜的品种却花样翻新，有黄瓜咸菜、地瓜咸菜等，都特别好吃，却只是早餐供应。每逢假期，颜红她们离家近都要回家去，又因为菜金多多，她们多是买一些带回去。那次是五一还是十一记不清了，反正是我没有买到。我很沮丧。现在想来，不就是一盒咸菜吗，可在当时却不一样，我特别馋那咸菜。等颜红她们走了以后，打开饭盒，却是满满的一盒黄瓜咸菜，是颜红为我留下来的。好多年过去了，我一直忘不了，那满满一盒子的友情，我吃到了世界上最好吃的黄瓜咸菜。

　　一晃就是这么多年过去了，毕业后，我也只是见过颜红一次。又是一年夏至，颜红，我又想起了我们相处的日子，还有我们离别后的时光。

远去的青春

昨晚，那个瑜伽馆的小教练肯定是刚洗了头发，我们到的时候，她已经收拾妥当了。头发高高地盘在头顶，用个简单的发带码住，面容娇嫩，清清爽爽的。没有穿毛衣，而是穿了练功的紧身衣，这是我第一次见她穿正规的练功服，不知是不是练习瑜伽的缘故，小教练显得沉静、婉约、柔美，也许还有个更重要的原因，那就是——青春。

青春就是美啊！青春真好。

时光荏苒，当岁月的车轮碾过，我回想起我那远去了的青春。

小时候的我应该算是优秀的，曾经创下过小学五年加中学三年，连续八年的"三好学生"记录，但这又有什么用呢？再好的纪录也不能改变一个人的命运，我还是升入了中专，选择了一个比较女性化的职业就业。"为什么？"我常心有不甘，但任凭什么都已不能再弥补我想上大学的梦想了。我受的是不完整教育，为此，我常常悔不当初又愤愤不平。

扯远了，再回来。

青春该从卫校时代开始吧，也是相当于高一年级。那一年，我满十六岁，因高出分数线好多，我被山东医学院护士学校录取。记得第一次入学时，是父亲陪我去的，虽然一直住校，但去这么远，还是第一次。当时，我们要先骑车去镇上坐车去县城，住一晚，然后再坐第二天的早班车去省城。那时还没有高速，感觉路好远，车又慢，中间还要停车吃饭和休息，大约要整整一天的时间才能到达。当时的心情是什么样的？说不好，激动和兴奋还是有的，毕竟是第一次出远门，但潜意识里，卫校，我并不是很喜欢，甚至我感觉还不如让我去本地的师范学校好了。但想归想，我还是按部就班地开始了我的远行。毕竟是跳出了农门，不用再"面朝黄土背朝天"地下地干农活了。知道的人都在祝贺我，没有人会在意我的想法，只在庆幸也许从此不用再为吃饭问题而担忧了。父母卸下了大担子，简直欣喜若狂。

记得刚到省城济南的时候，全城正在迎接国庆，到处都是一串红，满城满巷的，还有用花草组合的"庆祝国庆"字样，也算是让初入城市的我开了眼界。下车时，有老师在等着接我们，因为路远，我是全班最后一个到达的学生。

就这样，青春开始了。那是一所没有丝毫浪漫色彩的，类似于修道院式的学校。清一色的女生，六层的公寓楼外共设有三道关卡，严查死防，严禁异性出入，哪怕直系亲属，父兄都是不可以越界的。传达室设有会客间，异性最近只能到这里，来个家人或是老乡见个面，就在会客间，一到周末，那形势如同探监。宿舍管理也是异常的严格，全是军事化的，一点零散东西都不准有，那时候还不讲究什么个性和宿舍文化，被子和毛巾必须叠成方块式，牙缸和暖瓶的把手向一侧看齐，鞋子只准放三双，拖鞋单鞋运动鞋，检查时就是床底也要摸三把，不得有半点灰尘。累得我们早晨起床整理好后，一天就不进宿舍了。不明白做个护士为什么要这么严格？疯狂自虐一般，等到工作后，我们与一天没进过护校的同事也是一样的工作，哎，这个没的说。就这样累死累活地上了三年，因为不喜欢，我更是觉得累。力不从心啊！那些实验室里的骨骼，福尔马林浸泡过的器官，还有错综复杂的神经、血管、难懂的病理、生理和生化，无不令我头痛，感觉与高数有过之而无不及。我那唐诗宋词过目不忘的脑袋瓜，记起这些来全无用处，身心俱疲。最后一年的实习，更是辛苦。十一层的齐鲁医院，我们逐层轮转，病号多，都是小跑着，背包里有饭盒，勺子碰着饭盒，叮叮当当地响。紧张啊，白班夜班的，被累哭到不止一回两回。三年的卫校，山医的卫校生活，我上得很吃力，唯有的记忆是我们同学间那亲如姐妹的友情，四十个同龄的女孩如同四十朵花，每一个都让我想念和不舍。青春的友情渗到骨子里，不是亲人胜似亲人的说法一点都不为过。另外就是山大校园内的丁香花，紫色的、白色的，大片大片，和着我们灿烂的青春摇曳着，皎洁着……

我们徜徉在大学校园内，我们穿统一的校服，佩戴校徽，却不是天之骄子，我们以假乱真地充当大学生，别人不明就里，我们也假装稀里糊涂，懒得解释。

那终究不是我的大学，年龄的差距让我们看起来青涩幼稚，随着时间的脚步，我们懵懂着被推入实习，实习的辛苦更是超出了我的想象，简直有些不堪重负。每天忙得团团转，这就是我的青春吗？在吊瓶、伤病和呻吟中，不再有风花雪月。那个时候的我们是不谈感情的，一则因为年龄还小，二则生活中也鲜有男士，姐姐戏称我们是"被爱情遗忘的角落"，也是实情。实习的后段，有大胆的和年龄稍长者与实习大夫谈起了恋爱，我的同位，来自蒙阴，是一位标准的山村女孩，三年的城市生活并没让她有丝毫的改变，后来，就是她的善良打动了一位来探视的男士，也成就了一段不错的姻缘。

这就是我的青春吗，感觉还没有完……

我最终却没有回到起点，毕业的浪潮把我打到了与家相邻的小城，本来，我该去郊城二院的，但是县城的诱惑还是让我选择留了下来，在这个陌生的小城里，除了模糊认识的三个校友外，可谓举目无亲。单位不大，还没有开展业务，我们多是混天了日，工资倒也可观，好在单位正在扩建，与我同时分来的大约有七八个之多，我们还是住集体宿舍，与上学时并无两样，不同的是我们有工资有了钱。那时的我们都是标准的"一人吃饱，全家不饿"的单身贵族。吃过饭的夜晚，多是在宿舍里唱歌，一首接一首，把在学校里唱过的全部拿来复习。我们或是去逛街，三五成群的，见到什么买什么，借助群体的力量，花枝招展。我们固执地保留着我们日渐减少的纯真，不愿融入到小城的生活中去，真的以为我们的青春会是永远。

没有网，没有电视，我们有的只是不知所以的青春。大把大把的时间和精力，空闲下来的日子里，就有了乏味和无聊，生活是没有指望了，等待爱情的降临吧。热心的同事或是大姐就找上门来相亲，与不同的人见面，权衡，应付，受伤，那时的我们心跳而无奈。因为年龄小，我是做足了灯泡和伴娘才把自己嫁掉的。

感觉人都是命，瞎忙活，费尽心思找寻了，那人却在不远处。

青春就这样过去了，我那远去了的青春。

青春的时候，我们喜欢唱罗大佑的歌：《光阴的故事》《祈祷》《心灵之约》和《恋曲 1990》。

青春真好。

我们家的洗菜池

我们家的洗菜池，堵了。

是那种常见的，四方形，白色大众化的瓷盆，它被牢固地砌在了厨房水龙头的下方，紧靠着灶台，下方还贴了瓷砖。下水的管口是塑料的，有网格的那种，小格用来挡住菜叶，或是其他的垃圾进入下水道，以防堵塞。

这个堵塞的过程是循序渐进的。我一直这样认为，它慢慢渗透，轻易让人觉察不出来。开始的时候，并不会让人把它当回事，通常简单处理一下，也还是可以继续使用的。慢慢地，随着时间的推移，就造成了现在的这副模样，连清水也不能往下漏了。问题严重了，我们束手无策起来。请了维修工来家看，都说开始还简单，现在怕是没有办法恢复了，它的下方已经堵死，除非砸了重砌。

"砸了重砌。"这不是一项小工程，想想就头大啊。

是如何造成这种局面的呢？我开始反思，如果当初使用时能够仔细一点，用心一些，不让垃圾堆积。如果刚刚出现堵塞的苗头时，我们能够及时地分析原因，尽早解决，不让它往深处发展就好了。亡羊补牢，也许为时不晚；如果在它已经堵塞但还不是特别严重时，我们只需要拆除下面连接的软管，而不至于需要砸墙重砌；如果我们在一开始就小心使用，不让容易产生堵塞的垃圾进入；如果……太多的如果了，但现在除非砸了重砌，已经别无他法。

因为怕麻烦，因为工程还算庞大，因为工作没时间，还因为心情懒散，就一直拖延着，凑合着，每次洗了菜或是刷了碗筷，污水只好用个盆接着，然后端出去倒掉，很是麻烦。要不就是从窗台直接泼到院子里，弄得院子地面也常年湿漉漉的，人经过院子带进客厅里，客厅里的地也就脏得很快。有时一个不小心，水漏在了池子里，还要一勺一勺地刮出去擦干净才成，让人烦不胜烦。因为堵塞，整个水池和周围也显得更脏了，不得不一次次费时又耗力地清理。

我恨那个洗菜池，我恨那个堵塞的下水道。

它就像扎在手上的一根刺，又像是生活中的瘤，让人心生不快。

当我必须坐下来，直面这个问题，无处逃脱的，不得不来解决这个难堪的状态之时，心痛还是有的，因为除了堵塞，其他的还浑然一体，认真清洗后的池子，也还算清新光洁。当初我和丈夫砌它的时候，也是干劲十足，满心欢喜。就像我们最初的爱情与婚姻，认为它会长久的，牢不可破。彼时，也曾提醒过丈夫，最好不要把它的下方砌死，但丈夫说："没关系，这样好看！"

然而，就是这个好看的洗菜池，因为我们的疏忽、大意，也许是开始时的不曾好好珍惜，最终还是难免这一天。它破碎和解体的命运。

看来，这个洗菜池是要死定了。

这些日子里，我常常会无端地对着它发呆，回想刚砌成的时候，它的干净与整洁，水流的畅通与爽快。不堵时甚至想不到它的用途和便利。梦想着突想有一天，当一觉醒来，它已神奇地恢复原状。但这肯定是不可能的，它的最终，只能是越堵越厉害了。

因为正值中秋，因为惰性，我们也一直还未砸了重修，于是，这个秋天，我们就一直心情不畅起来。

不做丫头许多年

我有小名，却很少有人叫。

小时候，住在农村，又因是家中老小，都呼我做"丫头"。

我挺烦别人不叫我名字，叫我"丫头"了，听着老土，难听，感觉没有尊严，不被重视。可是也没有办法，从父母到兄姐，从族亲到庄邻，全是这样的。我反对过，却并没有人在意，还是一声接一声地喊。娘喊我回家了，娘喊我吃饭了，姐喊我去拔草了，小伙伴们喊我出去玩啦……这在很长的童年岁月里，一度成为我不大不小的一个烦恼。我可以纠正一个，却没法阻止大家，后来，索性也就听之任之，不管了。还有另一个原因吧，我感觉父母给我起的小名"冰雪"，这来自我小时的一场大病痊愈后，迎来漫天飞雪。它的过于书面化，也不好喊，不像有些女孩"花"啊，"朵"啊，"英"啊，"静"啊的，响亮上口。越是少有人喊，越是喊不起来，喊起来也越拗口。大家好像一致都忘了我还是一个有名字的人，不顾我的强烈反对，一律以"丫头"呼之。等到入学后，有了学名，小名更是叫得少了。到后来，冷不丁有人喊出"冰雪"二字，连我自己都感觉陌生，不知是在叫谁呢。

成长是一个缓慢的过程，小丫头慢慢长大，离家上学，后来毕业分配至外地工作。小名好像真的被隐匿了起来，连"丫头"更是叫得少了。

　　多年后，大姐结了婚，有了女儿，放假我去她家。有人在时，她不再喊我丫头，而是称呼我"她小姨"，第一次感觉新奇又陌生，后来也就慢慢习惯了。再后来我也结了婚，有了女儿。女儿的老奶奶从乡下来我们家，老奶奶八十多岁了，每当有电话铃响起，她都会忙忙地跑到我身后，一声连一声地叫："丫头娘，丫头娘啊，快听电话！"仿佛那是件十万火急的事情。这是升级了。"丫头娘"，也是第一次听，这个"丫头"应该是指我的女儿了，感觉好玩又好笑，后来也就习惯了。

　　印象最深的是，有一次二姐姐来电话，我接时她已等了一会了，也许是因为等待，也许是因为电话，接通后，她说："丫头……"什么事没记着，一句"丫头"，把我拉回到做"丫头"的时光里。

　　恍惚，不做"丫头"已多年。

　　还有一次，是几年不见的堂哥来电话，那时还没有手机，一家一个座机。这个堂哥与我年龄相近，一起同学多年，却一直没有学会叫我的名字。丈夫接起，他说找"丫头"，丈夫说打错了，后来他又打过来，丈夫再问，这次他说了我的小名，丈夫还是不知道是谁？后来才别别扭扭说出了我的大名来。这事被丈夫笑了好久，"敢情这么多年，我娶一丫头"。我说："我是我们家大小姐，名叫丫头。"

　　说来也是巧，丈夫的姐姐也是个被呼做"丫头"的人。偶尔，我打电话给婆婆，"喂，妈，是我。""哦，是丫头啊……""嗯，不是不是，我不是丫头……哎，我是丫头……可我不是您的那个丫头啊……"

　　内心失落，隐隐地，有些想念那些被呼做"丫头"的日子。

　　到今天为止，我所听到的最后一次有人叫我"丫头"，是我的大伯母，也是我最后一次见她，临分别时，她拉着我的手说："丫头，你要走吗？"说完这句话后，她一脸的不好意思，说："看，我又喊你丫头了呢。""嗯，您再不喊我丫头，又有谁来喊了呢！"而今，大伯母过世几年矣，果真，我就再没有听到过有人这样喊了。也许就算听到了，也不再是内心深处的那个"丫头"味儿。

我知道，在过去年代里，还有很多很多的女孩被呼做"丫头"，不是不疼爱，有时也是为可亲可爱。年龄渐长，现在更是越来越少有人呼我小名了，除非回到老家去。记得有一首歌《父老乡亲》，里面有一句"一声声唤我乳名"，不知唱哭了多少人，像我的"丫头"一样。

一声"丫头"念亲人，并不是每个人都会喊你"丫头"的，它饱含着多少的疼惜和宠溺，多少的爱与亲情。想念那些被呼做"丫头"的日子，和那些日子里的人。

而每一个喊你"丫头"的人，都希望你好好生活。

村庄的老井

在我有很多年很多年没有回过老家的日子里，每每与堂哥聊起来，说到谁谁家，他总会反问"老井！老井你还记得吧？""就是老井向东多少多少那家""老井！老井！井南边那地方"。

是啊，小村本来就小，以老井为坐标，向东西南北四方延伸，我总会记起许多许多的往事来。

但关于老井的历史，我并不知道，也从没想到过要问谁，我出生时它就在那，一直在。

总体来说，是村庄的偏南端了，它方口圆肚，石头砌成，井台略高于四周，是一块高地。井的南面和西面紧邻着一个大汪，夏日里，有孩子在里面洗澡和女人在此洗衣，一派欢腾热闹。记得井台占据的面积并不算小，井口的条石光滑锃亮，井壁上绿苔斑驳。冬天会结冰，溜滑溜滑的，需小心翼翼地打水或行走。老井的北面是一条村路，路北有人家，东面稍远处是几户人家的牛栏羊圈，常有一些牲畜拴养在那里，这让稍长大些的我，对老井的水质略加厌嫌，但也是没有办法的事。

老井没有井盖，就这样一年四季的敞开着，无论风吹或是日晒，雨水冰雹什么的全接纳。全村仅此一口老井，大人们常嘱托小孩子"请勿靠近"。偶尔，有村邻争吵起了纠纷，竟有人嚷着要去"跳井"，这更让我害怕不已。也曾斗胆去靠近井口，俯身下望，深深的老井内，一个影子人影憧憧地映出来，如明镜一般。

水乃万物之源，一方水土系一方命脉，对老井，村民们常怀敬畏之心。它取之不竭，蓄而不溢，每天天不亮，墙外就会响起吱吱悠悠的扁担声，扁担压着人，急匆匆地走，有水洒出来，让人遗憾和心疼。

关于挑水，这是一项有着高深专业技能的成人工作，一副扁担两只桶，外加一根带钩的井绳，打水时手提井绳，双脚叉立于井边，左右摇摆晃动井绳，稍顷，猛然向下松井绳，让桶栽倒于水中，将桶灌个半满，然后回正水桶，借助于重力，水桶没入水中，回拉井绳，将其用力拽出井口，方为打满一桶水。这个看似简单，实则很难掌握，初学者任凭你来来回回晃动，桶却只在水上漂，半点水都不进，急杀个人！我曾经尝试学习，但从未成功。也是因为未及成年，母亲并不舍得让我去干。农忙时节，再忙再累，她都坚持自己去挑水的。农村孩子成年的标准，就是个头长足了，可以去挑水了，也属基本生活能够自理，否则你连水都吃不上，何谈其他。也见有失去爹娘或是父母生病者，矮小的个儿，还没个扁担高，歪歪拉拉去挑水，看着也是让人心酸。

旧时的农村，每家每户院子里都有一个水缸，挑来的水，倒在水缸里，洗菜做饭都仰仗这缸水。因为挑水不易，我们几乎都把它当油来用，洗衣喂家畜啥的都是到河里去。

老井是整个村庄的灵魂，似定海神针，有老井在，大家都安心。只要水缸里的水是满的，这日子就还过得下去。

邻家曾有小儿，不慎落入深井中，经打捞获救，除惊恐慌乱外，毫发未伤，后来听说，是有井神托举，才幸免于难，不知真假。但自此以后，这户人家每逢过年，必会来井台烧纸叩谢，也见其心诚。

另外，井台还是个热闹地。它几乎是一个村庄的信息发布中心，每一天，挑水的人们从四面八方会集到这里来，有姑娘小伙子，妇女们在水井旁，择菜，洗衣。张家长，李家短，嬉笑打闹，谁家有个要紧事儿，就甭想瞒着外人。也有青年男女，借挑水打水之机，互传情意，私定终身，竟也成就了些许佳话。

说起来，我们村老井的水并不好喝，碱大，一壶水常有半壶的碱，为此，我常烦恼不堪，还有，井台周围的卫生条件也差。在我长到十六岁离家，假期由城里返回，再次喝到老井的水，竟狂吐不已，也有同样在城市返乡的孩子，往井里投放漂白粉等物，企图改善水质，多半会被村民嗤之以鼻，"哼！喝这水长大的，还能咋地？"也是过不几天，慢慢又习惯了。

我很羡慕那些村上能打压水井的人，不用挑水多好啊！母亲瘦小的挑水身影，是印在我心中的痛，我想脱去她肩上的扁担，为她分担这份与她不相当的重。后来，我们家也花大价钱打了压水井，水倒是打上来了，但只能外用，要吃水，还是要去老井挑。我们很知足，即便这样，也是缓解了日常用水，少挑了不少水呢。

一转眼，就是很多年，我们搬了家，不再回村，离老井远了，听说村里终于安上了自来水，那口老井，已是废弃。

中间偶尔的几次还乡，我也终是没有走到老井边。

再次见到老井，竟然是回家安葬母亲。

葬礼选在了老井旁，这在事先我并不知道的。老家的变化太大了，我已经辨不清它的方位，堂哥指给我看："喏，老井。"

此时的老井，井上已被掩盖，上面堆积了些杂物，不扒开来看，没有人知道此处会是一眼井，一眼曾经养活了一村男女老幼的生命之源。

"哦，娘，咱回了，你知道吗？咱村也不用再挑水吃了。"

心事荒芜，很后悔当时匆忙，没有将老井拍下来，回来后，竟很是想念。

我不清楚自己为什么会这样想念那口老井。"我并不会挑水呀，我也很少去靠近它啊！"可我的心中却确确实实，牢牢敦居着——村庄的老井。

我从井沿探出头，它清晰地照出一张脸。

那是我吧。

磨道里的旧时光

周末，在朋友家，边看电视边聊闲话，电视上正在播放的是一部早年的战争片，现在很流行这些，穿布衣扛枪打仗的那一种。我并不是很喜欢，感觉好假。演员们多是红光满面细皮嫩肉的帅哥美女，缺乏与人物剧情相搭的年代感。镜头上闪过女主角推磨的场景，是小型的，一个人就可以推转的那种，我们俗称"小拐磨"。话题由此说开去，那些行走在磨道里的时光，又纷至沓来。

一

作为一个农村人，作为一个北方的农村人，作为一个出生在六七十年代的北方农村人，你不可能没有推过磨。"磨"这一庞然大物，在过去的农村生活中，是每家每户最基本的家产了，地位可谓举足轻重。它的结构相对简单，由两个圆圆的大石轮，上薄下厚摞在一起，中间稍偏一侧的地方有一个柱心，我们称之为"磨脐"，用以固定上磨盘，在它转动时才不至于偏离或是掉下来。另外，上磨盘还有一个孔，我们叫"磨眼"。两扇磨的接触面上都錾有排列整齐的磨齿，用以磨碎粮食。下磨盘有沟槽和漏嘴，上下两层纹理衔接，粮食从磨眼填入，流于两层之间，借助于外力，磨盘沿纹理转动，形成粉末或糊子。

而那外力则多来自人力，系用绳索将特定的棍子，即"磨棍"，套于磨盘磨把之上，推磨人用力推，磨盘就转了起来。

我们家的磨置在了院子的西墙根，就是主屋的西窗下，也是占据了庭院的最佳位置。我们一般是三天使用一次，周而复始。你不能偷懒不能停，半点都来不得虚，少用一点力气它就转不了，而停下来就会没饭吃。

我们要磨掉的原材料，开始是用地瓜干，晒干后的地瓜干经过长时间的浸泡，软了，用刀剁成丁，"铿锵铿锵"，也是一项不小的工程。然后加少许玉米粒、麦子掺水置于一个大瓷盆里，算是准备停当，然后上磨推，将粮食全部磨制成细稠的糊状后，算是结束推磨。什么样的糊子就会烙出什么样的煎饼，一般由掺入细粮的多少，口感各有不同，纯小麦的煎饼算是上好的了，一般要留给小孩子，老人或是家里出力最重，贡献最大的人吃。

那时候的麦煎饼可真是香啊！为此，我恨地瓜。

我恨的还有磨道。围着磨盘转的路径，就是"磨道"了。那时农村，会把没出息的人，戏称为"围着磨道转的人"。现在想来，推磨是每个农村娃的必修课，简单易行，不需要培训，一旦上岗，则长期有效。

要推磨的日子，母亲多是头天晚上就把粮食准备好了，第二天，天不亮就起床。一般是父亲和母亲最先起来，没有电，打罩子灯，或是借着月光。我不知道那时的他们，会想些什么或聊些什么？反正，但凡能应付得了，他们一般都不会叫一个孩子起来帮忙。后来，父亲要赶早去上班，母亲就把姐姐叫起来帮忙，到推得差不多时，母亲要收拾鏊子柴火，准备烙煎饼了，才会把我和哥哥再叫起来。小孩子觉多，正是困的时候，需要喊几遍，眼睛都睁不开。天还是没有亮，月朗星稀呢。这是一项非常麻烦琐碎的差事，既枯燥又乏味劳累，一般要三四个小时或是更长。娘去灶间摊煎饼了，有大姐负责"添磨"，也就是每转两圈，她舀起一勺粮食倒进"磨眼"里，我则机械地抱着磨棍，随着兄姐的脚步走，一勺又一勺，一圈又一圈。有时，转着转着又睡着了，磨棍掉下来，戳到糊子里，引来一顿笑话或是训斥。有时，我们也会大声地讲笑话或是故事来醒困。彼时邻家的院子里，也响起了人声和推磨声，是这静寂的夜，就要醒过来了。

二

磨道没有终点，推磨的日子，望不到头。

常常与小伙伴一起，正在大街上玩耍，丢沙包，跳房子，各种热火朝天，冷不丁就有家长来喊，要回家去帮忙推磨。各种失落沮丧，心有不甘，但还是会责无旁贷地乖乖回家去，都知道，这是分内的事，无从逃脱。顶多，记下局数、进程，相约推完磨后，再来继续。

磨道的路，是任谁蒙着眼睛都走不错的。农村长大的孩子，几乎从蹒跚学走路时，就是从磨道里开始的。常见幼小的孩子扶着磨沿，歪歪斜斜着迈开人生的第一步。磨道也多是整个家院里最为干净和平整的地面了，有的人家还铺上了青石板，天长日久，坚硬而光滑。

过一段时间，会有一位錾磨的人过来。开始，我并不知道他是鋻磨人，还以为是我们家的什么亲戚呢。他一般很少说话，一来就忙开了，将两扇磨盘分开，然后在上面捶捶打打，认认真真地，将原来的沟槽重新清理打磨一遍。这时我才真正看清楚磨盘的另一面，那一条条由中心向外侧呈放射状的磨齿，一起一伏，上下凹凸相合，均匀而有致。就是这沉重地推动，艰难地磨合，推动了岁月，古老而灵性的石磨让日子生生不息。鋻磨耗时大约需要一天，看起来，这是项手艺活，母亲总是对他很客气，好吃好喝地招待。而我早已眼馋那些好吃的菜了，静待他走后，好大快朵颐。而今，再想起来，磨道里似乎也并不全是灰色的时光了。

磨盘的作用有时也并不仅仅只是用来推磨呢。我和哥放学归来，还常常或蹲或趴地守在磨盘上，画画、读书或是写作业，要不就是各种手工玩耍，老老实实地等候下地干活的大人们归来时，磨盘等同于一个书桌用呢！冬天，奶奶会在磨道里晒太阳，与我们家那条名叫大黄的狗儿一起。

夏日夜晚，有时吃晚饭，懒得搬桌椅去院子里，就在磨盘吃吧，一家人于是全聚拢在磨道里，也是常有的事。"只要磨盘响，心中就不慌"。过年时，娘会在磨盘上郑重地贴上红色的"酉"贴，磨眼里放上草纸点心和大枣等祭品，还要插上带绿叶的竹竿，三拜九叩，以期来年风调雨顺，丰衣足食，感谢磨道之神的眷顾。

三

日月如梭，转眼间，磨道里的孩子，已成长为少年。我们姊妹相继去了镇中学读书，每周回来带一次饭，也就是煎饼吧。这样，推磨的担子更重了，时间固定下来，周末要从更早时开始，父母更累了，像很多的家庭一样，我们家也养了头驴，用来打场拉磨，这样，终于把推磨的人解放出来了。每次套上毛驴，端上盆，只需要一个人在磨道旁边站立，等待"添磨"就好，那驴子被我们蒙上眼罩，套上绳枷，它转两圈，我添一勺，循环往复。

少年会想心事，发呆，看着眼前的粮食和毛驴，这青春，这日子，这未来，这人生啊。磨盘推着日月，磨道绕着春秋，有些事是想也想不清楚。有时驴子会偷吃了糊子，或是磨干了忘了添，母亲会呵斥我，拉我回到现实中来。

驴也可怜，人也无奈。

更多的日子里，我还是会边添磨边背英语单词，想走出磨道，逃离这眼前的所有。

我终于远离了山村和磨道，那石磨好像也完成了它的使命，退出了历史的舞台。一切都远了，经年我都拒绝回想，我怕了那磨盘，和那一圈又一圈转不完的，无头无绪无止境的磨道。

不成想，近几年旅游业的兴起，各处怀旧。石磨盘又以另一种形式卷土重来。一些翻版小镇，乡情乡村再拾起，每一处都会有一座石磨盘，点睛一样的，勾起你的童年。沂蒙老街上，磨盘边还真牵上了一头真正的驴子做道具，蒙着蓝色印花布的眼罩，配一老农，假模假式地出演。新建的知青园里，众多的怀旧物品中，那盘磨也是必不可少的，供来来往往的人们回味和想念。我也常常一个人跑去看石磨，痴痴地，看许多的人围绕抚摸和拍照，暖意融融。

我原本是恨它的。这吱吱哑哑，枯燥又乏味的磨道时光。

童年的影响，对一个人的成长，到底是有多大，恰似这硕大的磨盘，烙下了，就挥之不去。

这一圈一圈磨道里走出来的时光啊！是如此的温馨与令人难忘。

诉不尽的煎饼情

小长假，买了两包煎饼，背去安徽旅行。其实，知道出门在外，行装是越简单越好。其实也知道，现在，吃的东西到处都有卖的。可是，没办法，就是无法舍弃煎饼。

从小就是吃煎饼长大的，煎饼，就像是家里的水，随处可见，触手可及。

儿时在老家，家家户户都有煎饼筐子，柳条编成的那种，里面铺有笼布，上下盖着。夏天，大约每三天就要烙一次，冬天，则可以间隔长一些，一般也要一周进行一次。开始，我们是自己推磨，磨糊子。这个时期持续较长的时间，大约占据了我的整个童年时光。磨糊子的工序比较慢，要天不亮就起来推磨。小孩子贪睡，母亲又不舍得叫醒我们，都是她自己一个人早起来推，看天快亮时，才叫起大姐来帮忙，推到后期，母亲要去烙煎饼了，那是一个更慢且有技术难度的工序，在我们家，除了娘，还无人可以替代。母亲又叫起二姐，最后，等到最小的我起来帮忙时，工作也基本接近尾声了。即便是这样，我还是会打瞌睡，推着推着，磨棍就会掉下来，步子还赶不上磨棍快呢，怎么使的劲啊！姐姐又气又笑，我只好努力让自己醒过来。姐姐就想着法子的讲故事或是说笑话给我听，有时，我们还唱起歌。这枯燥的磨道时光啊！一圈一圈转下来的，是磨碎了的糊子，和压实了的亲情。

后来，家里专门养了一头驴子用来干农活，顺便也用来推磨。大姐出嫁了，我住校读初中，还是带煎饼，所有的住校同学都带煎饼和自制的咸菜。还是夏季三天一次，冬季一周一次的跑回家里拿。虽然艰苦，但是能上学，心里已经感觉很满足。那时的煎饼真是香啊！有时下了晚自习，回到宿舍，看到煎饼又会忍不住，吃一块算加餐，但周六就要挨饿了，因为每次带的煎饼都是按天数按吃几顿点好的，今天多吃了，明天就没有了，所以，挨饿是经常的，特别是男生，感觉都快让煎饼馋死了。记得有一次，我们班男生宿舍里还举行了一次活动，胜利者可以可着劲地吃煎饼，吃够为止。结果那个男生撑得下午都没能来上课，被班主任知道了，那一顿批啊，全班同学为此骚动了大半年才平静。

再推磨时，我们套上驴子，还给它蒙上眼，换它来工作了，而我只负责添磨就可以了。就这样，青春的我，站立在磨道旁，偶尔发呆，时常也会听听收音机，或是背诵英语单词。驴子蒙着眼，在我眼前，一圈一圈地围着磨道转，周而复始着。

石磨糊子新摊的煎饼超好吃，闻起来有一股饭香，特别是母亲烙的，并不是薄如纸的那种，而是稍微有点厚度，软软地，趁着热乎，根本就不用炒菜，三个两个就下了肚。有时，母亲在收尾之时，会赏我们去鸡窝里掏两个鸡蛋，磕在上面，再烙个鸡蛋煎饼，那就更是美得回味无穷了。当时，是收下来什么粮食，我们就吃什么煎饼的，麦子的，玉米的，高粱、小米、地瓜，新收成的时令粮食新鲜物现做，那口感，那滋味，那气息，现在是忘不掉，也寻不到了。

长大了去外地上学，也有出门在外的时候，不管是平时的日常饮食，还是去饭馆点餐，尽管现在的食品多得数不过来，但我最经常吃的还是煎饼。其他的不管是米饭、馒头，还是包子、油饼、面条，我都很少有连吃两天的时候，再多一天都要受不了。而煎饼却不是，怎么吃都吃不厌似的。一个人的饮食习惯还真是不好改变。外出必带一包煎饼，已是常态。现在的小孩子多吃不惯煎饼，我却是宁肯麻烦，也要她吃她的馍，我吃我的煎饼。

煎饼最好的配菜有辣椒炒肉，辣椒炒鸡蛋，辣椒炒小鱼小虾，煎小豆腐等等。最简易最经典的还可以大葱蘸酱卷煎饼，也是吃个满嘴生香。另外就是，但凡是菜，煎饼都能给你卷起来。

去年春节，网上盛传的"煎饼大叔"臧涛，就是我们这里的人。假期结束，他乘飞机回城，因为行李超重过不了安检。而其中有30多斤全是老母亲给烙的煎饼。煎饼是大叔的最爱。"母爱牌"煎饼，引起了漂泊在外的广大游子的共鸣，一时被广大网友推上热搜。煎饼事小，但饱含着大家共同的思乡情结和满满的母爱。

现在的煎饼，早过了推石磨磨糊子的阶段，改用电动机器了。色泽和厚薄的程度也更加精益求精，品种繁多起来，有白色小麦的、红色高粱的、黄色玉米的、紫色地瓜等。有的还加工成了礼品盒，摆上柜台，成为馈赠之佳品。煎饼，不管是作为主食，还是特产，在我们齐鲁大地，沂蒙故里，都是无可替代的。

就像现在，原本打算下楼去吃徽州菜的我，愣是又吃下了两个煎饼。

行李轻了，浑身有劲，心情也舒畅了起来。

我与电视机，那些
不得不说的情感往事

　　若是母亲还在就好了。

　　那样，我一定要问问她，我们家的那台老电视机，到底是个什么牌子的？我想了好多天了，还是没有想起来。我感觉母亲一定会记得的，因为那是她的第一台电视机，也是她一生中，唯一的一台。

　　只是可惜，她已经离开了。

　　关于电视机，我最初的知晓是源于哥哥。那还是在我们很小的时候，哥哥有幸跟父亲去了一趟他的机关单位。回来后，可算是开了眼界，他神神秘秘地告诉我，原来收音机里说相声的那个节目，人家是一招一式表演的，可以看得见人影。末了还装模作样的学给我看，逗得我笑。我还没有看见过，于是，很是羡慕他。

　　我们住的村子在山的西面，很小，偏僻又落后，一直没有架上电。听说附近有的大村子里已经有了电视机，不过要看还是要买门票的，村里就有人去凑热闹，回来也是煞有介事地说。我终是没有目睹。

　　慢慢长大些后，就去了镇里的中学读书。学校不大，到初二的那一年，学校的办公室里突然买进了一台电视机，同学们都很兴奋，可是作为学生，我们是连凑近瞧瞧的机会都没有的。有时路过，我会故意放慢脚步，靠近那个办公室走，听见里面有类似播放的声音，感觉当老师真好啊！有朝一日，要是能做个老师，差不多就可以看上电视了。要命的是，我们班里曾有一名复读生，她的父亲好像就是本校的教职工，因为生病还是其他的原因，离职了。按照政策，作为子女的她，可以接替父亲的工作。就这样，摇身一变，她莫名就成了学校的一名办事员，从我们身边直接去了学校的办公室，大人样的自由出入，还可以看上电视。那个年代，也是目光短浅，我觉得她应该就是这个世界上最幸福的人了。当时，电视剧《蛙女》正在热播，真是急得人百爪挠心。可羡慕归羡慕，不可能每人都有一个做教师又离职的父亲，忍耐着《蛙女》的诱惑，还是努力读书吧。

苍天总不负用功的人。中学毕业时，我考上了中专，这对我有着划时代的意义，我从农村走向了城市。在那个八十年代里，城乡的差别还是很大的。我们村里刚通了电，但还是隔三岔五就停，一会有一会没的，鬼火一般。电视机也是只有少数的人家才有。但我的新学校就不一样了，毕竟是省城，它带给我巨大的惊喜，就是每间教室里，都有一台硕大的彩色电视机。

幸福简直是来得太突然了！我连黑白的都还没有看过呢。

新生活就从看电视开始。

第一年，除了上课，空闲的时间，所有的周六和周末，只要是能看得上电视的机会，我从来都不会错过。同学们笑我"电视狂"，我贪婪的、入迷的、忘我的，沉浸在电视中。看电视剧：青春剧、偶像剧、刑侦剧、战争片、爱情伦理剧；看综艺：综艺大观、正大综艺各种欢会；看新闻：中央，地方，体育，法制。放什么看什么，连广告也喜欢。记得每天的下午五点之后，有个广告文艺的节目，一首歌曲一个广告的穿插播放，我基本未曾缺席过。曾经听过的歌曲有《我祈祷》，苏芮的《风》，罗大佑的《光阴的故事》，还有《南屏晚钟》《心灵之约》等记忆之深刻，在以后的每个人生阶段里，无论什么境况下再听到这些旋律，都会带给我异样的，熟悉的，带着青春气息的亲切之感。

可那终究不是我的电视，放假回到农村的家里，失恋一样的，再次与电视失去了联系，无所事事。记得第一年寒假返校，听着同学们都在那里热烈地讨论春晚，讨论小品"俺叫魏淑芬……"心里很不是滋味。

第二个寒假时，我们就鼓动父亲去买一台电视机来。想想母亲快奔五的年纪了，她还一次没有看过呢。趁着过年，父亲也想热闹一把，于是在小年的那一天里，父亲终于下了大决心，用他的大金鹿牌自行车，驼回了一台黑白电视机。

什么牌子的还是没有想起来。记忆里父亲进家门时，正是掌灯时分，我们一家人抑制不住的惊喜和兴奋，拆箱，麻利地搬上桌子，插上电源。最先喊娘坐在电视机前，什么都停下，看电视。当时电视机里播放的画面正是新闻联播。

从此，这台电视机就成为我们家的主要成员。从没觉得黑白电视机不好，也从没奢望过换一台彩色的，有这个就太好了。它像个方盒子，顶上两根触角样的天线，内里的天地却无限大。那时的台好像只能收到两个，中央台和山东台，信号也不太好，但这丝毫都不会影响每天晚上，一家人围坐在炉子边看电视，也是什么都看，看到终结，看到再见，看到满屏白雪花晃眼。后来，为了收到更多的台，我们又在院子里竖起了天线杆子，看不清楚时，就跑去室外转天线杆，或是跑到院子里踢几脚也有。有时还会两个人合作，一个人在室内，一个人在院子调适，才能保证画面。现在想来，全是满足与幸福。

母亲喜欢极了，甚至有时为了好看的电视剧，她会放弃了去赶集。我们一起透过这一方小小的黑白画框，感受各地的人们欢庆新年；沉浸在电视剧的人物命运之中不能自拔；我们真正一起看过的电视剧有《潘玉良》《昨夜星辰》等，现在想起来，还历历在目，黑白分明，清晰可辨。

有了这台电视机，仿佛拥有了全世界。

就是这台黑白电视机，陪伴了父亲和母亲的晚年。它的质量特别好，旋钮拧起来啪啪响，几乎没有修过。后来父亲去世，母亲生病随我生活，才被我处理掉，几近不舍。

我个人所拥有的，真正意义上的第一台电视机，应该是我1996年秋结婚时所购买的，那是一台长虹牌29英寸彩色电视机，耗资3500元。它很笨重，后腔大，无论是体积还是价值，都是我们所有的结婚用品中最大的物件了，我是搬不动它。此时的电视节目连上了有线，频道增多，循环放映，再没有"再见，谢谢收看"一说。

这个电视机的质量也是相当好，它色彩清晰，画面稳定。我从它的身上，看完了一年又一年的春晚，一个又一个的电视剧，它陪我打发了数不尽的无聊时光。有它在，家就是温暖的，丰富的，殷实的。每次一回到家里，我都会率先打开它，不管人在哪里，看或不看，都会让它的声音填满家中所有的空余，这是对抗寂寞最好的手段了，妄图让孤独无处藏身。它踏实稳定，比一个男人的承诺和陪伴可靠而长久。我带着它，历经了两次搬家。它见证了我的婚姻，陪伴了女儿的整个童年。无数次的开启，关闭，再开启，感谢有它。

直到最近几年，为了与网络配套，才不得不将它舍弃。

如今，电视机已经是每个家庭的标配了。它的更新可谓日新月异，它的时尚瘦身，和价格亲民，哪怕是再贫困的家庭，也不会少了它的。

遗憾的是，近几年来，电脑和手机的兴起，占去了人们大量的资源，时间和精力。尽管电视的频道项目越来越多，节目也越来越丰富，却几乎很少有人能老老实实地，坐在家里的电视机前，或是斜靠在沙发上，好好的，用心的，舒服又轻松的，认真看一场电视了。反正我就是极少看的。

电视的前景已经从最初的渴盼，跌至到现在的如鸡肋般"食之无味，弃之可惜"了。

但要说到真的舍弃和被替代，目前可能还是行不通。看或不看的，每一家的进门客厅里，映入眼帘的，首先还是这个庞然大物，哪怕它已经超薄得像一张白纸。

电视机的变迁，彰显了科技的发展与时代的进步。

记之，我与电视机，那些想起来温馨温暖，又不吐不快的美好往事。

我的羊

　　继续在读林清玄先生的书，有一篇是关于他童年捡拾了一只松鼠，并喂养长大，后来却意外地死去了。我的脑海中，瞬间就浮现出了一只羊，是我的羊。

　　很奇怪，小时候的我，比起哥哥姐姐们，除了打猪草、烧水、和碳泥等一些常规的活计外，还多出了一项工作，那就是去放羊。这个应该是我强烈要求后，自行添加的。因为我特别喜欢小羊，它们有着雪白的身子，干净的毛，有的脖颈处，还垂着两个小坠子。有的头上有羊角，有的还长着山羊胡。它们多性情温顺，混熟了后，会主动贴近你的身子，紧紧靠向你。心都要被柔化了呢。抵不住我的软磨硬泡，母亲最后从本村放羊爷爷那里买了一只小羊来。是只小母羊，自此，它便属于了我。平时，小羊都是拴在庭院的树上，放学后，我便带它去田地或是武河边吃草。一般，到我放学时，它都已经饿得不行了，肚子瘪瘪的。我觉得小羊很可怜，为什么小狗小鸡什的都是散养的，可以随便跑，而小羊却要一直拴着呢！没办法。它扯着牵绳跑，拉着我，有时，我们家的小狗花花也跟着，一路到河边。它快速地吃草，啃噬着，低着头，直到肚子圆滚滚地，像个皮球样大起来，那是它吃饱了。我们慢悠悠地回家去，一路上，看着它的大肚子，我都超有成就感的。心想羊真是个奇怪的动物，先吃到肚子里，再反刍，咀嚼和回味，有意思。由此，我也熟悉了放羊爷爷，他有一大群羊呢，有山羊有绵羊，有大羊有小羊。还结交了另外一个放羊的小姐妹，我们差不多年纪，与我一样的，她也很喜欢小羊。冬天，没有青草了，我们就一起偷偷带羊去啃麦苗，一人看羊一人望风，诚惶诚恐着，像是偷袭的游击队员。也是好玩。但麻烦还是来了，羊儿慢慢长大，到了发情期，它不断"咩、咩"地叫，精神不安的样子。搅得人也心烦意乱。母亲要将它卖掉，我是不舍的。母亲说要给它带羊，也就是"配种"找只公羊，让它怀孕就好了。这个必得求助于放羊爷爷。母亲好像很忙，但她又觉着让一个女孩子去处理这件事情不好，于是，只好忙中偷闲，救火队员一样的去解决这个麻烦。想来当时母亲也是哭笑不得的，因为在她的生活中，原本是没有养羊和繁殖羊群这一计划的。我的羊要做妈妈了，这让我感觉更加新奇。一只羊还可以变成两只羊，甚至更多，我放羊的劲头更足了。母亲也加入到了照顾孕羊的行列中来，除了青草以外，还不忘给它增加麦麸豆渣啥的营养，一起期盼小羊的到来。整个孕期还是安全顺利的，羊要生崽的那几天，我都不想去上学，母亲担保她会照顾，实则也是不想让我在家里，她会感觉这个闺女有点傻吧，小小年纪还是不要接触动物分娩这件事情。某一天，母亲告诉我："今天羊儿会生。"课堂上的我有些坐立不安，放学后，急急跑回家，果然，我的羊生了，是两只，可爱的小公崽。然而，事情并没有向好的方向发展，山羊妈妈在产下小羊后，仅一天，就不能站立，精神萎靡，要死的样子，也不能喂奶，小羊很虚弱，母亲就做了米糊，也吃不下去。那时还没有奶瓶和代乳品，因为吃不了东西，小羊很快就不行了，我们都很慌张，母亲嘱我正常上学，一切有她。大羊算是保住了，但自此，它却只能卧于一块帆布上，不能再行走了。我由下学放羊，改为拎篮子打草回来喂它。羊也显得苍老了，毛色也不再那么的干净和纯白。母亲把它移到了南屋里，太阳出来时，会拉着帆布，拖它出来晒太阳。那天，可能是稍晚了些，太阳晒到了屋门前，我到时，分明看见它正努力想要站起来，几次失败后，它吃力地挪动着身体，是想走进近在咫尺的那片阳光里。

收羊的上门了。

其实之前已经很多次，母亲都塞了过去，不只为羊，他们可能更多的是要顾及到小女儿的情绪。"实在也就这样了。"母亲与我商议。"不要！"我哭起来，母亲只好将此事搁置。直到有一天，很久以后的某一天，我放学后回到家里，没有再看见那只老山羊。

这件事后，我忧郁了很长时间，不明白为什么会是这样？母亲好像也很自责，多少年后，她见到奶瓶时都会说："如果当年有这个啊，我那两只小羊就不会死了。"而我的脑海中，印下的是：它瞅着我，拼了命地挪动身体，匍匐着，奔向阳光，还有我。

林先生说：人与动物，人与人之间有一种不能测知的命运，完全不能知觉地推动我们前行，使我们一程一程地历经欢喜与哀伤。这一路的沧桑啊，回望和书写时，会有灼伤，但捡拾起来的，也会有爱与温暖。长大后，我离开了农村，从此，再也没有养过羊了。

良月

天气冷了，下班有些晚，走出办公大楼，院子里已满是夜色，停车场空荡荡的。单位里冷清下来，略显萧条，我步下台阶，竟然有一轮明月，正斜挂在我的左前方，是上弦月，明晃晃，散发着清冷的光，干净澄澈的天空里，什么都没有，我望着那月，噤若寒蝉。月下的高楼和树木也纹丝不动。

周周一片静寂，我不会画画，如果会，真想把这周遭的一切，完完全全地描绘下来。我推出自行车离开，那月也紧跟我。大街上人和车多起来，月亮就在我身后不远。我边走边回头，它一会被高楼遮住，一会又隐藏在树冠中，也像是要回家一样的，如影随形。

又想起小时候了。

据说月亮是属于乡村的，乡村的月亮才是真正的月亮。月光如水，夜色浩渺，树木幽深。有点点灯光透出窗棂，偶尔有婴啼犬吠。清凉的夜，月亮高挂着，我们在月下做游戏，丢手绢啦，躲猫猫啦，再长大些时就是静静坐着，听人闲聊，或是什么都不做的想些心事。恍惚有时，也会在月色下急急地走，甚至跑起来，多是气喘吁吁的，像是有人紧着追，也不知是为了什么事，等到关上院子门时，必抬头望一眼天上的月。"哦，终于，回到自己的家了。"

月亮有很多的传说，月下也有很多的故事。而我们只顾着慌慌张张着成长，竟不觉时光的贵，月色的美。

最早感觉到疼痛，是读《月牙儿》，老舍写的。"月牙儿带着寒气，带着种种感情，种种景物，一次次在记忆的碧云上斜挂着"。幼小的我，还不是很能体会小说的寓意，故事情节记不得，唯有伤感留存。是记下了，我也有与她们一样的月牙儿啊。

后来又读林清玄的《冷月钟笛》，"月色是一把寒刀，森森闪着冷芒"。都是冷，凉月如水。

好怀念那些有温度的月。

圆月，橘黄，玉盘似的，悄悄从后山爬上来，在云中穿行，娴静安详，温和明亮，大地不语。树木街道像是镀了一层光。此时，人多是团圆的，人圆则月更圆了。

我回到家里时，月亮挂在了窗户外。有时，我感觉它像个旁观者，匆匆而过，我不理它。有时，它又像是个偷窥者，眨巴着眼睛，往房间里偷瞄。窗台上有一株紫叶梅。我喜欢的。常常地，一个人，一动不动地立在窗下望月，也看紫叶梅。紫叶梅的花蕊是黄色的，有五个小分支，我数过的，花瓣夜间会闭合，像是也要睡了一样。想我们今世是一种怎样的缘，才能同居一室，一起经历冬去春来，共沐这凉月清辉？

"江畔何人初见月？江月何年初照人？"

不去想了。

无数次，我跑去楼顶，希望能够更清晰，更近距离地面对那月。我拿起手机、相机去拍月亮，拉近，打光，都是徒劳。迄今，也没有拍出一张满意的图片。它是那么美，那么的恰到好处。因为光线，因为遥远。因为技术，也因为感觉，终是不能如愿。

夜色微澜，像被洗过一样，四野安静。凝神侧立的我，良月相对，站成帘后的一道剪影。

这撩人的月啊！我已泪流满面，六神无主了呢。

时光的脚

处暑，天气转凉，晨起上班，转过9号路，我突然发现整条兰陵路的左侧行道树，树荫与往常竟然不一样了。以前这个点，树荫全在人行道上，我常常步行，踩着一路荫凉，连打伞都不用。可今天，有一半的树荫移到了大马路上。

还是平常的那个时间段啊，但光阴却悄悄地改变了。

办公室高居九楼，采光良好，隆冬时节，常满室阳光。下午三点左右，西斜的太阳，正好照射在办公桌上，亮亮的，晃眼睛，有同事去拉窗帘，我是不会去拉的，一来我喜欢暖暖地晒着阳光，二也是它很快就会过去，那片光阴，它几乎是滑动的，像是有脚，一寸一寸地挪移。那段时间里，我几乎不敢动，我怕一动就会惊飞了它，或打乱了它原有的步伐。我静坐桌边，感受它轻轻悄悄地来，一线一线地，从我的眼前掠过，划过我的手，我的脸，和办公桌上零乱的纸张键盘，不见了踪迹。

临近下午五点，一天的工作就要结束了，此时太阳变大，亮灼隐去，渐暗红，圆如磨盘，它掉落在了平安苑高层的楼角上，还是正对着我的办公桌，我常痴痴地望着那团红火，看它慢慢地淡了，下沉，被吞没。也是很快，前后不过几分钟。每当我慨叹落日之快时，同事老徐总会来一句："早晨骑马，中午骑牛，下午是葫芦头啊。"开始我不懂，问老徐，他答："你说马跑得快不快？滚葫芦快不快？"也是，看来时光还是有脚的，虽悄无声息，但总是让人赶不及呢。

更让人猝不及防的还有日出。那天天还未明，起夜入厕，人还在迷迷瞪瞪，睡眼惺忪之中，我不经意往窗外一瞥，大片的天还是黑的，而天际却一片通红，像是底下有个火堆正烤。视线有限，我快速跑向楼顶，而那光亮正越来越散，越来越耀眼。就在我等待手机开机的空，仅仅几分钟的事情，一个红彤彤，霞光万丈的大火球就升腾起来了。

如此之快，我是跑不过它的，此时，再想拍它，已亮闪得让人不敢正视。

原单位的同事群里，有人晒出了老照片，老房子旧楼，和单纯青涩的模样，忽然显现在了眼前，恍若隔世之感，掐指算来，二十年的时间一晃而过了，什么时尚啊，美容啊，眼神总是骗不了人的。时光啊，回首花零落，无语感伤。

一个人在家里时，我是从不看电视的，哪怕什么都不做时，我也喜欢静静的，竖起耳朵来听，听一些天籁的声音，捕捉秒针"嗽嗽"地奔跑，我瞅着那表，一圈又一圈，不停歇。

和家在农村的大姐聊起时光真快啊，大姐竟然很惊诧："哦！你们也能感受到啊！你不知道我们种庄稼，是有多快！觉着刚刚种完呢，发芽，散叶，没几天工夫，转过脸，开花，抽穗，叶子黄了，又该收割了。收了再种，种了再收，一茬一茬又一茬。"

人又何尝不是一样啊。

当眼角的皱纹，用最好的美颜也无能为力之时，我颓然感觉，时光就是有脚的，它奔跑着来到了我们的额头，发间，脸颊，甚至腿脚，眼睛，头脑，岁月催人。"最是人间留不住，朱颜辞镜花辞树"，一切如东逝的水，辗转流淌。

我加快翻动这些笔下的文字，我需要它们来安定心神，抚慰衷肠。我想留下这些过往，细雨轻沙，和一些温柔的力量。

时光的脚啊！匀速，从容，不散场。

紧急避雨

朋友抬头看天，说："好像要落雨呢。"我嘴里应着，心里是不信的。"怎么会！"这响晴的天。及至出门时，感觉有零星的雨丝飘下来。朋友建议，"要不，等会儿再走？"自是不允，仰仗着近，估摸着也就十分钟八分钟的路程，还真要挨淋不成？

没有雨具，我坚持出门离去。刚走到街上，感觉真有雨落下来了，不大，我蹬车快走。凡事并不全是如自己所想象，雨还是越来越大了。到东苑大桥中间时，甚至有冰雹落下来，人们四散奔逃。这天！明明刚才还有太阳在的啊，离家也就一步之遥了呀。雨倾盆似的倒下来，我仓皇躲到路旁的小店里。

不管店主同不同意，我都进来了。小店是个杂货店，几乎啥都有，"麻雀虽小，五脏俱全"的那种，也因为下雨，原本摆在室外的物品，全被收拾进了屋里，室内插脚的空都没有了。店主是对夫妻，男主人还在归置，我歉意而无奈地冲他笑笑。落难了哩！真怕影响到他们的生意，我尽量靠外，角落里站着。男主人却忙不迭地递过一条方凳来，示意我靠里边坐，别溅到雨，末了，还顺手拿过来一本杂志给我，他是知道我喜欢读书吗？瞬间温暖。雨似乎也不再那么讨厌了。

雨继续飘泼着，一个夏天好像也没有这么大过，我搬了方凳坐在他们的门内，面前摆着书，观雨，还有雨中形形色色的人与车流，四周静下来，感觉幸福。

其实，一个月前，我也曾避过一次雨。

那还是与女儿一起，去市里。不觉就走远了路，身上也没有一元零钱坐公交，附近连个换钱的商店都没有，突然就下起了雨，如注的暴雨。环顾四周，无处可避，目及之内，只有一辆印有"事故维修"的工程车停在不远处，我有些担心被拒绝，但雨太大了，没办法，我们跑向工程车。让我暖心的是，刚跑几步，远处车门已向我们打开。司机是个看起来比女儿大不了多少的年轻小伙子，挺腼腆的样子，涩涩地递过纸巾来，冲我们笑着。暴雨被关在了车门外，我们安全了。也是透过车窗观雨，还有外面狂风摇动的大树。一会儿，女儿与他聊起手机游戏，等候雨停。听说我们没有零钱，他又满车内的翻找一元硬币。

雨停时，我们离去，笑着挥挥手，像是很熟的样子。

人生如此美好，善良驱散寒意。

生活中，善良无处不在，用心感受，体会不同的人，不同的善意。心存善良，定会收获不同的人生意义。

你可以不伟大，你可以不优秀，但请谨记：揣一颗纯朴的心，做一个善良的人。

在这个薄凉的世界里，深情地活着

　　那一年，我读中学，十四五岁的样子，刚学会了骑自行车，就是那种成人的，带大梁的，特笨重的老式自行车。偶尔，我会在大人们闲置的间隙里，单独骑车上学。现在的我已经骑不了了，当时骑着肯定也是吃力，于是摔倒碰架，几乎是常有的事，但我还是愿意骑，因为那毕竟要比步行来得省力。

　　有一次，在骑车返校的途中，我又摔倒了，问题是摔倒了，我还爬不起来了，裤角卡进了车链子里，我被整个地压在了自行车下面。当时，是在一条乡间小路上，正"前不见古人，后不见来者"。也不知是过了多长时间，终于，在路的尽头，出现了一个人影，在我还看不清他的时候，那人分明已经发现了我，是个老者，远远地，他急着向我奔来，边走边大声地喊："孩子，你不要着急，我来帮你啊。"

　　老人的样子，早已记不清了，只是这句话，常会在我的耳边响起。

　　女儿尚在襁褓中，我大约二十五六岁的年纪，那时还与公婆住在一起。有一次，与孩子爸吵了架，我很难过，伤心地抱起孩子回娘家，我失魂落魄地找到了母亲，但母亲告诉我，"今天是逢五节，你不可以在这里住，你还是回到自己的家里去吧。""娘，我感觉冷，我不想回去。""不可以的，因为你是媳妇。"无语，夜色暗下来，我抱着女儿，游荡在大街上，我不能哭，我怕我哭了，怀中的女儿也会哭。我不怪母亲，她有她的道理，她想对我好的，我也是母亲。

夜色渐深，大街上的人越来越少，灯光渐灭，心也越来越荒芜。毫无方向感地兜圈踱步。不远处，有一个女人跟着我，良久，她还是追上来，对我说："你是有什么事吧？不管怎么样，有孩子，先回家吧。"泪瞬间涌上来，她靠近我，帮我披了披孩子的小被子，"明天就会好的，扛住，我很担心你。"

谢谢！这个薄凉如水的夜。多年以后，我吵过的架，受过的伤都已记不起，只她担心牵挂的眼神，刻在了心里。一个陌生的女人，她很担心我。

以后的日子里，学着她的样子，对每一个怀抱婴儿的女人，我都心怀虔诚，能帮则帮。可能也做不了什么，就用一句温暖的话，也许能给她力量，抵御寒凉。

还有那个老人，不知道姓名，但会时常想起的。

那时，我刚上班不久，因为对新环境的不适应，我频繁地由单位，返回三十多公里外的农村老家。那天很晚了，我又决定回家去，骑自行车回家。正是农忙，路边田里有很多的人正在忙着秋收秋种。我骑车快走，想着在天黑之前赶回家。可走着走着，也不知是脑子里哪根筋走了神，突然就撞上了前面的一个人，而且还是从后面撞上的！是个老农，大约六十多岁的样子，骑一辆老式自行车，后车座上驮着一袋化肥。看样子，他是要去耕地的，老人并没有太多的指责我，只是叮嘱我以后骑车要小心了。可问题却还是来了：经过这一撞，我的自行车反而不能骑了，推也推不动，我很惶恐，这可怎么办呢？老人在走了有二十多米远时，回头看看我，然后，他停住车子，回来帮我查看，在确定不能自行解决后，他对我说："这样吧，你推着我的车子，我帮你把车子扛到修车铺啊。"也只能这样了，老人扛着我的车子，我去推他的，结果是他那个车子，我还推不了，因为后车座的化肥，我一推，车子的前轮就会翘起来。那个尴尬啊，脸红啊！我还有什么用啊！于是，老人只好为我扛一段车子，再回来推自己的车子，再扛，再回来推……

后来的日子，一想起这事，我就有些想笑，你说我咋就那么笨呢！你说这老人咋就这么倒霉呢，偏偏遇上了我，结果连地也误了耕啊！

还有一次，这次是一个年轻人。那是我带着母亲和女儿，扶老携幼坐公共汽车回老家去。天下起了雨，而车却又在半路抛了锚，我们需要到另外一个地点转乘另一辆车。同车的人纷纷下车，匆忙而慌乱地向前跑去。而我只好一手抱着女儿，一手拉着母亲，行进在泥泞的雨中，没办法，尽力赶吧。就在这时，一个男人从后面赶上来，什么也没有说，顺手就抱走了我怀里的女儿，急急向前跑去，因为雨，因为乱，女儿竟也没有哭。到了地点后，男人顺手把女儿从车窗塞进了副驾驶的位置上，后来，我和母亲赶上来，也就坐在了那里，一直到家。

心底里，我无比感激那个人，萍水相逢，连一句谢谢也没有说，甚至连脸也没有来得及看清楚。

人生中，常会遇到一些让我感动的事情。有时，可能只是个短暂的某个瞬间，有时可能只是一句话，一个眼神，一个动作。举手之劳，就会让人记住一辈子。

常常地我会想起这些带给我温暖和感动的人。

在这个凶险虚伪的包围里，可能有失望，可能会无人欣赏，感同身受是没有的，冷暖自知吧。但还是请相信爱，继续爱，并尽可能地选择接受和原谅。

"一往情深深几许？深山夕照深秋雨。"

愿你我，在这个薄凉如水的世界里，深情地活着。

生活在继续，且行且珍惜。

为什么写作？

这个问题我想好久了，为此，我不止一次地百度过，想了解其他的人是怎么想的。知乎上也曾有过问卷调查，回帖者众多，有名人，有作家，有写手和更多的普通人。不同的人，给出了不同的答案。最著名的当属王小波的登山者论，"为什么要去登山？"那么危险和劳累。"因为那座山峰在那里。"不为别的。

作家项丽敏曾说："只要有写作的时间和自由，我便无惧。"

复旦的网红教授陈果言："在这个世界上，我最害怕两样东西。一是我害怕有一天，我会不爱这个世界了。第二我害怕有一天，我的灵感枯竭了。"

是的，我也是。

我爱这个美好的世界，哪怕是颠簸不平的人生。有湛蓝的天空和白云，我看到了四时更焉。那嫩芽破土而出，繁花次第开放。请用心凝视每一朵小花，它们都开得那么认真和执着。不论名贵与否，有没有人光顾和游览，只管用心着伸展。前两天，春分时节，和朋友一起去塔山看杏花，我原以为时光还早，不会开多少的，没想到眼前却是铺天盖地一片花世界。我们激动地跑进花海，拍了许多的照片，美得不成样子。我很安定，为我爱着的大千世界，我尚爱这份生活，心存欣喜与感恩，想必生活就不会慢怠于我。

另一个朋友青，今日又邀我赴塔山，她是看了我发在网上的照片后，也想去看看。故地重游，景色却有不同。仅仅过去了三天啊，我发现花的色彩和艳丽已有所减，明显不如那天了，地上的落英增厚，竟有了衰败之态。青没有对比，仍兴趣盎然着拍照，而我的心里却漫上来丝丝的悲哀了。花期如此之短，这些美丽的花儿啊！

你将这安然、静谧、舒展的生命之美，带到我们面前，我感受到了，我还想铭记下来。

"我写作，不是为了名声，也不是为了特定的读者，只为光阴的流逝让我心安。"博尔赫斯如是说。人生太快了，岁月的流逝让人心发慌。即便这样，还是会有数不清的挫折与低潮袭来。写作可以给人增加对抗的力量，总结、检视、思考，将心沉下来，重塑自我。有很多人慨叹，现在哪还有人读书！更别说写了。朋友圈的帖子稍长些，怕都不会有人去翻。我不这么认为，总会有些人去读，去在意，去书写。年底的文友聚会就让我倍感欣喜，区区小城，还是有人在坚持和做这件事，这也给了我希望和榜样，同时也接收来自他们的关注与爱。

有幸爱上写作，这让我感觉快慰。我本是一个不善交际与言谈的人，说不好，想做好，那就写下来给你，还不行吗？

近两年，我将大量的空闲与业余时间用在了阅读与写作上，不论成果如何，坚持去写。我看到的，听到的，和那些无处安放的。"一个人只有今生今世是不够的，他还应当有诗意的世界，在字和纸上。"

我喜欢写作，写是一个不断发现和整理自己的过程，自己与自己对话，是一种创作与修行。写作让我感觉快乐，身心轻盈，心神安定，就像是一个打扫的过程，将头脑中重要的东西挑出来，清走垃圾，保持鲜活。也许我并不能写出些什么，我知道自己的水平，但只要自己快乐，也就够了。能够执笔，人生大幸。

我不再惧怕生活中还将会遇到些什么，都来吧，反正也不过是一场经历与旅程，不同的路会有不同的风景，择其一，用心感受，发现生活之美，体会属于你的那一种，就行。

最后，我想用巴金老人的话，结束自己对这个问题的探究：我写作不是我有才华，而是我有感情。我有无限的爱，我想用写作来表达我的感情。

我怕来不及——写在四十五岁生日

在我出生大约一百天的时候，感染了一场重疾——小儿肺炎，为此，我险些丧命。那时，我还没有名字，经过彻夜的漫天飞雪，经过母亲辛酸的眼泪和医生的抢救，我得以存活，也因此而得以被命名。以后的日子里，这件事总是被母亲反复地提及，感叹，欣慰，过程也一次比一次更详细。那种劫后余生，大难不死的快意袭向我。只有感恩，母亲仿佛意外捡来个女儿。余生都是赚来的，我悄悄地感觉。

依稀在四、五岁的年纪，我初有记忆，是冬天的夜晚，一个人，蹒跚着去追在河对岸滑冰的姐姐，冰面上很滑，我望见了一处木桩，我想去扶它，却不知道那是有人破冰后所立的标志。有人在此处凿开了冰面，在水下泡了东西。我失足掉进冰窟窿里。深冬，严寒，冰水，我死命地抱住了那个木桩，姐姐们还在不远处，嬉戏、喧闹、大声唱歌。后来，我被救起，母亲燃起一堆柴火对我进行烘烤，为此大姐还挨了父母的打，是她的错吗？而我却像是立了大功似的，被更加呵护起来。

十三岁那一年，我开始了住校读书，每三天回家带饭一次，是步行，其间，我需要途经一座名叫"蝎子山"的小山，听说那个山上因有蝎子出没而得其名。那个年代，山上都在轰山炸石头，就是那种简易的炸药，有人点上火，然后围着整座山呼喊"放炮喽！放炮喽！"。近山的人们四散奔逃，找地方躲避，山上有人在干活,山下有人在走,随着一声轰响,瞬间飞沙走石,噼里啪啦的石头就飞落下来。

石头是不长眼的。有一次,我正背着煎饼快走在山下,听到喊声后,我开始跑,拼命跑。我很恐惧,我要跑过那座山,才能避免被砸到。我可能从来没有跑得那么快过。如果是学校的百米赛,肯定会拿名次吧,生死关头,我想保命。而恰恰就是那次,在我身后约百米处,是一位与我差不多年纪的姐姐,背着她刚刚交完超生罚款的,第四胎的2岁弟弟,不幸被一块石头砸中,瞬间一石两命。

听说她正在山上干活的母亲当场疯掉。为什么不是我?听到这个消息时,我惊魂未定又心如刀绞,区区一百米啊!生死一瞬间。恨不能代她姐弟二人而去。

我们需要九死一生才能活大的人生啊!

感谢上帝不收之恩,我得以歪歪拉拉走到了现在。我读了书,经历了爱,我遇见了一些人,一些生离死别也光顾了我,迷失与忙乱中,我迎来人生的第四十五个春夏秋冬。

年龄的分期,四十五岁始是中年,而今日始,不管怎么努力,都已不再是青年。

循环往复地听林忆莲的《至少还有你》:

我怕来不及,我要抱着你
直到感觉你的皱纹,有了岁月的痕迹
直到肯定你是真的,直到失去力气
我怕时间太快,不够将你看仔细
我怕时间太慢,日夜担心失去你……

我有女儿正在求学，我的母亲正卧病在床，时光啊，一眈当的工夫，就到了四十五。

我也怕来不及，我有很多很多的事，还没有做。很多很多的书，还没有读。很多很多的话，还没有说。有很多很多的山山水水，很多很多的理想与愿望。我还有那么多的爱与不舍。世界很大，我也想去逛逛。

从现在开始，一定好好地，好好地生活。

认真对待我的工作。这是我赖以生存的，养家糊口之根本。让我在这个世界上得以安身立命，不愁吃喝，奉养母亲，抚育孩子，还有我自己。

我要好好对待我的身体，善待自己。感谢它不辞辛苦的陪伴，从少年、青年、又到了中年。

认真而又仔细地聆听自己的内心，找到自己真正想要的，能够把握的。尽可能地想开、放下、舍弃。让生活简单，回归自然。听风，听雨，听花开的声音，让心灵平静。多读书，这是我能做到的，尽可能地提笔，这是迄今为止，所能发现的，能够挖掘的，仅有的，唯一的，能够增加自信，赚取溢美夸辞，稍优于部分人的长处，不求发扬光大，但求舒缓情绪，陶冶情操，结交文友足矣。

善待母亲和兄长，在他们的有生之年里，尽己全力，心之泰然。

爱孩子，努力做一个让人喜欢的，有用的，值得尊敬的，可以晒得出来的老妈。

感谢爱我的人。爱与陪伴是人生中不变的动力。在我的中年里，我将以此为荣，并全力以赴。这个年龄，不需要外在的荣耀，只求来自心底的喜悦。

只要来得及，哪怕疲惫的身体有些跟不上形势。只要来得及，不怕你的发线，堆满了白雪的痕迹。只要值得，让我们一起珍惜。我们好不容易，我们身不由己。

每天默念，面朝大海，春暖花开。

人生半程，今日年满四十五。